LE BOUT DE LA TERRE

Yan Muckle

LE BOUT DE LA TERRE

roman

Boréal

Les Éditions du Boréal remercient le Conseil des Arts du Canada ainsi que le ministère du Patrimoine canadien et la SODEC pour leur soutien financier.

L'auteur remercie le Conseil des Arts du Canada ainsi que la Société de développement de la main-d'œuvre pour leur aide.

Diffusion au Canada : Dimedia
Diffusion et distribution en Europe : Les Éditions du Seuil

Données de catalogage avant publication (Canada)
    Muckle, Yan
    Le Bout de la terre
    ISBN 2-89052-894-4
    I. Titre.

PS8576.U297B68   1998   C843'.54   C98-940234-7
PS9576.U297B68   1998
PQ3919.2.M82B68   1998

À Jü-yi

Dehors beaucoup de choses se sont transformées. Je ne sais pas comment. Mais en dedans, et devant toi, mon Dieu, en dedans, devant toi, spectateur, ne sommes-nous pas sans action ? Nous sentons bien que nous ne savons pas le rôle, nous cherchons un miroir, nous voudrions nous défarder, renoncer à toute feinte et être véritables. Mais quelque part est encore sur nous un morceau de travestissement, que nous oublions. Une trace d'exagération demeure dans nos sourcils, nous ne remarquons pas que les commissures de nos lèvres sont repliées. Et nous allons et venons ainsi, railleurs et moitiés de nous-mêmes, ni réels, ni acteurs.

RAINER MARIA RILKE
Les Cahiers de Malte Laurids Brigge

Un, deux, trois

1

Je venais tout juste d'échapper à la prison scolaire et je brûlais de me lancer dans la vie foisonnante, la vie à vivre ; mais ce que j'apercevais du futur immédiat ne m'excitait pas vraiment. J'avais le choix entre suivre ma mère à New York, ville que j'imaginais grouillante et crapuleuse, et m'exiler dans la maison de mon père, près de Québec, et y poursuivre mes études. Coincé entre de faibles moyens et une très grande irrésolution, je campais sans entrain dans mon enveloppe de chair.

Ma mère rêvait de retourner à New York. C'est là que, vingt ans plus tôt, elle avait mis pied en Amérique et fait ses débuts de pianiste — pour s'éprendre presque aussitôt de mon père, étudiant austère mais brillant, qui l'avait convaincue de tout laisser tomber pour le suivre dans son pays. Ma petite Portugaise de mère avait donc abouti en banlieue de Québec avec malles et piano ; s'étaient ensuivis un mariage en règle, deux enfants, beaucoup de solitude, un divorce six ans plus tard, un déménagement à Montréal et une carrière à reprendre à zéro. Étant donné l'absence d'intérêt de mon père pour la musique et l'inaptitude de ma mère à mener une vie retirée, je n'ai jamais compris comment ils avaient pu durer six ans ensemble.

En dépit des difficultés, ma mère n'avait jamais cessé de jouer. Année après année, elle s'était obstinée à faire fructifier le modeste prestige de sa carrière de soliste en multipliant les apparitions. On la sollicitait maintenant de plus en plus aux États-Unis ; le temps lui semblait venu de s'établir là-bas. J'éprouvais une vague appréhension à l'idée de me séparer d'elle. Depuis la mort de ma sœur, nous vivions ensemble. Nous avions transporté notre nid dans presque tous les quartiers de Montréal ; des hommes avaient traversé notre vie ; j'avais assisté à ses inlassables répétitions quotidiennes, l'avais suivie dans ses concerts, avais apaisé à ma manière de petit bonhomme ses anxiétés de femme, ses lassitudes lusitaniennes et ses déprimes d'artiste ; elle, de son côté, avait réussi à faire de moi son ami sans cesser d'être ma mère, à mener sa vie avec indépendance sans jamais me faire douter de la place que j'occupais dans son cœur. Je vivais dans l'abri sûr de son amour et de son regard comme dans un havre chaud, d'où je pouvais sans crainte m'aventurer et jouer à l'indépendant. Je sentais confusément que, bientôt chassé de ce refuge, je trouverais la vie plus compliquée, le monde plus incertain.

* * *

Je passais l'été chez mon père mais venais régulièrement en ville, à Québec, où je logeais chez un ami. Soir après soir, Max et moi faisions la tournée des discothèques : la pulsation sourde qui en émanait plongeait nos sexes en éveil dans un nimbe vibratoire irrésistible.

Je prenais l'air en face de L'Ombre Jaune, bien tranquille dans mon coin près de la porte, quand une pétillante jeune femme m'a abordé. Elle avait bu juste assez pour que son corps ondule très légèrement, pour que sa nonchalance feinte ne puisse camoufler la langueur qui l'habitait. Tout en parlant, elle faisait voleter devant moi de longs doigts charmeurs, qui effleuraient parfois mon épaule ou mon bras comme s'ils cherchaient à goûter au plaisir de se poser. Je ressemblais à Dürer, disait-elle. J'avais exactement la tête et les yeux de Dürer dans cet *Autoportrait au chardon* qu'il avait peint à dix-sept ans, les lèvres aussi, légèrement charnues (en disant cela elle touchait presque ma bouche de son index tendu, et je frémissais), elle trouvait dans nos deux visages la même force de traits... Seuls mes cheveux étaient différents, ceux de Dürer descendaient en mèches cotonneuses jusqu'à frôler ses épaules alors que les miens étaient si courts, si courts...

— Si ce n'est que ça, je peux très bien les laisser allonger pour que tu puisses jouer avec...

— Oui, oui, riait-elle, ondulant de plus belle, on va te les laisser allonger, je t'interdirai de les couper !

Au bout d'une demi-heure j'éprouvais énormément de difficulté à me concentrer sur les mots tellement je désirais la toucher. J'étais hypnotisé par les reflets argentés que jetaient — comme une sorte d'appel — les nombreux bijoux parant son corps : bracelets tintinnabulant sur la peau mate de ses bras, croissants de lune oscillant avec effronterie sous des lobes appétissants et charnus, pendentif étoilé flottant entre les seins et indiquant par de brefs éclairs le chemin du cœur...

Tout est allé très vite. Nous ne sommes pas retournés à l'intérieur du bar : il y faisait trop chaud, disions-nous. Mieux valait s'étendre dans l'herbe du parc juste en face. Pendant quelques heures, nous avons savouré notre toute première intimité : n'être vu ni entendu de personne ; parler à voix basse pour le seul plaisir de se tenir tout près de l'oreille de l'autre ; feindre la décontraction alors qu'un tremblement imperceptible nous traverse le corps ; raconter sa vie avec le sentiment très fort que la nuit ne se terminera jamais ; sentir vibrer l'air au cours de silences recueillis où l'existence tout entière —

rumeurs de la ville, battements du cœur, ciel impassible — semble nous être révélée ; enfin, fruit d'une audace partagée, joindre les langues et mêler les corps dans un essoufflement qui tourne la tête parce qu'on sait qu'il ne fait que commencer.

Au lever du jour je me suis laissé entraîner par les rues désertes jusqu'à son appartement, son petit nid du quartier Saint-Jean-Baptiste aux murs couverts d'affiches de cinéma. J'y suis resté plus d'un an.

Mon dilemme se trouvait incomparablement résolu. À dix-huit ans, je vivais « en adulte » avec une femme de quatre ans mon aînée. J'allais au collège avec le même ennui stupéfiant que lorsque j'étais au secondaire, mais je menais ma vie de façon indépendante. Je m'étais trouvé un premier emploi de fin de semaine dans un bar-discothèque, où j'étais chargé de débarrasser les tables et d'approvisionner les barmen en bière et en glace concassée. Je découvrais les royaumes insoupçonnés du sexe grâce à une partenaire inventive qui avait déjà connu plusieurs hommes, et je faisais mes premiers pas de colocataire : faire les courses, payer les factures, transporter jusqu'à la buanderie des sacs pleins de culottes de fille et de chemises de garçon… Je me félicitais de n'avoir pas suivi ma mère à New York et de ne m'être pas enterré chez mon père.

Michèle voulait devenir actrice, faire du cinéma, de la télévision. Son emploi de serveuse dans un café-restaurant de la rue Saint-Jean lui permettait de survivre en attendant de percer — *percer*, c'est le mot qu'elle employait, le mantra qu'elle répétait religieusement pour se convaincre qu'on allait bientôt la découvrir. Elle courait les auditions et se rendait souvent à Montréal pour un bout d'essai, un rôle dans une publicité, une audition annuelle organisée par un théâtre en vue… Elle apprenait ses répliques en marchant de long en large dans notre petit salon, mais employait le reste du temps à compulser des listes de producteurs, à dévorer des biographies d'acteurs célèbres et à se ronger les ongles. Le répondeur téléphonique, pourtant branché vingt-quatre heures sur vingt-quatre, décevait toujours. Au fil des mois, je me rendais compte que cette fille qui se voulait actrice avait une vision purement superficielle de la chose artistique. Elle plaçait son « art » sur un piédestal mais ne vivait pas pour lui.

* * *

Auprès de ma mère, j'avais vu comment la pratique d'un art était indissociable de la vie quotidienne. En robe de chambre, le matin, le soir, après la vaisselle ou avant une sieste, elle s'asseyait au piano avec une obstination âpre mais discrète. Je faisais mes devoirs, elle faisait les siens. Son labeur exigeait une patience bornée, un acharnement maniaque ; je l'entendais reprendre encore et encore les mêmes phrases semées d'embûches, buter sans cesse sur les mêmes notes, recommencer encore et encore jusqu'à ce que soudain, le barrage cédant, le flot coulant de nouveau, les mains puissent s'élancer vers l'obstacle suivant. Pas d'horaire fixe, mais la quasi-certitude d'entendre le piano résonner, jour clair comme jour sombre, pendant des heures.

Ma mère était pourtant loin d'être une fanatique de la discipline. Le travail s'inscrivait au sein d'une réalité plus vaste que le clavier et infiniment plus complexe que l'alternance des touches blanches et noires, une réalité plus insidieuse que la pire des partitions. Et si elle connaissait des joies, des moments d'enthousiasme et d'ardeur, elle connaissait aussi des fatigues, des brumes fantomatiques et paralysantes qu'elle n'arrivait plus à dissiper.

Il m'arrivait certains jours de la voir si défaite, si triste. Elle s'éteignait, disparaissait sous ses vêtements, passait des après-midi entiers couchée pour se relever les yeux ternes, le corps lent, et traîner comme un vieux chiffon d'une pièce à l'autre sans s'approcher du piano fermé. Ma mère m'apparaissait alors si faible, si précocement vaincue que le désir me prenait d'être grand pour porter dans mes bras sa vie chancelante. Je ne le pouvais pas, bien sûr. Je mesurais l'abîme qui séparait ma faiblesse de petit garçon de sa faiblesse de femme : elle, une adulte, s'en sortirait toujours toute seule. Cette mère qui me protégeait n'était protégée par personne ! Révélation d'une dureté extraordinaire, qui me laissait entrevoir un petit bout de la vérité impitoyable du monde.

Je sais maintenant que je ne voyais presque rien de ses soucis véritables. Je pense avec stupeur à la quantité phénoménale de moments d'angoisse, de désespoir et de doute dont je n'ai pas eu la moindre conscience, occupé que j'étais par l'étroitesse et la simplicité de ma propre existence. Et le peu que j'en apercevais tout de même, bien malgré elle, ne servait qu'à ancrer davantage l'idée que je me faisais de sa toute-puissance. Mieux qu'invincible, elle parvenait à vivre avec sa propre faiblesse sans l'aide de personne et à trouver encore la force de prendre soin de moi. Je pouvais me remettre entre ses mains.

Son art était donc à l'image de son être, mélange de force et de faiblesse, de douceur et de tension, de rigueur et de lâcheté. Elle s'y adonnait longuement, méthodiquement, de tout son corps. Pendant des heures je respirais un air saturé d'odeurs insistantes : combat violacé entre la main gauche et la main droite, roulis incessant qui me donnait le mal de mer ; rire volatil et primesautier comme une course d'été à travers champs ; obsédante lenteur, mauvais présage dont les volutes mettaient un temps infini à se disperser... Il fallait vivre chaque jour dans ces forêts d'arpèges, et je m'y sentais bien. Il n'y avait là rien de sacré. Je n'interrompais pas ma mère inutilement, mais lorsque je le faisais elle ne montrait jamais d'agacement — non, je ne la dérangeais pas, disait-elle. Ses doigts glissaient le long des touches, et elle tournait son visage vers moi. Elle écoutait, répondait, puis retournait à la tâche.

Après les concerts, j'écoutais en silence certains spectateurs parler de la force et du talent de ma mère. Ils entraient en coup de vent dans la loge, écartaient les bras et criaient « Mar-i-a ! Ma-gni-fique ! Splen-dide ! » Je les voyais, hypnotisés par la maîtrise, aveuglés par le brio, déverser sur elle leur flot de louanges. La gloire momentanée dont ils la paraient rejaillissait sur moi, petit garçon debout à ses côtés dans l'exiguïté de la loge : leurs regards bienveillants laissaient entendre que je devais être bien exceptionnel pour posséder une mère si exceptionnelle. Ils me gratifiaient à l'avance de leur estime, car ils ne doutaient pas de me voir devenir avec le temps, tout comme ma mère, un grand artiste. Magie de la filiation.

Je ne demandais qu'à croire ces bons apôtres ; mais je sentais vaguement que le dieu qu'ils honoraient de leur voix forte n'avait pas grand-chose à voir avec ma mère, et encore moins avec moi. En jouant Chopin, elle avait incarné la Beauté, l'Aisance, le Talent, la Sensibilité, la Maîtrise… Impossible d'évoquer devant eux le doute, l'ennui, la difficulté, la fatigue — ils auraient balayé ces bêtises du revers de la main. À leurs yeux, les seules difficultés étaient les difficultés surmontées, les seules angoisses, les angoisses transcendées. Ils venaient donc rendre hommage à ce Talent qu'ils vénéraient, ils apportaient offrandes et fleurs avec l'espoir qu'en se rapprochant du soleil ils se mettraient à rayonner eux aussi.

Je ne disais rien parce que je savais, moi qui n'étais pas un adulte, que ce Talent, cette Beauté n'était qu'un envers. Je savais que cette force qu'ils admiraient devait tout à la faiblesse, je savais qu'elle ne s'en distinguait même pas. Je le savais parce que je l'avais vu.

* * *

Pour Michèle, devenir actrice signifiait obtenir la confirmation de sa propre existence. Tant qu'elle n'aurait pas réalisé ce rêve, elle n'existerait pas vraiment. Elle n'était pour l'instant qu'un vide que la reconnaissance viendrait combler ; en attendant Godot, elle s'armait de sa foi en l'art et se bardait de son ambition comme d'une cuirasse. Elle mimait l'audace, présumant que si elle parvenait à convaincre les autres de la force de son caractère elle finirait par s'en persuader elle-même. Le problème c'est qu'elle n'y arrivait pas vraiment, et cet échec la faisait enrager.

Quant à moi, je n'avais aucune idée de ce que je voulais faire. Je savais tout au plus ce que je *ne voulais pas* faire — et j'étais saisi d'angoisse quand, après avoir éliminé tout ce dont je ne voulais pas, tout ce qui me rebutait, je m'apercevais qu'il ne me restait rien. Pour me convaincre que je n'étais pas entièrement sous l'emprise du médiocre, j'en relevais les innombrables incarnations dans mon entourage. Ma stupidité, qui se donnait des allures de rigueur, frappait en premier lieu celle qui se trouvait sur la ligne de front : la femme avec qui je vivais. Michèle, nue sous sa cuirasse, criait à chacune des écorchures que mon regard de plus en plus critique lui infligeait.

Je lui reprochais sa naïveté. Moi qui a priori ne connaissais rien au métier de comédien (« c'est *mon* métier, criait-elle pour me faire taire, *mon* métier ! »), je l'accusais de se contenter de singer, de se prendre pour une autre. Elle m'accusait de ne pas la comprendre, de ne pas avoir confiance en elle. Je

20

répondais que cela n'avait rien à voir. Le ton montait. Elle me traitait de rebelle minable, d'intransigeant désœuvré, je la traitais d'amateur, de rêveuse snobinarde et ignorante. Elle se lançait alors dans de pathétiques déclarations d'indépendance, se haussait sur ses talons, indignée, en faisant de grands gestes et en criant dans toutes les pièces de l'appartement pendant que j'essayais maladroitement de rattraper la situation.

Cela finissait toujours de la même façon : elle s'effondrait, prête à se trancher la tête ou à se métamorphoser en tapis, plus convaincue que jamais d'être une incurable nullité, alors que je me maudissais d'être ce bourreau cruel qui ne savait ni vivre ni aimer. Nous revenions ensuite l'un vers l'autre avec une passion teintée de méfiance, un soulagement camouflant tant bien que mal une anxiété grandissante.

Le douillet appartement s'est transformé peu à peu en tanière aux murs oppressants. Un jour d'octobre, il ne nous est plus rien resté que cette froide certitude : j'avais cru l'aimer parce qu'elle avait cru m'aimer. Maintenant que nous n'arrivions plus à croire…

* * *

Max a accepté de mettre à ma disposition une chambre dans le vaste appartement tout en courants d'air qu'il habitait dans le bas de la ville. Par une soirée pluvieuse, triste à mourir, j'ai entassé pêle-mêle mes affaires dans sa vieille voiture. Mes vêtements, mes livres, mes disques, le coffre de bois que je tenais de mon grand-père et qui n'en était pas à son premier transbordement, mes papiers d'écolier, la table bancale et tachée sur laquelle nous mangions, quelques poussiéreux flacons d'épices : toutes mes possessions migraient avec moi.

Alors a commencé un hiver pénible, pendant lequel j'ai

fini par confondre le froid de ma solitude avec celui de la sombre saison. Les cours me laissaient parfaitement indifférent. En février je me suis absenté trop longtemps du collège : l'idée d'y retourner ne m'est plus venue. Je travaillais à la discothèque, je dormais beaucoup et me levais très tard, je pensais à voyager, je rêvais à l'amour, j'attendais sans savoir.

Ce n'est pas encore ma vie, me disais-je, pas encore tout à fait ma vie. Elle m'attend sûrement, là, un peu plus loin ; je ne la vois pas encore mais elle est là, différente, riche, pleine…

2

Je m'étais engagé dans une aventure stupide ce printemps-là. Un certain Patrick, géant mal dégrossi qui s'occupait de la sécurité à la discothèque, m'avait proposé de faire équipe avec lui pour un cambriolage. J'avais dit oui.

Un troisième comparse devait nous accompagner ; je le rencontrerais à la « répétition », deux jours avant le vol.

À mon arrivée chez Patrick j'étais méfiant, et plutôt nerveux. Ne te fourre pas dans la merde, me disais-je en sonnant à la porte, reste sur tes gardes. C'est alors que je me suis fait délester de ma vigilance comme on se fait subtiliser une montre par un voleur habile.

Un homme à la peau mate a ouvert la porte d'un coup sec, puis s'est tenu immobile dans l'embrasure. Ses yeux, deux perles noires chargées de malice, sont restés fixés sur moi. Un front lisse comme une pierre, une courte barbe taillée donnaient à cet homme l'air d'un animal à la fois sauvage et soigné.

— Vous êtes sûrement Arsène. Pas de chapeau, pas de cape ? a-t-il dit soudain.

Je ne saisissais pas.

— Vous voyagez incognito, alors. C'est comme moi. Je suis la troisième main du crime — pour vous servir. Je m'appelle Pietro.

Et soudain j'ai compris.

— Oh! Arsène! Arsène... Oui, oui... C'est moi, oui, Arsène...

Pietro m'a tendu une main chaude. Était-ce sa courtoisie étrange et moqueuse, sa voix chantante? Je me demandais si je ne m'étais pas trompé de porte.

— C'est toi qui... Tu ne ressembles pas du tout à Patrick, n'ai-je pu m'empêcher de bafouiller. Tu le connais depuis longtemps?

— Pas plus de quelques mois, je le jure! Mais je te félicite pour ton déguisement, Arsène. Toi non plus tu ne lui ressembles pas. Tant mieux, non? Qui le voudrait? Franchement?

J'ai ri : ce regard pétillant était irrésistible. Ma méfiance s'est volatilisée d'un coup.

— Je devrais peut-être te laisser entrer, m'a-t-il dit en s'effaçant. Nous ne sommes pas très discrets.

Patrick nous attendait. Nous nous sommes mis au travail ; Pietro est alors devenu aussi sérieux qu'il s'était montré enjoué l'instant d'avant. Occupé moi aussi par les données concrètes du problème, j'ai cessé de l'examiner. Ce n'est qu'à la fin de la soirée, notre plan établi, que j'ai pu l'observer un peu mieux.

Confortablement affalés dans des fauteuils mous, nous nous laissions bercer par la fatigue et l'alcool. Patrick, rêveur, produisait à la chaîne de généreux ronds de fumée qui flottaient quelques secondes devant lui avant de se dissoudre à regret dans l'air. Entre deux bouffées, il asticotait Pietro au sujet de voyages que celui-ci aurait faits en des lieux exotiques : il voulait savoir comment, où, pourquoi, il réclamait des détails... et n'en obtenait pas : Pietro s'esquivait habilement en commentant l'expédition du lendemain ou en interrogeant Patrick sur ses expériences passées. Avec une fierté maussade,

Patrick nous relatait donc un épisode de ses exploits foireux avant de revenir à la charge.

— Je suis trop fatigué, laisse-moi tranquille, plaidait Pietro.

Un peu plus tard, cependant, il avait discouru avec passion sur la possibilité de devenir invisible ; et pendant quelques minutes sa voix avait retrouvé cette vivacité chantante qui m'avait tant désarçonné à mon arrivée.

Pour faire quelque chose d'important, affirmait-il (je résume), il faut se faire tout petit. Il faut devenir si petit qu'on finit par disparaître et par devenir effectivement invisible. Quelle meilleure condition pour cambrioler une maison ? On entre et personne ne nous voit. On n'existe pas. Il faut donc se demander comment on peut se rendre invisible ou, du moins, suffisamment transparent pour ne pas nuire à cette action qui se fait à travers nous. La question qu'il se posait, c'était : est-ce qu'on ne devient pas au contraire très grand, très visible quand on veut quelque chose au point de le voler ? Peut-être est-ce inconciliable, complètement incompatible. Peut-être les sages disent-ils vrai quand ils affirment que le désir de devenir et le désir d'accomplir font obstacle à la vraie simplicité… Curieux paradoxe, parce que cette simplicité, cette petitesse (ce début d'invisibilité ?) est nécessaire pour faire de grandes choses, et même de moins grandes…

La grâce discrète mais évidente qui émanait de lui me troublait. Depuis qu'il avait ouvert la porte, en fait, je n'arrivais pas à me départir d'un très encombrant sentiment de révérence envers lui. Il m'impressionnait.

En partant nous avons fait quelques pas côte à côte. Le vent de mai soufflait fort dans les rues désertes. Nous marchions les yeux plissés, les oreilles emplies du vacarme nocturne. Cet air furieux réveillait dans mon ventre l'angoisse de ce qui nous attendait.

— Ça ne va pas ? m'a-t-il demandé au moment de nous séparer.

— Oui oui… Peut-être un peu nerveux pour demain. Fatigué, aussi.

— Nerveux, oui… Moi aussi. Mais dans une entreprise comme celle-là, mon ami — tu permets que je t'appelle comme ça ? —, dans ce genre d'expédition on ne peut commettre que deux fautes : ne pas être vigilant, ne pas se mouvoir. Crois-moi. Ce sont les deux seules erreurs vraiment impardonnables.

Et il m'a tendu la main. La pénombre était telle que je n'aurais su dire s'il souriait.

* * *

Le plan était simple : il s'agissait d'entrer en plein jour dans une maison cossue de Cap-Rouge, de ramasser bijoux, ordinateur portatif et billets de banque, puis de déguerpir. Patrick était certain que personne ne se trouverait sur les lieux, il savait comment désarmer le système d'alarme et connaissait l'emplacement des objets de valeur dont il nous avait donné la liste. Le fils aîné de la maison lui avait refilé ces précieuses informations moyennant je ne sais trop quelle impunité ou quel paiement. Aucun risque déraisonnable ne se présentait.

Mais nous n'étions pas dans la maison depuis plus de cinq minutes qu'une voiture de police arrivait devant la porte. Je n'ai jamais su comment elle avait été prévenue ; peut-être le fils à papa avait-il décidé de se repentir, ou de jouer double jeu. Pietro est arrivé en courant tandis que je fouillais dans les tiroirs du bureau : « Ils débarquent, deux hommes ! »

Je me souviens du bruit assourdissant de nos pas pendant que nous dégringolions l'escalier, du fracas des objets lâchés sur le sol. La fuite par la porte de derrière a été très rapide.

Patrick avait des yeux de bête, sa bouche se tordait. Nous avons traversé la cour dans le désordre et sauté par-dessus la haie.

De l'autre côté, j'ai eu le temps d'apercevoir une piscine, une table, et… un homme et une femme. Un homme et une femme qui se sont levés, éberlués, l'homme une fourchette à la main, la femme la bouche en O. Leur porte était ouverte. Patrick s'est précipité vers la femme, qui s'est jetée dans la piscine d'un seul élan. L'homme, tétanisé, ne bougeait pas d'un pouce. J'ai vu Patrick lever le bras et s'apprêter à frapper cette statue — mais Pietro l'a retenu et lui a crié « Dépêche-toi ! »

Sur ce mot, sorti de ma stupeur, je me suis précipité vers la porte. Il faisait étonnamment sombre à l'intérieur, et j'ai heurté des chaises au passage. Pietro et Patrick me suivaient. J'ai ouvert la porte à l'autre bout de la maison et me suis trouvé devant une autre rue, noyée de soleil. Pietro et Patrick sont sortis eux aussi. À l'intérieur, des hommes criaient. Nous sommes partis vers la droite.

Nous avons sauté par-dessus plusieurs haies pour rejoindre d'autres rues, plus petites, et semer nos poursuivants. Nous courions, Patrick en tête, Pietro près de moi, nous courions dans des rues tellement larges que le ciel entier pouvait nous voir courir. Mon cœur menaçait d'exploser, mais tout ce que je voulais c'était courir le plus loin possible et maintenir la cadence, ne pas me laisser distancer par mes amis, ne pas me retrouver seul.

Nous avons couru jusqu'à ce que je voie Pietro se tordre le cou pour regarder en arrière, puis s'arrêter et commencer à rire, le souffle entre les dents. Alors nous nous sommes arrêtés. Personne derrière nous. Dans une entrée de garage, un enfant solitaire tournait en rond sur un tricycle en chantonnant. Le grincement des roues, la voix légère de l'enfant faisaient un étrange contrepoint à nos souffles haletants.

Mais ce n'était pas fini : il fallait encore retrouver la voiture sans se faire repérer. Pietro et moi nous sommes cachés derrière une touffe de verdure, et Patrick est reparti. Couchés l'un près de l'autre au milieu des herbes folles, nous avons discuté à voix basse, les joues en feu, les mains encore tremblantes.

— Laisse-moi te dire que je ne recommencerai pas, a-t-il soufflé. Je le jure !

— Voyons, tout s'est déroulé à merveille… Souviens-toi, les deux seules fautes : ne pas se mouvoir, ne pas être vigilant… Tu te rappelles ?

Cette boutade masquait mal ma peur.

— Toutes ces maudites rues sont courbées comme des roues…

— Veux-tu me dire ce qu'on fait là ? As-tu seulement une idée ?

Notre respiration s'est calmée peu à peu. Pietro regardait devant lui, tout au bout de la rue.

— C'est toujours pareil, a-t-il repris. Quand je reviens ici je fais toujours des conneries. À chaque fois je me dis que je ne reviendrai pas — mais, *évidemment,* je reviens. Je ne sais pas si tu peux comprendre. Je tourne très vite en rond dans cette ville, je me sens pris au piège… J'ai l'impression que ma vie m'échappe, comprends-tu, alors je veux me brusquer. C'est un peu comme décider de partir en voyage, qu'en penses-tu ?

— On dirait que tu décides souvent de partir en voyage…

— Le plus souvent possible.

Je ne savais rien de lui, mais l'oppressant sentiment de mener une vie étriquée, ça je connaissais bien. Moi aussi je voulais me libérer — et voilà dans quelle situation absurde je me trouvais. J'en étais réduit à voler des objets qui ne me faisaient pas envie et à m'enfuir comme un crétin pour me cacher derrière les poubelles d'un paisible contribuable. Aplati dans l'herbe aux côtés de mon nouvel ami, ébranlé encore par la catastrophe évitée de justesse, j'ai saisi l'étendue de notre confusion. J'ai compris à quel point elle nous enveloppait comme un grand manteau, nous aveuglait plus complètement que n'importe quelle angoisse.

— Heureusement on peut toujours partir, a ajouté Pietro à voix basse, on peut toujours disparaître.

Puis il a montré du doigt le coin de la rue : Patrick venait de faire son apparition au volant de la voiture. Nous nous sommes installés à l'arrière, sans un mot. Pendant que nous roulions vers Québec, le ciel s'est noirci avec une étonnante célérité et une pluie fine est venue brouiller le pare-brise. On aurait dit que le jour avait décidé de se cacher. De notre expédition, nous ne ramenions rien.

* * *

Je voyais Pietro presque tous les jours depuis notre rencontre. Il avait déjà un ascendant certain sur moi. Selon lui, je devais éviter de me rendre coupable des « deux seules fautes » en croupissant dans l'inaction ; j'ai donc ramassé mon petit pécule et suis allé faire un tour sur la côte est américaine pendant l'été, pouce en l'air et sac au dos. Au retour j'étais effectivement ragaillardi.

Pietro était difficile à joindre ; plusieurs jours ont passé avant que je l'aperçoive par hasard rue Saint-Jean. Il marchait avec une fille qui paraissait toute menue à ses côtés. La main posée sur son épaule nue, il lui parlait. La fille l'écoutait en regardant par terre ; ses cheveux noirs coupés au ras des épaules dansaient doucement lorsqu'elle acquiesçait. Comme je m'approchais, elle a penché la tête de côté pour le regarder dans les yeux, posément, et l'a gratifié d'un sourire, sur quoi Pietro s'est tu — et pour la toute première fois j'ai vu le visage de mon ami baigné de tendresse. À ce moment j'ai su qu'ils avaient déjà couché ensemble.

J'avais soudain très envie de changer de direction, d'éviter la rencontre. Mais trop tard. Il me saluait de la main et se préparait à nous présenter. J'ai pris mon air le plus jovial : salut, hé hé hé, comment ça va, et toi, je te présente Sarah, une amie à moi, salut, lui c'est Alexis, oui oui, vous profitez du beau temps, bien sûr, je reviens des États, tout juste, non pas très longtemps, juste quelques semaines, magnifique, chanceux, oui, c'est ça, un bien fou tu dis ? je repartirais tout de suite, c'est dommage parce qu'on ne peut pas parler trop longtemps, quelqu'un nous attend chez Sarah, oh, oui oui, ce n'est pas grave, on s'appelle de toute façon, oui on se voit demain ou peut-être ce soir, O. K. ? passez un bel après-midi, alors à bientôt, Sarah, oui, Québec est très petit, bon, allez, tu me raconteras ton voyage, Soares, oui, promis, je t'ai appelé plusieurs fois, tu n'étais pas là, j'étais avec Sarah, bien sûr, à ce soir, à demain, à bientôt !

Et je me suis éloigné. La dénommée Sarah n'avait pas ouvert la bouche. Elle s'était contentée de me dire bonjour puis nous avait regardés, muette, attentive, mystérieuse. Je n'étais pas parvenu à prêter une seule seconde mon attention aux banalités échangées avec Pietro : j'avais cherché tout du long à la regarder, elle. Sa façon de fixer ses yeux sombres sur nous m'avait mis mal à l'aise, m'avait plongé dans une inquiétude étrange. Je pouvais encore sentir braqué sur moi le sourire énigmatique qu'elle avait arboré en guise d'unique commentaire, de seul message. Un sceau secret, un rébus avait scellé ses lèvres du début à la fin. M'avait-elle trouvé drôle, ennuyant, bizarre, quelconque ? Était-elle narquoise, méfiante, amusée, indifférente ? Et d'abord pourquoi me torturais-je à deviner ce qu'elle avait pu penser de moi ?

Cette inconnue silencieuse me faisait penser à la Joconde. Son teint en avait la douceur olivâtre, son visage le délicat ovale. Et la Joconde, cela me semblait clair tout à coup, avait dû être elle aussi de toute petite taille. Avoir de petits pieds. Et des bras hâlés. Mais mon regard n'avait pu s'attarder sur l'inconnue aussi librement que sur un tableau ; voilà peut-être pourquoi ses lèvres m'avaient paru ourlées d'un sourire plus impénétrable encore que celui de sa célèbre sœur. Elle avait souri comme on refuse de dire son nom, comme on se croise les bras, manière de dire ne me touchez pas, n'entrez pas chez moi, vous ne saurez rien. Elle avait gardé une distance à partir de laquelle elle avait pu observer sans craindre, regarder sans payer, libre à tout moment de juger et de partir.

Une femme — Sarah, Gioconda — se cachait sous ce ravissant masque. Je l'avais entraperçue tandis qu'elle marchait aux côtés de Pietro, je l'avais pressentie tandis qu'elle me toisait du fond de sa prunelle noire.

Pourquoi avais-je eu si peur ? C'est simple. J'avais eu peur de ne pas lui plaire. J'avais eu peur qu'elle ne m'aime pas, Gioconda.

* * *

Le lendemain j'ai réussi à joindre Pietro au téléphone. Après quelques circonlocutions, j'ai abordé le sujet de son amie Gioconda. Il a ri puis, en détachant bien chaque syllabe :

— Je savais qu'elle te plairait, Soares, je le savais. Vous êtes faits…

— Je veux seulement savoir qui c'est. Je ne vois pas comment elle pourrait me plaire, elle ne m'a pas dit un mot.

— Elle te trouve charmant, rassure-toi. Je la connais.

— Bon, bon. De toute façon. Alors, c'est une amie à toi ? Vous sembliez plutôt… complices.

— Tu l'as dit.

— Tu es amoureux d'elle.

— Je l'ai été serait plus juste.

— Parce que tu ne l'es plus.

— Elle écrit, tu sais. De la poésie, douloureuse et belle. Tu devrais voir ça, des petits textes secrets, concentrés comme elle autour d'un noyau explosif…

— C'est fini entre vous alors.

— J'espère que tu n'attends pas mon autorisation, sale voleur… Dis donc, pourquoi tu ne viendrais pas chez moi demain ? J'ai des projets qui pourraient t'intéresser — je ne dis pas qu'ils t'intéresseront autant qu'une certaine personne, mais comme il se peut qu'elle en fasse partie…

— Je l'ai trouvée plutôt opaque.

— *Opaque…*

— Pas claire. Je ne suis pas sûr du tout qu'on trouvera quelque chose à se dire.

— Tu veux vraiment mon autorisation, pas vrai ? Tu as besoin de savoir. Alors sache qu'entre nous ça n'a pas duré longtemps, que ça ne pouvait pas durer longtemps et…

— Pourquoi ?

— Disons que je suis trop porté sur l'absence. J'ai tendance à disparaître, ce n'est pas très apprécié… Sarah a besoin d'autre chose que d'un fantôme, même si elle ne sait pas trop bien de quoi elle pourrait avoir besoin. Donc je disais que c'est fini depuis plusieurs mois, avant même que je te rencontre. Mais toi, tu es exactement ce qu'il…

— Franchement, Pio…

— Sans rire, viens demain. Ce n'est pas parce que tu as fait un petit voyage que ta vie va changer. Dans deux semaines tu seras déjà encrassé, tu tourneras en rond. Elle s'ennuie, elle aussi, elle se demande à quoi occuper son joli corps, sa précieuse vie. Viens demain. On va briser tout ça. Je vais m'occuper de toi, je vais m'occuper de vous deux.

* * *

L'automne est arrivé très vite, emportant ce qui restait de chaleur à coups de bourrasques furieuses. La nuit surgissait sans prévenir. Il ne pleuvait jamais. On finissait par ne plus souhaiter que se claquemurer pour fuir le vent fou harcelant choses et bêtes. On fermait les fenêtres, on allumait les bougies, on versait un peu de mauvais cognac dans le café qui refroidissait avant qu'on le boive parce qu'on parlait trop. On sortait la nuit, quand le vent laissait la place au silence immobile et froid des étoiles. Le jour, on se préparait, on dormait, on attendait.

On, je veux dire Pietro, Sarah et moi.

Car nous passions maintenant l'essentiel de notre temps ensemble, tous les trois. C'est étrange. Depuis Michèle j'étais seul : il y avait bien eu quelques amis, quelques vagues flirts mais, d'une façon générale, on pouvait dire que j'étais seul. Et puis d'un seul coup nous étions trois, comme on dit : il y avait une pomme dans le panier à fruits et maintenant il y en a trois. Nous ne nous quittions plus. Notre quartier général, notre panier à fruits, c'était la chambre minuscule que Pietro occupait dans le Vieux-Québec et que par dérision nous appelions le studio.

Je n'étais cependant pas très à l'aise en compagnie de Gioconda. Même après notre première et mémorable soirée (où un jeune homme et une jeune femme, inconnus la veille encore, se retrouvent assis côte à côte plusieurs heures de

33

suite sur un lit très étroit — à défaut d'une autre place — pendant que leur ami commun leur explique avec feu les « projets » qu'il nourrit à leur égard), j'ai continué à éprouver un léger tremblement à me savoir dans son champ de vision. Même après m'être persuadé qu'elle me trouvait charmant, même après qu'elle m'eut dit « reviens-tu demain ? », j'ai continué à craindre.

Elle avait une voix douce, voilée par la fumée des cigarettes qu'elle grillait en tout temps. Elle avait une voix… on aurait dit qu'elle ne pouvait plus que murmurer, comme si elle avait trop crié, chanté et joui. Une voix qui paraissait émaner du cœur plutôt que de la gorge — mais qui ne se faisait pas entendre très souvent. Pour avoir une idée de ce qu'elle pensait, il aurait fallu déchiffrer les quelques signes cachés au fond de ses yeux. Et comme je n'osais pas encore la regarder franchement, elle conservait intact son mystère. Pietro, lui, semblait capable de la saisir sans peine ; il me rassurait souvent d'un clin d'œil ou d'une grimace. Ces deux-là jouissaient d'une intimité confortable qui m'était encore interdite.

Je redoutais de me trouver seul avec elle. Dès que Pietro disparaissait, la légèreté qui nous avait été si facile nous faisait soudain défaut ; il fallait alors faire semblant de trouver normal que nos deux corps évoluent dans le même espace, se nourrissent du même air. L'intensité des silences de Sarah m'effrayait autant que l'intensité de son regard charbon. Je me reprochais d'être aussi terne, coincé, de manquer à ce point de repartie.

Pendant ces mois d'automne nous ne nous donnions jamais rendez-vous en dehors du studio, ne projetions jamais de nous voir seuls tous les deux. En général Pietro était là pour se charger de l'animation : grâce à ses dons, nos rencontres se passaient de façon détendue. La magie pouvait naître et se déployer.

C'est qu'il avait des projets, notre ami Pio. Il avait décidé de nous enrôler, Sarah et moi, et de nous transformer en acteurs d'une série de saynètes très particulières dont nous devions être la plupart du temps les uniques témoins. Son idée était de nous faire participer à des sortes de performances, d'actes poétiques auxquels il donnait le nom de *rituels*.

Des rituels.

Ce mot me donnait des frissons. Taché de sang et d'or, il évoquait de nocturnes sacrifices et d'inavouables secrets. Rien qu'à l'entendre prononcer, je pouvais sentir ma pression artérielle augmenter. Sarah avait d'abord gardé un silence circonspect, une réserve de surface, mais bien vite n'avait pu cacher que la chaleur lui montait aux joues, à elle aussi.

Et nous avons commencé. Pietro officiait. Il concevait les opérations dans leur ensemble puis les dirigeait avec l'assurance d'un ministre du culte. Sarah et moi, acteurs dociles, lui consentions les pleins pouvoirs. J'ai fait de cette façon, sans le savoir, mes premiers pas de comédien.

Un jour Pietro nous avait fait marcher quatre heures de suite sur une petite route de campagne, en silence. Chacun de nous transportait une grosse bouteille d'eau, emplie avant le départ à une fontaine de la ville. Arrivés près d'un ruisseau nous avions fait passer l'eau de nos bouteilles dans l'eau vive, nous délestant sans autre cérémonie de notre bagage liquide. Nous étions repartis après avoir bourré nos poches de petits cailloux ramassés au fond du lit glacé. De retour à la tombée de la nuit, exténués, nous avions dû déposer les cailloux, un à un, au bord de fenêtres d'immeubles disséminés à travers la ville…

Je pourrais aussi parler de cette nuit extravagante où nous avions réussi à emplir, entre le coucher et le lever du soleil, plus de quatre-vingts sacs à ordures de feuilles mortes bien craquantes. Toute la nuit nous avions fait la navette entre les

Plaines, où nous emplissions nos sacs dans la crainte d'être surpris par une patrouille, et le studio de Pietro, où nous les entassions. Une heure avant l'aube nous avions tout transporté jusqu'à la porte Saint-Jean. Là, éventrant de nos ongles les grosses panses de plastique, nous en avions répandu le contenu dans les deux étroits passages piétonniers, de chaque côté de la rue. Les quelques passants témoins de notre forfait descendaient simplement du trottoir et traversaient la porte par le milieu, sans protester ni ralentir. Nous avions quitté les lieux ravis de savoir que, pour les heures à venir, personne ne pourrait passer sans encombre de la nouvelle ville à l'ancienne pour cause d'accumulation de feuilles mortes, d'embouteillage automnal intempestif...

Voilà à quoi cela pouvait ressembler. Il y avait également eu quelques séjours forcés au royaume de la solitude, entrepris dans l'ignorance et la témérité, et plusieurs farces extravagantes. Mais, dada ou austères, ces scénarios étaient pour nous beaucoup plus qu'un jeu : une façon d'entrer en contact avec une zone méconnue de nous-mêmes, de mettre au jour une certaine exigence incompatible avec le monde banalisé qui était le nôtre. Nous étions privés de moyens reconnus, ou nous les rejetions ; il ne nous restait qu'à inventer pour notre propre compte une sorte de spiritualité brute, maladroite et incomplète, balbutiante mais nécessaire.

Tout ce que nous faisions ou tentions de faire participait de cette soif de largeur, même ce qui en paraissait le plus éloigné. Voler, voyager, discuter, s'essayer à la création, être malheureux, rire, tout était placé sous le signe de l'impatience et du désir, d'un besoin urgent de trouver sens. Les rituels donnaient corps à cette aspiration d'une manière directe. Pendant quelques heures nous avions l'impression de bouleverser l'ordre établi des choses, d'introduire une note de folie dans la partition trop bien réglée du monde, de contrecarrer l'inertie que nous sentions déjà peser sur nos jeunes vies.

Le rêve était court, bien sûr, l'incendie fugace, et il est difficile de dire ce qui nous restait de ces actions une fois qu'elles avaient fini de se consumer. Pas grand-chose, sans doute. Mais commettre des actes à ce point éloignés de toute quotidienneté laisse forcément des traces. Ils ouvrent une piste dont on ne connaîtra peut-être jamais la provenance ni l'aboutissement, mais qui mène, et c'est ce qui nous importait, au beau milieu des paysages rêvés par les rêves et nulle part ailleurs entrevus.

3

L'histoire de mon amour pour Sarah a commencé quelque part dans les interstices de ces journées d'automne. Mon trouble des premiers jours s'est transformé : le désarroi qui me paralysait s'est insensiblement mué en émoi, la crainte en désir. Mais il m'aura fallu du temps pour comprendre clairement ce que je voulais, et plus encore pour trouver le courage de le montrer à Sarah. Le plus difficile aura été de sortir du piège de la camaraderie, d'échapper à l'orbite contraignante de l'amitié. Car plus je m'avouais séduit dans le silence de mon cœur, moins je parvenais à sortir des frontières établies entre nous.

Elle m'impressionnait toujours autant. Sa façon de se réserver, de se garder d'ouvrir toutes grandes les portes de son être m'excitait autant qu'elle m'intimidait. Pour m'approcher d'elle, pour la comprendre, je devais deviner aux replis de sa voix, aux dessins de ses gestes ce qu'elle cachait sous la surface. Alors je la regardais. Je devenais attentif à déceler l'infime brûlure de la vie se consumant à travers elle. J'en ressentais un délicieux et lancinant tiraillement au ventre qui m'indiquait que j'étais en train de succomber.

Je rêvais. Je me laissais porter par un grand souffle d'air chaud envahissant mon corps, étourdissant ma tête, peuplant mon sommeil. J'emportais sa voix toute la journée comme on fredonne une mélodie aimée. Je devenais obsédé par son visage, par l'inaccessibilité douloureuse de son visage. Je parcourais en pensée la peau si douce de ses joues effleurées déjà lors de pudiques baisers. Je m'enivrais d'images — fantasmes roses et chauds d'intimité partagée, de chuchotements tendres, de soupirs arrachés, de désirs avoués au creux de la nuit, de peaux qui se cherchent… Je m'imaginais recevoir comme une offrande précieuse ses secrets les mieux gardés, les plus douloureux, la délivrant par mon écoute et ma présence d'une partie de leur poids… Je me voyais serrer dans mes bras son corps menu et doré, son corps alangui, aveuglé, écarter de mes mains la pleine pomme de ses fesses pour en découvrir le cœur saignant et la soulever, ma vague, la soulever et l'enfoncer, la soulever et l'enfoncer…

Ces rêveries accaparaient mes moments de solitude. J'avais de plus en plus de difficulté à ne rien laisser paraître en présence de Pietro ou — surtout, surtout — de Sarah. Mais cette langueur clandestine n'a pas duré. À la mi-novembre Sarah nous a assommés en annonçant qu'elle partait se chercher un appartement à Montréal : en janvier elle irait habiter là-bas, pour travailler dans une librairie et pour aller à l'université. La littérature, la grande vie au loin. Le travail. La nécessité de faire sa vie.

Je n'ai rien dit : un fusible venait de sauter dans ma tête. Pietro, lui, n'a pas paru surpris. Il l'a juste regardée en souriant à moitié, la bouche un peu triste.

* * *

Après quelques jours d'immobile angoisse, une folle idée d'action m'est venue, et j'ai retrouvé d'un coup toute mon énergie. Gioconda partait et je savais que je ne réussirais pas à la retenir. La seule chose à faire, c'était de la suivre — encore mieux, de la devancer. Elle devait s'établir à Montréal en janvier ? Je m'y installerais en décembre.

Sous prétexte de rendre visite à d'obscurs membres de ma famille, j'ai passé une semaine à Montréal à me démener pour trouver un logement. J'ai finalement trouvé un petit deux-pièces dans l'est de la ville, près de la rue Ontario. Puis je suis retourné illico à Québec préparer mes paquets. La seule personne que j'aie mise au courant, c'est Max, qui m'hébergeait depuis ma séparation d'avec Michèle. Mais pas un mot à Pietro ni à Sarah. Pendant le mois de décembre, j'ai fait l'aller-retour trois fois entre les deux villes. J'étais obligé d'emprunter la camionnette de la sœur de Pietro, ce qui me rendait évidemment suspect aux yeux de mon ami.

— Tu n'as plus besoin de ma permission, à ce que je vois, m'a-t-il dit un soir où nous étions seuls tous les deux.

— Quoi ? Quelle permission ?

— Tu sais, je pense que je vais partir bientôt — je ne sais pas trop quand ni où encore, mais…

— Tout le monde s'en va, alors.

— Mais toi tu restes, Soares, pas vrai ?

— Bien sûr que je reste. Où veux-tu que j'aille ?

— Bah, c'est l'époque des migrations. Les destinations ne manquent pas. On s'envole vers l'amour, on part pour les pays chauds…

Je ne sais pas pourquoi je tenais tant à lui cacher mon départ. Certainement pas par peur qu'il aille tout raconter à Sarah — il aimait trop les cachotteries et les mystères pour éventer mon secret aussi platement. Peut-être puisais-je des forces dans le fait d'agir à l'insu de tous. Et peut-être avais-je un peu l'impression de trahir mon ami. Quand enfin je me déciderais à révéler mon amour à Sarah, l'ordre établi entre nous serait brisé une fois pour toutes. Notre trio ne serait plus jamais le même.

Les grands adieux ont eu lieu la nuit du nouvel an. Sarah était mélancolique. Pietro semblait fatigué. Quant à moi, je tentais de camoufler ma fébrilité : mon plan me paraissait tout à coup extravagant. Je frémissais en pensant à la tête que me ferait Sarah quelques jours plus tard, à Montréal, quand elle comprendrait, navrée, que pendant tout ce temps j'avais fait semblant d'être son ami, que depuis le début j'avais voulu autre chose, autre chose qu'elle n'était pas du tout en mesure de me donner parce qu'elle ne m'aimait pas... Mais il était trop tard, je n'avais d'autre issue que de me lancer — mon appartement m'attendait, toutes mes affaires s'y trouvaient déjà, et je venais même de dénicher un poste de serveur à mi-temps dans un restaurant... Je faisais mes adieux à la ville, moi aussi.

Nous avons bu du vin, un verre après l'autre, à l'unisson. Après minuit nous avons marché dans les rues en enlaçant Sarah, Pietro à sa gauche et moi à sa droite, parce qu'elle se plaignait du froid. Nos bottes crissaient dans la neige fraîche. J'étais terriblement troublé de la tenir ainsi contre moi, de presser son corps tapi sous l'épaisseur du manteau. Quand elle a planté ses yeux reconnaissants dans les miens, je me suis senti fondre. Pour la première fois, j'ai cru y apercevoir un consentement, une lumière qui disait peut-être : oui, prends-moi. J'ai dû lutter très fort pour résister à l'envie d'embrasser ses joues froides, d'ouvrir ses lèvres et de goûter à la chaleur de sa langue. Pietro était là, de l'autre côté. De gros flocons dansaient mollement dans la lumière jaune des réverbères comme autant de soupirs tombés du ciel.

* * *

42

Le lendemain j'ai filé pour de bon. Je voulais occuper le terrain avant elle, je voulais que tout aille si vite qu'elle ne se rende compte de rien, et je n'avais qu'une journée pour tout mettre en place : faire les courses, cuisiner, donner un peu de charme à mon nouveau refuge et, surtout, dissimuler tout objet connu de Sarah, toute trace pouvant lui laisser soupçonner l'identité du locataire. Je ne voulais pas me dévoiler prématurément.

Elle a évidemment été très surprise de m'apercevoir à sa descente de l'autobus, l'après-midi du jour suivant, de me voir planté là avec un sourire figé en travers du visage.

— Tu m'attendais, ou quoi ?

— Je t'attendais. Le comité d'accueil te souhaite la bienvenue à Montréal.

Elle a ri en secouant la tête, incrédule.

— Ah… Eh bien, on va pouvoir, j'imagine… Mais tu as l'air tellement fatigué, Alex.

— Bah… Je n'ai pas beaucoup dormi.

— Et qu'est-ce que tu fais ici ? Tu ne m'avais pas dit…

— Une histoire de dernière minute. Ma mère m'a demandé de m'occuper de quelques paperasses urgentes — elle est à New York, tu te souviens.

Son regard ne me quittait pas. J'avais répondu un peu vite et je commençais à avoir chaud. Elle non plus n'avait pas l'air très à l'aise. Elle ne cessait de tortiller une mèche de ses cheveux. Peut-être éprouvait-elle le désir d'être seule. Peut-être voulait-elle débarquer dans sa nouvelle vie sans s'embarrasser d'un ami…

— Ah oui, New York… Eh bien, tant mieux. Tu sais, Alex, j'ai beaucoup pensé à toi pendant le trajet.

— À moi.

— À toi et à Pio. Je…

— On devrait peut-être bouger d'ici. Mais peut-être que tu préfères, je ne sais pas… Être seule.

— Non, non, au contraire.

— Tu es sûre ? Parce que…

— Je te jure. *Vraiment.*

— Parce que… Je pensais justement t'inviter, c'est pour ça que je suis venu, je ne sais pas si tu…

— Chez ta mère ?

— Chez un ami. C'est là que je loge.

— Figure-toi que je n'aurai pas les clés de mon appart avant deux jours. Je commence à travailler demain mais, pour le reste…

— Et tu dors où ?

— Oh, chez une tante.

— Je vais pouvoir t'avoir pour moi ce soir, alors ?

— Avec plaisir, cher monsieur. Je suis entièrement consentante.

Cette pointe d'humour audacieux nous a laissés sans voix : elle a semblé aussi surprise que moi par ce qui venait de franchir ses lèvres. J'ai émis une sorte de ricanement embarrassé et parfaitement ridicule. Je me tortillais à l'intérieur. Elle regardait par terre. Puis, tout d'un coup, son visage s'est relevé, grave. Sa main s'est avancée vers le col de mon manteau, pour le toucher.

— On commençait tout juste à s'apprivoiser, tous les deux, et voilà qu'on ne se verra plus… Mais tu es là.

— Je te fais à souper.

— Toi, cuisiner ?

— Tu vas voir ce que tu vas voir…

Et nous avons quitté le terminus, joyeux. Je l'ai raccompagnée chez sa tante et nous nous sommes séparés, après quoi j'ai couru en tous sens pour finir de tout préparer. À sept heures, j'avais à peine eu le temps d'essayer de me calmer que déjà elle sonnait, ponctuelle, à la porte de chez moi.

* * *

La soirée s'est déroulée mieux que dans un rêve. Sarah est entrée, les joues froides, le corps gauche, elle a fait le tour de mon nid avant d'enlever son manteau et, très vite, s'est allumé une cigarette. Je trottinais à ses côtés, empressé de la mettre à l'aise. Ce manque d'assurance dans nos gestes parlait trop fort.

— C'est petit, tout petit, mais vraiment charmant… Est-ce que ton ami aurait des chaussettes de laine à me prêter ?

J'ai fait semblant de fouiller dans différents tiroirs avant de trouver une paire de la bonne couleur. Elle s'était moulée dans une robe de laine grise, duveteuse comme un petit minou, qui dénudait presque entièrement ses épaules. Qu'était donc cette odeur de miel né de fleurs rares qui émanait d'elle à chacun de ses mouvements ? Du magnolia, m'a-t-elle dit du bout des lèvres, et ce n'est pas un parfum, c'est une crème pour le corps… Je ne pouvais pas rester debout comme ça, stupide (elle avait dit *une crème pour le corps*), à ne rien faire d'autre que la regarder et la humer… Je me suis dépêché de retourner à mes casseroles.

Elle s'est assise à table, juste derrière moi ; il fallait que je me torde le cou pour l'apercevoir. Elle fumait et regardait autour d'elle, son pied droit posé sur la chaise, apprivoisant doucement l'espace ainsi que ma présence. Je lui préparais ma spécialité (la seule), un risotto al parmigiano précédé de bocconcini aux tomates sèches. J'ajoutais du bon vin et quelques olives juteuses, je soignais la table et voilà : je ferais mon petit effet. C'est Pietro qui m'avait montré à faire le risotto, mais

Sarah a eu assez de tact pour ne pas mettre en doute l'originalité de mes exploits, et assez de gentillesse pour me dire qu'elle n'en avait jamais mangé d'aussi bon.

La chaleur des aliments, la rondeur du vin nous ont très vite lestés. La nervosité papillonnante qui nous rongeait s'est calmée, et nous avons peu à peu été envahis par le bien-être sensuel de manger et de parler l'un près de l'autre, dans la bénédiction dorée des chandelles.

À un certain moment je me suis rendu compte que la femme assise en face de moi était différente de celle que je croyais connaître. Partie la Gioconda méfiante, observant tout de sa cachette, envolée la Sarah narquoise et insaisissable qui m'avait dérouté tant de fois que je n'osais l'approcher qu'au prix du plus infructueux des courages. Je ne me trompais pas, j'avais bel et bien devant moi une jeune femme à la sensualité déployée qui me donnait son regard et me confiait sa parole… Elle n'essayait pas de me séduire (ou peut-être que si?), mais se sentait suffisamment bien près de moi pour jouer nonchalamment avec son verre et me parler de son enfance, pour s'appuyer lourdement contre la table, pour écouter de tous ses yeux mes propres confidences et s'en montrer attendrie, pour jouer dans ses cheveux d'une main paresseuse ou rire d'une de mes plaisanteries. Libre de parler et de me taire, d'être et de faire, je me sentais merveilleusement bien auprès d'elle, en sécurité au point de lui avouer qu'elle m'avait toujours intimidé — paroles et gestes s'écoulaient avec aisance, je me sentais compris et attirant… C'était le bonheur. Je pouvais enfin la rencontrer, m'accorder à elle et lui donner du plaisir. Elle me paraissait tout à coup la plus accessible des femmes. Je m'échauffais sans encore oser faire le grand saut — mais je le sentais qui approchait, inéluctable.

Pendant que je vidais le fond de la bouteille dans son verre, elle s'est mordu la lèvre inférieure et m'a demandé, à brûle-pourpoint :

— Aimerais-tu entendre quelques lignes de ce que je fais ?

— Tu veux dire des choses que tu écris ?

— Si tu en as envie.

Et voilà qu'elle sortait de son sac un grand cahier recouvert de velours bleu. Elle me jetait un dernier regard puis l'ouvrait. En feuilletait les pages d'un doigt hésitant, cherchait, revenait en arrière, disait tout bas « non, pas celui-là » du ton consterné de celle qui fréquente depuis longtemps ses propres faiblesses, soupirait, et finalement s'arrêtait sur une page, une des premières du cahier, relevait la tête pour s'assurer de mon attention et commençait, légèrement enrouée :

— Bon. Celui-là s'intitule *Pour une nuit au bois...*

Et je l'ai vue devenir soudain plus dense, ma Sarah. Je l'ai entendue égrener de sa voix douce des mots très forts qui me faisaient presque peur, des mots d'autant plus puissants qu'ils jaillissaient de ce corps fragile, de cette bouche tendre. Elle m'a lu successivement *Là-bas la danse*, *Réponse à ma question*, *Regarde, personne* et *Dans les bras de qui m'enserre*.

Comme je l'aimais. Comme j'aimais sa parole, comme j'aimais la rigueur, la densité de son écriture. Partagé entre le désir de la contempler, elle, et le désir d'accorder toute mon attention aux textes exigeants qu'elle me livrait, je devais lui demander de me lire chacun des poèmes deux fois. À chaque reprise, sa voix s'affermissait, portait plus juste. J'aimais profondément en elle, depuis le début, le poids secret attaché à sa vie et transparaissant dans ses gestes, ses paroles et ses silences ; j'aimais cette résonance sourde tapie au creux de ses yeux qui disait la douleur, l'étonnement et la joie d'être en vie — et voilà que cette passion apparaissait dans toute son intensité au cœur d'un feu de mots surgi de son ventre à elle, ma Gioconda. Comme je l'aimais.

Le silence qui a suivi sa lecture était chargé. Je la regardais. Ses yeux ne pouvaient plus cacher le fait évident qu'elle voulait être aimée. Ils semblaient me dire : je suis là, sans défense devant toi, tu sais tout maintenant, je n'ai plus rien à cacher — m'aimes-tu ?

Sans réfléchir je me suis levé. J'ai marché vers elle, j'ai pris son visage dans mes mains, me suis penché et l'ai embrassée. Sa bouche s'est ouverte comme un fruit se fend. Mes doigts impatients ont été fouiller sa chevelure. Puis, comme on reprend son souffle, elle a éloigné brièvement son visage du mien (deux yeux silencieux et ravis, deux trous béants, envoûtés, incrédules encore), et sa bouche attendrie, entrouverte, semblait murmurer : tu profites de ma faiblesse, toi, qu'as-tu fait, qu'as-tu fait…

— Tu es un petit animal, lui ai-je soufflé. Un petit animal au regard vif et à la fourrure soyeuse, que je meurs de caresser. Viens…

Et le petit animal a soupiré, a gémi, il s'est levé pour presser plus fortement sa peau contre la mienne, pour entamer de tout son corps une ondulation fiévreuse et lente, pour me pénétrer de son souffle et laisser le désir couler de ses doigts comme un liquide chaud.

* * *

Sarah n'est pas allée dormir chez sa tante cette nuit-là, et les suivantes pas davantage. Je me plaisais à croire que c'était la force de mon désir qui lui ôtait toute volonté de résistance — mais j'étais sans doute arrivé au bon moment, tout simplement. Elle n'avait pas fait l'amour depuis longtemps (depuis Pietro), et sa soif était grande, son besoin impérieux. Celle que je croyais farouchement indépendante, je l'ai vue se transformer sous

48

mes caresses en un chaton avide et ronronnant. Je n'y étais pas pour grand-chose, elle avait la candeur de me le dire. La brûlure de l'esseulement et la peur de l'inconnu la portaient à se blottir dans mes bras davantage que la plus belle de mes qualités.

Le lendemain de notre première nuit, je lui ai révélé l'existence de mon cheval de Troie. Nous étions encore au lit. Je contemplais pour la première fois, à la lumière du jour, les courbes que j'avais parcourues de mes mains plusieurs heures durant en pleine obscurité. Comme je la trouvais belle ! Et comme je savais que c'était elle que je voulais ! Je n'avais qu'à la voir cligner des yeux et s'étirer dans la blancheur des draps, qu'à l'entendre soupirer d'aise pour le savoir. J'avais peur déjà, peur de la perdre, peur qu'elle me fasse mal. Je croyais voir dans ses yeux la même incrédulité attendrie que la veille, augmentée sans doute d'un soupçon de timidité matinale. Elle souriait.

— Qu'est-ce que je fais ici, Alex… Peux-tu me le dire ?

Alors d'un seul élan je lui ai tout dit. Oui : que j'étais amoureux d'elle depuis plusieurs mois, que j'étais venu vivre à Montréal pour la suivre et surtout la surprendre, que cet appartement, ce lit, ces livres, ces vêtements, tout ce qu'il y avait là, tout était à moi, que je l'avais invitée chez moi dans le but de la séduire, que… surprise.

Elle s'était redressée sur un coude et me fixait, ahurie. La nervosité m'a poussé à rire.

— Tu veux dire que maintenant tu n'habites plus Québec ? Je comprends bien, je ne me trompe pas ?

— C'est exactement ça.

— Tu es venu ici sans rien savoir de ce qui allait se passer ? Quoi qu'il arrive ? Tu es fou.

— C'est ma façon de sauter dans le vide… Et puis j'avais trop peur pour faire autre chose.

— *Alex.* Non, c'est beaucoup trop…

Il y a eu un silence. Elle regardait le matelas.

J'avais pensé que les aveux me libéreraient, mais pas du tout. Sa gravité me nouait l'estomac. Fais-la rire, me suis-je dit, tourne tout ça en blague, ne la laisse surtout pas s'enfoncer…

— Je ne te demande rien, rien du tout. C'est ma décision.

Sa main droite est venue fureter sur ma poitrine ; son index y traçait distraitement des cercles.

— Tu m'effraies… J'ai l'impression que tu as fait une grosse erreur. Je veux dire, Alex — c'est *trop*, c'est beaucoup trop… Tu es peut-être venu pour rien.

— Tant pis pour moi…

— Tout ça est beaucoup trop… Pour moi… Beaucoup trop rapide. Maintenant tu vas exiger quelque chose de moi, tu vas…

— Non, surtout pas, lui ai-je dit très vite. Tu es libre, entièrement libre… Tu n'as pas à promettre quoi que ce soit… Regarde, vois ça sous cet angle : j'ai d'autres raisons pour venir vivre ici et…

— Ce n'est pas vrai.

— L'important c'est que nous nous retrouvions tous les deux ici et que, si nous voulons, je veux dire si tu en as envie… Écoute, je vais seulement te laisser me donner ce que tu as envie, de toute façon, de… me donner.

Et je me suis étendu sur elle en écartant les draps, en glissant sur sa peau. Le désir instillait en moi calme et confiance, me procurait des moyens nouveaux. Elle a passé ses jambes autour de ma taille en se tortillant un peu pour que nos corps se touchent bien.

— Hmmm… Comment résister à ça… pour l'instant… mais pour l'instant seulement, je te permets de tout prendre…

Il n'en fallait pas plus pour que la vie puisse battre son plein.

4

À partir de là nous n'avons plus vu Pietro que sporadiquement. Les quelque six mois que nous avions passés ensemble dans la ville de Québec n'avaient été pour lui qu'une halte, qu'une escale prolongée entre deux voyages.

Il ne fallait pas l'attendre ; il arrivait sans prévenir, dormait comme le roi des mendiants chez l'un ou l'autre de ses sujets, selon une logique connue de lui seul, puis disparaissait de nouveau pendant deux semaines, trois mois, six mois. Il pouvait faire escale à deux pas de chez vous sans vous appeler et, lorsque par hasard vous l'appreniez, il était déjà trop tard ; ou bien il débarquait à l'improviste, le sac sur l'épaule, et tombait dans vos bras.

Combien de surprises de la sorte il m'a faites ! Combien de fois, par sa seule arrivée impromptue, il a su raviver une vie déjà figée dans le sel… Je l'en remercierai toujours — même s'il m'est arrivé d'être importuné par cet air frais qu'il apportait alors que je ne l'avais pas demandé. Mais la liberté et l'indépendance qu'il exigeait pour lui-même, il savait les accorder aux autres : jamais il n'a imposé sa présence. Je crois même qu'il ne m'en a jamais voulu d'avoir modifié nos rapports en ravissant le cœur de Sarah — je me souviens comme il a habilement feint de ne pas remarquer notre trouble lorsque nous l'avons revu pour la première fois : il a fait comme si de rien n'était…

Pourtant, Pietro aimait plus que tout déranger. Il pratiquait cet art avec un mélange de finesse et de brusquerie, un sens aigu de la surprise qui me faisait penser aux tactiques des maîtres zen. Il était celui qui arrivait du dehors, de l'ailleurs, celui qui n'était pas enfermé dans le circuit restreint de nos vies, celui qui venait « briser la mer gelée en nous », comme l'a écrit Kafka. Il aimait ce rôle et y excellait. Mais la mer gelée en nous est généralement si bien gelée, la couche de glace si épaisse ; rares étaient ceux qui étaient disposés à profiter de la hache qu'il tendait aimablement. Son mode de vie pouvait susciter l'envie (donc le mépris) de ceux qui se targuaient de ne « pas avoir les moyens de s'offrir » la liberté qu'il s'octroyait sans demander la permission à personne. Et le peu de cas qu'il faisait de la politesse le faisait parfois passer pour égoïste ou profiteur. La réalité était pourtant simple : on était son ami ou on ne l'était pas ; tant pis pour ceux qui avaient besoin d'être rassurés, prévenus ou récompensés.

« J'ai commencé à voyager avant ma naissance », m'avait-il dit un jour en souriant. Ses parents étaient napolitains ; ils avaient fui l'Italie pour l'Amérique à bord d'un paquebot ventru, à l'époque où sa mère, la Signora Solar, était enceinte. « Ce bateau a été ma seconde mère », disait-il. Son enfance et son adolescence, pour le peu que j'en sache, avaient été une longue lutte contre une mère possessive et un père conservateur. Il avait fui sitôt qu'il avait pu cette atmosphère rance, alourdie par les conventions et les reproches : à quinze ans il était parti en Colombie-Britannique offrir ses bras aux récoltes maraîchères de la vallée de l'Okanagan, et ne s'était pas arrêté depuis.

Il ne parlait pas beaucoup des pays qu'il visitait ; il gardait même parfois un silence obstiné que j'avais du mal à accepter et qui mettait tout le monde mal à l'aise. Mais, en dépit de ma curiosité insatisfaite, j'appréciais sa discrétion. Elle tranchait sur l'attitude habituelle du voyageur avide de tout raconter, de tout montrer. Il lui arrivait de se justifier en affirmant brutalement que la manie de nommer et de quadriller chaque parcelle du monde était l'une des causes de son rapetissement, et que le monde se porterait peut-être mieux si on acceptait de le laisser un peu tranquille. Peut-être son silence était-il une forme d'expiation de son besoin toujours renouvelé de voir le monde, une excuse tardive pour la violence ainsi infligée…

* * *

Il avait disparu depuis si longtemps que nous avions, Sarah et moi, l'impression d'avoir commencé une vie nouvelle (ni pire ni meilleure que celle que nous menions à Québec, mais différente) quand il a téléphoné à la mi-juin. Sur un ton de conspirateur, il nous a demandé de nous tenir prêts et, surtout, de réfléchir chacun de notre côté à une action que nous aimerions entreprendre. Il ne s'agissait pas cette fois de participer à un scénario de son invention. Il voulait que chacun d'entre nous agisse en solitaire, avec le soutien et la collaboration des deux autres, mais pour soi-même uniquement. « Pensez à quelque chose que vous avez toujours rêvé de faire sans jamais l'oser, quelque chose qui vous fait peur ou qui vous fascine, quelque chose qui ressemble à la mort ou à la vie… »

Une semaine plus tard, il est passé nous prendre au volant d'une vieille camionnette empruntée à l'un de ses amis, et nous avons mis le cap sur l'Estrie en direction d'une « maison de campagne » prêtée pour l'occasion par un autre ami (que je ne connaissais pas plus que le premier).

Le voyage s'est fait en silence. Sarah était nerveuse. Elle fumait cigarette sur cigarette et détournait la tête pour expulser chaque bouffée par la vitre à moitié baissée. Coincé entre elle et Pietro, le genou gauche inconfortablement appuyé contre le levier de vitesse, je fixais la route sans la voir. Pietro conduisait lentement en feignant d'être absorbé dans ses pensées. Il n'a pas prononcé un mot des trois heures qu'a duré le trajet. Chaque kilomètre nous éloignait un peu plus de la vie normale, du monde profane ; comme des plongeurs s'apprêtant à descendre en eau froide, nous prenions notre souffle.

Nous sommes arrivés à la tombée de la nuit, après avoir roulé longtemps sur de petites routes de terre. La frontière américaine devait être proche. La maison, qui se dressait au bout d'un chemin dévoré par les buissons, était modeste et dans un état de délabrement avancé. Il n'y avait pas de voisins immédiats. Après avoir déchargé le camion, exploré sommairement la bicoque et allumé les ampoules suspendues au plafond des petites pièces nues, nous nous sommes réunis dans la cuisine pour préparer le repas. Sarah me jetait des coups d'œil dubitatifs. Elle passait devant les meubles dépareillés, scrutait la gale qui affligeait les murs, reniflait la persistante odeur de vieille poussière : la farce ne lui plaisait pas du tout.

Pietro, lui, semblait parfaitement à l'aise. Il nous regardait comme si tout était conforme à ses plans. Il a poussé le sang-froid jusqu'à attendre la fin du repas avant d'accepter de parler de la façon dont les choses allaient se dérouler. Alors, les yeux brillants de malice comme ceux d'un prestidigitateur pervers, il a sorti un jeu de cartes de sa poche et nous a invités à en tirer une. J'ai tiré une dame, Sarah un six et Pietro un valet.

C'est Sarah qui commençait.

* * *

— Je veux être enterrée debout toute une nuit.

La fermeté qui se lisait sur le visage de Sarah était loin de se

54

traduire dans sa voix. Mais devant notre silence atterré, notre absence de réaction, elle s'est raffermie :

— Ne faites pas cette tête-là. Ce que je veux c'est être enterrée debout. Nous allons creuser un trou, je vais y entrer et vous allez remettre la terre pour que seule ma tête dépasse. Une nuit.

J'ai dit que ça n'avait pas de sens, qu'elle était folle et que je ne participerais pas à ça. Je ne la laisserais pas faire. Elle risquait de… et de… Cependant, je pouvais sentir une sombre curiosité s'éveiller en moi. J'étais partagé entre la peur pour la femme aimée et le désir de voir l'exploit s'accomplir. Et je regardais Sarah, menue et immobile devant nous, avec une admiration renouvelée.

Pietro a seulement dit, après avoir attendu assez longtemps pour savoir qu'elle ne se rétracterait pas :

— Ça pourrait être dangereux.

— Écoutez, c'est moi que ça regarde. J'ai dit ce que je voulais faire, maintenant aidez-moi. Tu ne nous as pas fait venir ici pour jouer aux Indiens.

— Comme tu veux, a dit Pietro. C'est toi qui décides.

Pendant la journée nous avons donc cherché un espace qui conviendrait à Sarah pour son trou — nous n'osions pas dire « sa tombe » parce qu'elle soutenait que ça n'avait rien à voir. Nous avons arpenté le bois derrière la maison pour finalement dénicher un terrain plat, à cinq cents mètres environ. Un rocher de la dimension et de la forme d'un igloo se trouvait au centre d'un cercle formé par des pins touffus. « C'est ici », a dit Sarah. Elle est restée sur place pendant que Pietro et moi allions chercher des pelles.

Puis nous avons creusé sous le regard solennel de Sarah qui observait la composition de la terre, qui jugeait de la profondeur, de la largeur du trou ; nous avons creusé plusieurs heures sans nous arrêter, en nous relayant, jusqu'à ce que Sarah puisse y sauter à pieds joints et y disparaître presque entièrement. Le rituel était commencé, et nous réservions nos paroles, ménagions nos regards. Sarah se retrouvait seule face à cet acte étrange qu'elle devait à son seul choix, seule face à tout ce qu'il allait impliquer d'attente et de peur, de solitude et de nuit. Elle ne cherchait en nous ni réconfort ni allégement : nous servions uniquement à rendre possible ce qu'elle ne pouvait faire que seule. C'était notre unique tâche, et nous nous efforcions de l'accomplir avec toute la discrétion et la concentration possibles.

Nous avons établi un campement sommaire à une cinquantaine de mètres du trou. Pietro et moi y passerions la nuit. Sarah n'aurait qu'à crier pour que nous accourions. Elle avait décidé d'entrer dans le trou à vingt-deux heures précises. À la disparition des dernières lueurs du jour, nous nous sommes assis autour d'un feu à proximité de la tente. C'était une belle, une très belle nuit de juin, douce et amicale, à peine parfumée de la fraîcheur des feuillages. Des grillons faisaient vibrer l'air. Une lune jeune et basse encore sur l'horizon donnait aux masses végétales un timide relief. Nous ne disions rien. Nous attendions. Je m'étais assis tout contre Sarah pour l'enlacer et lui faire sentir ma présence, lui communiquer un peu de ma chaleur et de mon amour, mais elle ne réagissait pas : l'appréhension l'avait transformée en une petite statue froide impossible à réchauffer.

Un peu avant l'heure prévue, elle s'est levée comme un ressort, a empoigné une torche et, sans nous regarder, a pris la direction du trou. Nous nous sommes dépêchés de la suivre.

Elle se déshabillait en silence. Dans l'obscurité mate de la forêt, son corps luisait doucement, brillait d'une lumière fragile et froide pareille à celle de la lune. Elle nous regardait. Elle

était nue, maintenant. Je ne pouvais voir ses yeux, qui se per-
daient dans la nuit environnante, mais le corps que j'avais
devant moi était différent de celui que je connaissais. Peut-être
était-ce la peur qui la faisait pâlir ainsi, ou peut-être était-ce la
lune qui donnait à sa peau rendue à la nuit cet aspect spectral ;
j'avais l'impression d'être en présence d'un esprit de la forêt,
craintif et évanescent.

Elle a dit : « Le sol est vraiment froid », et je me suis rendu
compte à quel point elle n'avait plus rien pour se protéger, de
nos regards comme du reste. Elle a regardé tout au fond du
trou et y est entrée sans relever la tête. Elle s'est installée bien
droite, les bras le long du corps et le cou légèrement tendu, et
nous a ordonné de commencer à remettre la terre autour d'elle.
Ce que nous avons fait. Dans le feu du travail, il nous arrivait de
projeter de la terre directement sur son corps malgré nos pré-
cautions ; alors elle vacillait et laissait échapper un soupir.

La nuit l'avait déjà ensevelie jusqu'aux hanches quand elle
nous a fait signe d'arrêter. Elle a tendu les mains et, en remuant
les jambes pour tenter de les dégager de leur gangue de terre,
elle a dit :

— Je ne peux pas. Non, merde, je ne pourrai pas rester
comme ça. C'est beaucoup trop froid, j'ai déjà les jambes complètement gelées !

— Qu'est-ce qu'on fait ?

Elle se débattait pour sortir du trou. Pietro et moi ne
disions rien. Nos pelles chargées de terre pendaient inutilement au bout de nos bras. Elle s'est relevée sans notre aide.

— J'ai froid.

Nous avons laissé tomber nos pelles et nous sommes age-
nouillés pour frictionner le bas de son corps.

— Je n'ai pas le choix, si je veux le faire il va falloir que je
porte des vêtements. C'est mieux sans vêtements, c'est sûr. Il

faudrait pouvoir sentir la terre. Bon, bon. Bon. Tant pis. Pas le choix. Je vais aller m'habiller et me réchauffer près du feu pendant que vous allez refaire le trou. Appelez-moi quand ça sera prêt.

Nous avons creusé jusqu'à ce que le trou soit comme avant. Puis je suis allé chercher Sarah. Elle était assise près du feu, immobile, les bras serrés contre la poitrine. La source de chaleur avait instillé en elle bien-être et fatigue, cela se voyait. Il allait être plus difficile de convaincre ce corps assoupli et apaisé de retourner à la nuit de la terre : l'effort se lisait dans ses yeux quand elle m'a dit, en se relevant avec lenteur :

— Je viens.

— Tu n'es pas obligée de le faire, lui ai-je dit.

Je sentais que c'était ce qu'elle voulait entendre. Elle a pressé contre elle les pans de sa veste et m'a regardé en se mordillant la lèvre inférieure.

— On peut rentrer tout de suite, ai-je ajouté en lui prenant le bras.

Même si la tentation était forte, elle ne s'est pas laissé convaincre. Elle a secoué la tête, a dit « non, je veux le faire », et s'est dirigée vers le trou.

Nous l'avons finalement enterrée jusqu'au cou, comme prévu. Ses vêtements l'isolaient d'un contact trop étroit avec la terre. Elle respirait avec une certaine difficulté, sa cage thoracique étroitement sanglée dans le manteau minéral. Comme nous nous en inquiétions, elle a répondu, agacée :

— Non non, je vais m'habituer. Il faut seulement que je ne parle pas et que je respire moins. Que je me *calme*. Allez-vous-en.

Alors nous avons fiché nos pelles dans le sol, tout près de la petite tête vulnérable et nue abandonnée là, et sommes retournés près du feu.

J'ai pris le premier tour de garde. Au bout d'une petite demi-heure Pietro est allé s'étendre sous la tente. Je savais qu'il ne dormirait pas : comme moi, il tenterait de déceler d'éventuels appels de détresse parmi la multitude des bruits et craquements nocturnes.

Vers trois heures du matin il est venu me relayer, et j'ai pu traîner mes courbatures de fossoyeur amateur jusque dans mon sac de couchage. C'est en m'éloignant de la chaleur du feu pour pénétrer dans le rectangle humide de la tente que j'ai pris conscience de la température réelle de cette nuit de juin. Était-ce la fatigue qui me rendait frileux, ou bien le thermomètre avait-il chuté de plusieurs degrés depuis la fuite du jour ? Je me suis glissé tout habillé dans le sac de couchage ; un long frisson m'a traversé au contact de l'enveloppe humide et molle. Mon corps se raidissait de dégoût à la pensée que le trou de Sarah devait ressembler à ça. Je suis resté longtemps ainsi, il me semble, contracté dans mon sac, noué par l'inquiétude, tentant d'imaginer la viscosité glaciale dont elle était prisonnière et me répétant sans arrêt « pourvu qu'il fasse bientôt jour, pourvu qu'il fasse bientôt jour… »

J'ai dû finir par m'assoupir. Quand Pietro a ouvert d'un coup sec les panneaux de la tente j'ai cru que celle-ci se déchirait.

— Dépêche-toi ! Elle a besoin de nous ! Elle appelle !

Et je l'ai entendu s'éloigner en courant. Je me suis dépêtré de mon sac et me suis chaussé avec une maladresse infinie. *Mort, plaie, mort* : des mots apparaissaient en clignotant dans mon esprit pendant que je courais jusqu'au trou. Pietro était déjà là, il s'activait près d'elle. J'entendais une sorte de gémissement.

— Dépêche-toi, Alex ! Aide-moi à la sortir de là !

J'ai empoigné une pelle.

— Mais qu'est-ce qui se passe ?

— Elle est complètement gelée, vite ! Il faut la transporter à la maison !

Je me suis penché sur Sarah et j'ai vu que sa bouche était ouverte comme pour crier ; il n'en sortait qu'un chant éteint, un murmure lancinant. Ses paupières étaient closes et sa tête oscillait.

— Ça va aller, ai-je dit en posant ma main sur son front glacé, ça va aller, ma chérie.

Nous avons creusé autour de son corps avec pelles et ongles pour la dégager. La terre était meuble et offrait peu de résistance, mais la peur de blesser Sarah par un coup de pelle trop franc nous ralentissait, nous obligeait à freiner notre impatience. Sarah, toujours prisonnière de son rêve, ne bougeait pas. Son doux gémissement accompagnait nos efforts.

Après l'avoir enfin libérée de sa prison, nous avons fait une chaise de nos mains réunies et l'avons transportée jusqu'à la maison. Le jour naissait. Une lueur grise, à peine perceptible, permettait de deviner le sentier et de le suivre. La figure de Sarah aussi était grise. Ses lèvres grises, sa peau grise tranchaient sur la nuit de ses cheveux.

— Fais-lui couler un bain chaud, ai-je dit à Pietro sitôt que nous l'avons eu déposée sur le sofa du salon.

Il avait déjà commencé à lui retirer ses vêtements.

— Il n'y a pas de baignoire ici, a-t-il répondu sèchement.

Pas de baignoire. J'aurais voulu le tuer. Je suis monté en courant à l'étage où je me suis emparé de quelques couvertures, pendant que Pietro finissait de déshabiller Sarah. Puis, sans nous concerter, sans même prendre la peine de nous regarder, nous avons allongé Sarah sur le tapis et, après avoir ôté nos vêtements à la hâte, nous sommes pelotonnés contre elle en entraînant les lourdes couvertures avec nous, moi devant, lui derrière. Pendant de très longues minutes nous l'avons frictionnée de bas en haut, dans un essoufflement paniqué, nous avons frotté sa peau pour activer la circulation et faire cesser les tremblements. Il fallait réchauffer ce corps…

Et soudain je l'ai entendue murmurer quelque chose. Ses lèvres bougeaient. J'ai approché mon oreille de sa bouche pour mieux entendre. « Doucement. » Quoi ? « Pas si fort. Me faites mal. »

Le soulagement nous a pris comme une vague, Pietro et moi ; nous avons ri de bonheur. Pressés contre elle, moi devant, lui derrière, nous avons cessé de bouger, nous avons laissé la chaleur croître d'elle-même sous les couvertures. Et le sommeil nous a tous trois terrassés.

∗ ∗ ∗

Peu importent les raisons avouées qui ont poussé chacun de nous à faire ce que nous avons fait : l'important c'est que, sous les désirs et les fantasmes, une force existait qui nous faisait creuser notre sous-sol respectif pour en ramener une forme. Et une forme n'est jamais gratuite, elle n'est jamais le seul produit de la surface. Elle est une part de ce que nous sommes.

C'est pourquoi, malgré l'apparente incongruité de sa demande, je n'ai pas été surpris quand Pietro a annoncé calmement qu'il souhaitait devenir invisible. Nous avons quand même ri un bon coup, et après Sarah lui a demandé comment il comptait réussir ça.

— C'est très simple, vous allez faire comme si je n'étais pas là, comme si vous ne me voyiez pas. Vous allez oublier de me voir et de m'entendre. Vous allez me faire disparaître… Je vais être là, mais vous ne le saurez plus. Ne vous inquiétez pas, de toute façon vous n'avez rien à faire de particulier — c'est mon affaire.

Je me suis moqué de lui. C'était tellement simple… Je me demandais ce qu'il espérait tirer d'un tel exercice. Mais Sarah ne disait rien ; appuyée au cadre de la porte, elle gardait les bras croisés en regardant Pietro par en dessous. Ses lèvres avaient leur pâleur un peu sèche du matin. Elle paraissait prendre l'idée plus au sérieux que moi — mais peut-être n'était-ce que l'effet de cette grande fatigue de la veille qui privait encore son visage de sa lumière naturelle.

De toute façon il n'y avait pas à discuter. Nous avons commencé sur-le-champ à essayer d'ignorer Pietro. Presque tout de suite, je me suis convaincu de la difficulté de la tâche : Pietro prenait beaucoup trop de place dans l'espace restreint de la maison pour que nous puissions le gommer aisément du foyer de nos perceptions. Il restait dans la même pièce que nous et nous regardait, ou bien se saisissait d'un tire-bouchon, d'un calepin de notes, qu'il triturait bruyamment. Même s'il cessait de bouger je le sentais, juste là, au coin de mon œil.

Au début, donc, je me suis dit : c'est impossible. Je vais me contenter de faire semblant, nous allons tous faire semblant. Nous allons faire comme ces adultes qui parviennent à convaincre un enfant de sa totale inexistence en cessant simplement de réagir aux signes qu'il envoie, en faisant exactement comme s'il n'était pas là. Bien sûr, personne n'est dupe. Pour aller plus loin que la simple feinte, pour faire plus que prétendre, il faudrait déjouer notre manière habituelle d'être attentifs, déployer une grande force de concentration et de volonté afin de canaliser notre présence. C'était vrai pour Sarah, pour moi et surtout pour Pietro, qui, en quelque sorte, devrait s'effacer, se concentrer jusqu'à ne rien laisser échapper de lui au-dehors. Mais comment s'efforcer de ne plus être ?

Comment, par un acte de volonté, cesser de percevoir ou d'être perçu ? Visiblement, il n'y avait pas à *faire* quoi que ce soit. Vouloir comprendre était absurde.

Sarah et moi parlions en essayant d'être naturels, en faisant comme si nous étions seuls dans la maison. Blotti dans le vieux fauteuil défoncé du salon, Pietro avait cessé de bouger. Sarah disait qu'elle se sentait encore horriblement fatiguée, drainée, comme si une part d'elle-même était demeurée dans ce maudit trou. Cette profonde lassitude la rendait indifférente ; que Pietro soit là ou non, elle paraissait s'en moquer. Elle fumait des cigarettes et regardait par la fenêtre avec la même nonchalance, la même absence d'émotion que durant n'importe quelle journée de repos. Elle disait : « Il va faire chaud pour de bon, regarde le ciel. On sent déjà la chaleur. »

Nous sommes sortis marcher dans les sentiers autour de la maison. Le soleil plombait. Je la tenais par la taille. Elle promenait sa mélancolie de lendemain d'épreuve en laissant son regard errer et ses bras pendre. Nous avancions à pas lents dans les hautes herbes. J'avais envie de toucher son front et de l'embrasser. Je la sentais toute petite contre moi, étrangère et familière à la fois ; j'aurais voulu pouvoir la protéger. Je me demandais si nous continuerions à nous aimer encore longtemps. Je me demandais si nous parviendrions un jour à être vraiment ensemble. Je l'ai prise par le cou pour embrasser ses joues pâles dans la lumière.

Nous ne nous étions pas quittés une seule fois depuis notre première nuit à Montréal, il y avait de cela près de six mois, et pourtant je savais que je ne l'avais pas encore vraiment gagnée. J'avais réussi à l'empêcher de partir — mais s'était-elle jamais donnée à moi tout entière ? Elle avait toujours maintenu une forme voilée de résistance ; quelque chose en elle refusait de se donner, de s'abandonner. Je ne comprenais pas très bien ce qui faisait obstacle. Était-ce elle, était-ce moi ? Entrer dans l'intimité de l'autre équivalait à s'enfoncer dans un bois touffu où l'on risquait de se perdre. Les entrelacs, les enchevêtrements, les possibilités de malentendus semblaient innombrables.

Un peu plus tard, en rentrant pour chercher une couverture à étendre sur le sol, j'ai revu Pietro. Il était sur la galerie et regardait au loin. Je suis passé très vite, en tâchant de l'ignorer ; mais j'étais irrité par sa présence.

Nous avons étalé la couverture sur l'herbe grasse devant la maison, pour flâner au soleil. Sarah s'est déshabillée entièrement, sans regarder dans la direction de Pietro, et s'est laissée tomber sur le dos en poussant un soupir. J'ai gardé mon caleçon.

Ce n'était pas la première fois qu'elle se montrait à lui. La journée d'hier ne comptait pas, mais il y avait quand même eu toutes ces fois où elle lui avait fait l'amour, où elle s'était donnée à lui. Je ne pouvais pas faire comme si cela n'avait jamais eu lieu. Une complicité des corps avait existé qui me répugnait — parce que je me disais que la facilité avec laquelle elle se dénudait devant lui montrait bien que cette complicité avait survécu. J'aurais voulu le détester pour cela, j'aurais voulu qu'il disparaisse. Mais il fallait que je l'oublie.

Je n'avais jamais été trop sûr de ce qui les unissait, ces deux-là. Ils s'étaient connus plusieurs années auparavant, et partageaient donc des secrets, un passé que je ne pouvais saisir que par les bribes qu'ils m'en révélaient. Sarah n'aimait pas trop parler du temps où elle avait été amoureuse de lui, et j'osais rarement insister. J'aurais pourtant voulu savoir ce qui subsistait de leurs étreintes passées, me convaincre que toute nostalgie s'était dissipée pour de bon. Ce qui était sûr, c'est qu'elle l'avait aimé. Un sentiment véritable peut-il disparaître complètement, sans laisser de traces?

Maintenant elle était couchée à mes côtés. Ses deux petits seins, blancs comme des fruits d'hiver, reposaient sur sa poitrine. Elle somnolait, le bras droit replié sur le visage pour se protéger du soleil. Mon amour des six derniers mois. J'ai mis ma main dans ses cheveux et j'ai vu sa bouche se transformer lentement en sourire. « Je me sens paresseuse comme un lézard », a-t-elle murmuré.

La journée s'est déroulée sans éclat, rythmée seulement par la progression huilée du soleil. Quand je me suis réveillé, il faisait frais. L'ombre de la maison nous avait rattrapés. Les moustiques s'étaient abreuvés de nos corps en laissant sur notre peau une multitude de petits baisers rouges. Sarah ressemblait à une écrevisse cuite.

Nous sommes rentrés et nous sommes préparé à manger en silence. C'est à peine si j'ai remarqué, en regardant par la fenêtre, que Pietro marchait près de la maison. Plus tard je l'ai senti qui traversait la cuisine sans faire de bruit. Ensuite, plus rien. Nous avons dîné en tête-à-tête, Sarah et moi, parlant peu, laissant le silence de la nuit approchante nous envahir. Elle ne voulait pas parler de ce qu'elle avait vécu dans le trou. C'était trop effrayant, disait-elle.

Plus tard encore nous avons fait l'amour dans le salon, sur le divan et puis en haut, dans la chambre. Elle était venue à moi pendant que je lisais, elle s'était glissée contre mon flanc en murmurant qu'elle était désolée d'être parfois si absente, qu'il ne fallait surtout pas en tirer de conclusions. Alors nous n'en avions pas tiré de conclusions.

Pietro n'est réapparu qu'assez tard le lendemain. Nous nous étions levés vers midi, et je coupais un peu de bois près de l'appentis en prévision de la flambée du soir. Apercevant la vieille veste à carreaux que Pietro avait laissée traîner sur la corde de bois, j'ai pensé à lui pour la première fois depuis la veille. Je me demandais ce qui avait pu lui arriver depuis ce moment, pas très clair dans ma mémoire, où j'avais pour la dernière fois noté sa présence. Je revenais avec mon chargement de billots quand je l'ai vu. Il descendait le sentier débouchant de la forêt et venait vers moi. De loin, je le trouvais voûté. J'ai crié à Sarah de venir.

Il s'est avancé en nous regardant. Nous le regardions aussi : ce devait être fini. Il s'est arrêté à quelques pas, nous regardant toujours comme s'il cherchait à mesurer quelque chose. Il avait l'air très fatigué, et pourtant ses yeux étaient grand ouverts, animés d'une étrange lueur. Finalement il a dit :

— J'ai faim.

— Raconte un peu, a demandé Sarah.

— J'ai passé la nuit dans la forêt.

— Et alors ?

— Vous ne pouvez pas savoir.

— Quoi ?

— Ils ne m'ont pas vu.

— Qui ça ?

— Les animaux. Ils ne m'ont pas vu.

En prononçant ces mots il a écarté un peu les bras pour nous montrer ses paumes vides, triomphant et mélancolique à la fois, comme si elles contenaient la plus éloquente des preuves.

* * *

Mon tour était venu. Ce que j'avais en tête était très simple : je voulais devenir complètement aveugle l'espace d'une journée. Je suivais là une intuition obscure, imprécise. Je répondais à une obsession naissante abouchant droit avec l'inconnu. En me fermant les portes de la vue pour quelques heures, j'espérais bien sûr voir autrement.

J'ai demandé à mes deux amis de se faire très discrets, de ne m'aider qu'en cas d'absolue nécessité. Il fallait m'abandonner à moi-même, me laisser m'empêtrer dans cet écheveau inextricable de signes qu'est le monde pour l'homme profondément inexpérimenté que j'allais redevenir. Je voulais qu'on me laisse à ma maladresse de débutant.

Après un petit-déjeuner tardif avalé de travers, j'ai fait mes adieux à la lumière du jour. J'avais apporté le matériel nécessaire ; Sarah m'a emmailloté les yeux de plusieurs épaisseurs de gaze à grand renfort de sparadrap, emprisonnant le haut de mon visage dans un masque rigide et inconfortable. Je n'étais pas plongé dans l'obscurité depuis plus de dix secondes que j'entendais Pietro claironner : « Eh bien, miss, c'est un beau pansement que vous avez fait là. Laissons notre blessé de guerre se reposer un peu. » Des pas se sont éloignés, une porte a claqué.

J'étais seul dans la cuisine.

Je commencerais par quelque chose de facile, me faire du café. Je m'étais appliqué la veille à prendre mentalement en note l'emplacement des objets et la distance séparant les meubles : où se trouvait l'évier par rapport à la table, dans quel tiroir étaient rangés les couteaux et les fourchettes, comment passer de la cuisine au salon, etc. Je m'imaginais tout connaître déjà de ce microcosme qu'était la maison. Mais je me suis vite aperçu que tout était beaucoup plus proche, dangereusement proche, ou beaucoup plus loin, inexplicablement loin, que je l'imaginais. Chamboulées par un esprit malin, les distances devenaient palpables et menaçantes comme un couteau saisi par sa lame. Et le pot de café qui devait se trouver dans le réfrigérateur, juste à côté du lait, avait tout simplement disparu. Comme je ne pouvais pas passer toute la cuisine en revue à tâtons, j'ai laissé tomber l'idée de faire du café et, soudain désœuvré, me suis redirigé vers ma chaise. La journée ne faisait que commencer.

Je suis resté longtemps dans la sécurité relative que me procuraient les quatre murs avant d'oser en sortir. Je me suis frayé un chemin jusqu'à l'étage et me suis étendu sur un lit, pour essayer de me calmer ; je me suis approché d'une fenêtre pour sentir sur ma peau la clarté venue du grand dehors, dans laquelle je n'osais pas aller me perdre ; je me suis assis dans un vieux fauteuil en me demandant si la journée allait être aussi longue que chacune des minutes passées à ne rien faire et à ne rien voir ; j'ai essayé de me souvenir du but qui avait été le mien lorsque j'avais conçu cet exercice ; j'ai écouté ma respiration et celle de la maison.

Enfin je me suis secoué. Je perdais mon temps en demeurant à l'abri. Il fallait sortir, coûte que coûte.

Mes jambes tremblaient quand je me suis avancé sur les planches disjointes de la galerie. Mes mains, abandonnant à contrecœur les montants de la porte, se sont interposées maladroitement entre mon corps et l'espace illimité. Au bas de la galerie, là où commençaient les mondes inexplorés, je me suis très vite perdu. Après quelques rotations vers la droite puis la gauche pour éviter tel ou tel obstacle, j'ai dû m'avouer que je ne disposais plus d'aucun repère. Je me suis maudit de ne pas avoir fait attention à l'orientation du soleil, qui aurait pu me servir de boussole. Maintenant il était trop tard.

Après avoir tourné en rond quelques minutes, je me suis laissé choir au milieu des broussailles. Ma gorge était nouée. Je respirais mal. J'avais la sensation intolérable que le temps ne s'écoulait pas. C'était comme si j'assistais à une pièce de théâtre qui se déroulait derrière un rideau baissé, derrière de lourdes tentures ne laissant filtrer que le son étouffé des voix et des raclements de pieds…

Je me suis relevé, les mains moites, étourdi. J'ai fait encore quelques pas, maladroitement, mes pieds butant contre des pierres et mon cerveau s'affolant à chaque secousse. Où étais-je ? Même le vent se jouait de moi. Je suis retombé un peu plus loin et me suis écorché les mains sur un sol caillouteux, hérissé de plantes hostiles.

C'est cela, la peur, me suis-je dit. Avec ou sans bandeau sur les yeux, la peur est la même. Mais on ne peut la percevoir avec autant de netteté muni d'une paire d'yeux accoutumés aux couleurs et aux mouvements : la peur, qui a la ruse de son grand âge, se glisse trop facilement dans les nombreux interstices des mondes visibles et animés. Quand on ne voit plus, la peur ne peut plus se cacher, et on ne voit alors plus qu'elle.

Mais calme-toi. Respire. Ne bouge plus.

Quand ma respiration s'est apaisée, j'ai commencé à sentir ce qui se tramait autour de moi. Le soleil était vif, le vent léger comme une ombre sur la peau. Une grande quantité d'oiseaux en virevolte parsemaient l'air de trilles aux couleurs vives, petits papillons sonores lâchés en plein ciel un jour de fête. Il faut écouter, me suis-je dit, écouter toutes ces couleurs qui flottent autour de moi. Puisque je suis perdu. Puisque je n'ai rien d'autre à faire qu'attendre que le jour s'écoule. Puisque je ne suis capable de rien, n'ai plus prise sur rien.

Des nuages passent haut dans le ciel. Le temps passe aussi. Et je me calme. Je me retrouve gros d'une immobilité habitée, d'une solitude avoisinant les bruits et les odeurs. Je me calme. Ma peur, ce liquide froid, quitte peu à peu ma gorge pour être bue par le sol sur lequel je repose.

Le temps passe, le jour est long. Je ne bouge plus. Mon nez

s'accoutume à l'odeur sèche des broussailles, à l'odeur souple des tiges vertes et à celle, prégnante, humide, de la terre. Mon corps s'habitue aux mottes et aux pierres, aux amas d'herbe foulée, rugueuse contre la paume. Les oiseaux fous continuent de tresser leur arc-en-ciel sonore.

C'est alors que quelque chose d'étrange se produit. Je commence à apprécier la lumière qui baigne cette journée alors même que j'en suis privé. Je commence à ressentir le bonheur de la lumière comme si ses bienfaits m'étaient accordés. Je commence à sourire. L'éclat vif de la lumière baigne mon visage, je peux la sentir. La lumière est une respiration sereine.

Je suis là. La lumière, c'est ce qui dit à ma peau qu'elle touche tout ce que la lumière touche. Dans le ciel de gros nuages passent en silence ; et moi, tout en bas, je reçois les fins embruns d'ombre qui naissent de leur passage. Je touche ces nuages alors même que je ne les vois pas.

C'est ainsi, par cette écoute, que j'entre imperceptiblement en action. Je ne bouge pas encore. Je suis parfaitement immobile. Pourtant, en moi, un mouvement s'est déjà amorcé : une ondulation lourde occupe peu à peu le terrain de mon corps — peut-être est-elle déjà perceptible, peut-être donne-t-elle à mes membres une immobilité différente, plus visible que l'autre, plus dense. C'est ainsi que le mouvement commence : il se nourrit de l'obscurité, de l'immobilité, il prend forme à travers elles. Ainsi que tout se peuple, toujours : par une possession venue du noir.

Cela se fait très très lentement. Les vagues d'ombre et de lumière ne se contentent plus de glisser le long de mon épiderme, elles le pénètrent couche après couche. Des ondes paresseuses commencent à vivre sous la surface de ma peau. On dirait que le sommeil s'empare de mes membres et les prend en charge, les dirige vers une autre vie ; mais je ne crois pas dormir, il me semble que c'est le contraire qui se passe. Je m'éveille plutôt à l'imperceptible. J'accueille en moi tout ce que je ne vois pas. La masse sombre des choses se reflète à l'intérieur de mon corps comme elle se projetterait sur la surface d'un lac très calme. Qu'un léger coup de vent fasse trembler cette masse inconnue, et je frémis moi aussi. Je ne lutte pas contre ça qui vient me prendre, cette possession venue du noir.

Puis l'onde se fait plus ample : le mouvement apparaît au-dehors, il s'inscrit dans l'espace. Au ralenti tout d'abord. Les bras et la tête, peu habitués à une telle lenteur, et surpris de se mouvoir sans l'aide de la volonté, tressaillent légèrement. La chaleur monte dans le foyer du corps qui se met à irradier. Qu'est-ce que c'est ? Qu'est-ce qui se passe ? Le tronc se dresse, le sommet du crâne effleure le ciel. Je suis debout, pieds écartés, les formes vivantes répandues tout autour en vagues d'ombre précises. Je suis dans une lumière que je ne vois pas mais par laquelle je touche tout.

Des caravanes de nuages passent. Le cri des oiseaux est partout à la fois. En moi ça continue de bouger ; je fais attention à ne rien brusquer, ne rien devancer. L'onde est toujours là, qui fait battre mon cœur.

Je me risque à amplifier d'un rien son signal. Pour voir, pour lui donner une forme. Sans rien brusquer, tout juste en creusant sa courbe lorsqu'elle se répand à travers les mains et le ventre. Même pas avec souplesse : avec une impassibilité de paysage qui ne se sait jamais lui-même. Les mouvements partent de très loin mais ne montent pas très haut. Ma tête penche vers l'arrière, mon torse s'ouvre, mes doigts s'écartent, et c'est presque tout. Le paysage ce n'est que ça.

Puis, après un temps incalculable dans l'air suffocant, la vie se retire aussi subrepticement qu'elle est venue. Elle me laisse un corps puissamment habité, ouvert comme l'espace où il se tient, et un esprit silencieux comme une matrice. Je me remets à marcher. Je passe le reste de la journée à laisser mes pas épouser, par jeu et par plaisir, les courbes du terrain sur lequel j'avance désormais en toute confiance, sens en éveil.

Si je parvenais à sentir en permanence la source de cette énergie lumineuse, si je pouvais la connaître aussi intimement que je connais les turbulences de mon ventre ou les assauts de ma tête, je n'aurais plus besoin de lutter ou de tirer, de gémir et de résister. Je pourrais vivre dans cette unité à laquelle la pierre et la fleur, le nuage et le vent ont droit. Je pourrais donner la main quand elle doit être donnée, et la retirer lorsqu'il le faut. Je pourrais avancer, reculer, rester sur place sans jamais douter, je tuerais s'il fallait tuer et j'aimerais tout ce qu'il y aurait à aimer. Je serais l'homme-né, l'homme-vivant, celui qui marche et qui pense, l'homme-qui-dort, l'homme-qui-rêve et l'homme-qui-chasse, je serais celui qui est et qui le sait, qui fait et qui le peut. La fatigue serait la fatigue, la peur serait la peur, la colère la colère et la joie la joie. Il n'y aurait enfin plus de tensions ni de distances inutiles entre mon bras qui se lève et mon œil qui regarde, entre mon sexe qui pénètre et mon souffle qui grandit. Rien d'autre que la justesse du cri ou du soupir. Rien d'autre que la vie qui se ferait en moi et par moi, acteur total…

Je sentais déjà la fraîcheur du soir sur ma peau quand j'ai perdu l'équilibre. Je devais être fatigué, mes perceptions avaient dû perdre de leur tranchant. J'ai senti trop tard la déclinaison abrupte, mon corps basculait déjà tête première sur un terrain que je ne savais pas en pente.

J'ai fait plusieurs tonneaux dans les branchages craquants avant de m'immobiliser. Je reprenais à peine mon souffle qu'on accourait en criant. Des mains m'ont agrippé. On m'a tiré d'un fouillis de buissons pour me faire asseoir un peu plus loin, et tout de suite, sans précaution, sans rien me demander, on s'est empressé de m'arracher mes bandages.

Mais je n'ai pas ouvert les yeux. Une vague toute différente de l'autre m'a envahi et je me suis roulé en petite boule sur le côté. Protégeant de mes mains mon obscurité nouvelle, j'ai pleuré.

Donnez-moi un paysage.

La répétition

1

En automne, Sarah et moi avons emménagé dans un grand appartement aux planchers usés du Plateau Mont-Royal. Après avoir célébré sans témoins les débuts de notre vie commune, nous avons été très occupés chacun de notre côté.

Sarah s'était inscrite à l'université pour y faire des études littéraires ; elle complétait le maigre octroi que lui accordait son père en travaillant trois jours par semaine dans un restaurant, ce qu'elle détestait. Il ne lui restait plus beaucoup de temps pour être la jeune amoureuse qui vit pour la première fois avec son amoureux ; et elle avait davantage l'impression de se perdre dans les corridors de l'université que de se trouver. Elle commençait à attraper cette maladie étrange qui fait croire à ceux qui en sont atteints qu'ils sont perpétuellement en retard, et que leur vie leur échappe.

Quant à moi, je survivais grâce à l'aide de « dernier recours » du gouvernement, allocation augmentée de quelques travaux de rénovation au noir — situation qui ne me pesait pas trop parce que je la savais temporaire et qu'elle me laissait le temps de rêver. Car j'avais maintenant une piste à suivre. Elle s'était précisée après le rituel des yeux bandés, qui m'avait laissé cette obsession : devenir le témoin de ce à quoi je participais sans le savoir. Et c'est au théâtre que je pensais trouver le moyen de revivre ce qui m'avait habité un trop court instant cet après-midi-là.

Je voulais devenir comédien.

Toutes les aspirations imprécises que je nourrissais depuis toujours se cristallisaient enfin et acquéraient une forme claire, prenaient les couleurs d'un appel que je ne pouvais plus ignorer. Quelques semaines après notre retour de la campagne, j'étais en mesure, pour la première fois de ma vie, de me représenter mon avenir.

Le meilleur moyen était de m'inscrire à une école de théâtre. Pendant un an, fort de ma vision nouvelle, je me suis préparé : je me souvenais trop bien des tentatives stériles de Michèle, et je ne voulais pas rêver. J'ai lu les auteurs. J'ai passé les auditions de toutes les écoles, enrôlant Sarah pour me donner la réplique. J'ai suivi quelques stages, qui m'ont fait prendre conscience que je n'étais encore capable de rien, même pas de comprendre ce que je faisais. J'ai grevé mon budget pour voir le plus de pièces possible, et j'ai commencé à saisir de qui étaient composées les petites chapelles de la scène montréalaise : qui aimait quoi, qui détestait qui, qui cherchait quoi, qui venait de la télévision, qui en sortait et qui n'y entrait jamais.

Je ne savais trop quoi penser de ce singulier univers ; je l'observais de loin, à la longue-vue, en étranger qui n'a pas encore mis les pieds à terre. Je pensais que tout était à venir, que tout était possible. J'avais vingt et un ans. J'étais inspiré — je veux dire touché par une certaine lucidité concernant ce qu'il y avait à faire, et subjugué par des espoirs exagérés.

* * *

À cette époque, Pietro vadrouillait d'un pays à l'autre, plus enragé, plus insaisissable que jamais. J'avais entendu dire qu'il s'était mis à la photo, qu'il essayait de se constituer un stock d'images assez important pour lui ouvrir les portes d'une agence. Mais il ne m'avait jamais parlé de cette nouvelle activité. Il entretenait le mystère.

Je me souviens d'un soir de février où Sarah était rentrée en sa compagnie. Elle était tout simplement tombée sur lui, en revenant de l'université, et l'avait traîné par la manche jusqu'à la maison. J'avais improvisé un repas de pâtes plutôt quelconque, et nous avions bu la réserve de vin en bavardant dans la cuisine une partie de la nuit. Il s'était laissé pousser les cheveux ; Sarah avait fait remarquer qu'il ressemblait à un pirate maladroitement déguisé en honnête homme. Le mot avait fait vibrer une corde sensible, et nous avions parlé pirates.

Pietro et moi étions fascinés par ces destins d'hommes — et parfois de femmes — qui se retournaient comme un gant. Untel, qui avait mené une paisible existence de commerçant, décidait un jour sans raison apparente que c'en était fini : il saccageait tout ce qu'il avait construit, affrétait un navire et partait égorger dans les Antilles. Madame X attendait que son mari meure pour se déguiser en homme et vivre d'expéditions féroces, rivalisant de cruauté avec ses nouveaux compagnons. Il y avait, dans ces revirements spectaculaires, dans ces pieds de nez macabres lancés à la barbe de l'Ordre, quelque chose que je reconnaissais. Les pirates, véritables héros de la marge, avaient entendu cette voix sans âge qui murmure inlassablement *quitte tout, laisse tout tomber, pars…* Ils l'avaient entendue et l'avait écoutée.

— C'est justement pour ça qu'ils vivent encore, a dit Pietro. Pour ça qu'on ne peut pas les oublier. Ils étaient laids, probablement stupides, mais ils faisaient ce que tous les enfants rêvent de faire : trouver le plus grand des trésors, et ne pas travailler, et ne pas grandir… N'obéir à personne… Gaspiller leur trésor d'un seul coup, ou bien le cacher et le laisser enfoui très longtemps… Surtout, ne rien faire qu'ils n'ont pas envie de faire.

— Mais ils travaillaient, a dit Sarah. Sur le bateau, ils devaient travailler tout le temps, non ? S'ils voulaient être les meilleurs et les plus forts, s'ils voulaient survivre et devenir riches…

— Oui, a répondu Pietro, sur le bateau ils travaillaient tout le temps, c'est vrai… Mais ils travaillaient pour ne plus avoir à travailler. Ils s'enfermaient pour être libres. Sur le bateau, les règles étaient strictes, tu peux t'imaginer, l'entraînement très dur. Le bateau était une prison plus contraignante peut-être que celle qu'ils avaient fuie, un joug supérieur, qu'ils acceptaient parce qu'il promettait la liberté, la sortie hors de toute contrainte. Et ils payaient le prix…

En vidant mon verre, je songeais à ce bateau dans lequel je m'apprêtais à m'enfermer, moi aussi, à cette prison que j'avais choisie et en laquelle je mettais mes espoirs. Je pensais à l'or, à la recherche de mon or. Est-ce que j'avais le choix ? Est-ce qu'aucun de nous avait le choix ? J'ai posé la question.

C'est alors que les choses se sont gâtées. Pietro m'a regardé avec un petit sourire en coin dans lequel je n'ai pas vu beaucoup de bienveillance. Il a levé son verre dans ma direction avant de me lancer :

— Tu es chanceux d'avoir trouvé un bateau où t'enfermer. C'est rassurant, tu ne trouves pas ?

— C'est tout sauf rassurant, crois-moi.

— Tu sais au moins où tu te trouves, non ? Plus d'incertitudes. Tu sais ce que tu dois faire, tu as un but… Peu importe où ça te mène, pourvu que tu ailles quelque part…

— Tout le monde ne peut pas errer comme toi, Pio, a dit Sarah, légèrement empourprée. Tu cherches toujours à insinuer qu'il est *stupide* ou *inutile* de vouloir accomplir quoi que ce soit. Qu'y a-t-il donc de si mal à vouloir réaliser quelque chose ? Alex désire vraiment faire cette école de théâtre, tu ne comprends pas ?

Pietro a levé les deux mains en signe de reddition.

— Bien sûr je comprends, bien sûr… Je n'ai jamais dit que c'était stupide. Et je ne voudrais surtout pas manquer de rendre hommage au courage de mon ami qui s'apprête à se dédier corps et âme à l'Art… Bonne chance dans le show-business, mon cher Alex !

— Il ne s'agit pas de show-business, ai-je senti bêtement le besoin de préciser.

— Pardon, pardon. J'espère que tu trouveras ce que tu cherches. Sincèrement.

Il a soupiré et s'est tu. Ses yeux fouillaient la pénombre derrière nous.

— De toute façon je ne conseille à personne de faire comme moi. Je n'ai pas envie d'aller où que ce soit, de devenir qui que ce soit — c'est peut-être pour ça que je bouge tout le temps, finalement. Mais j'ai un alibi maintenant, j'ai vraiment l'air de faire œuvre utile : je regarde ce qui m'entoure et je le photographie. Me voilà devenu photographe ! Vous devriez voir comme j'ai fière allure avec mes appareils. Mon activité en vaut bien une autre, pas vrai ? Je me promène et je vole des images. Ensuite je me débats pour que des gens les achètent. Je participe à l'économie, je fais circuler. C'est épatant, ça, pas vrai ?

— Je ne vois pas pourquoi tu es obligé de déprécier ce que tu fais.

— Non, Sarah, tu ne le vois pas. Il vaut bien mieux croire à la nécessité de tout ce qu'on accomplit, justifier tout ce qu'on fait, y trouver un sens, il vaut bien mieux se convaincre que nos petites agitations ont un poids réel dans le monde. Il vaut bien mieux, parce qu'autrement… Que faire ? Et comment vivre ? Moi je n'y arrive pas, c'est tout. Je n'y arrive pas. D'habitude je m'en accommode très bien, je vis avec. Ce soir c'est plus difficile… Mais ce n'est pas grave. Ce n'est rien. C'est la vie ! Buvons, amusons-nous ! Alex, débouche une autre bouteille ! Quoi, tu dois sûrement en avoir une autre, buvons à nos succès futurs !

* * *

J'ai appris qu'on m'acceptait à l'École nationale de théâtre dans le programme débutant l'automne suivant. Cela signifiait quatre années d'immersion totale. J'étais enthousiaste et légèrement inquiet : fini de faire à ma guise, terminé le temps de rêver et de me laisser porter par le flot.

J'ai vécu les premiers mois avec ardeur ; la nervosité accumulée cherchait à sortir. Je recevais tout avec un égal bonheur, je gobais sans réticence tout ce qui passait à ma portée : les cours, les exercices qu'on nous proposait et qui touchaient parfois de sourdes résistances, la faune bigarrée des étudiants, celle, plus paisible, des professeurs, la masse énorme des choses à lire et à faire, le temps soudain insuffisant… La peur de ne pas être à la hauteur s'inclinait devant le désir de faire et le besoin d'apprendre.

Pour la première fois de ma vie, j'appartenais à une véritable communauté. Une école de théâtre, c'est essentiellement ça : quelques personnes qui sont ensemble tout le temps, qui travaillent, s'amusent, s'aiment, se jalousent, se réconfortent, se critiquent, se regardent… Un bateau. Un monde fermé flottant sur la vaste mer et ne fréquentant plus la terre ferme que le temps d'un approvisionnement. C'était tout nouveau pour moi, et j'avais parfois de la difficulté à me convaincre que je faisais bel et bien partie de l'équipage.

Tout ce que le monde peut contenir d'aspirations éparpillées et de caractères en ébauche se trouvait rassemblé là, dans le petit groupe d'aspirants dont je faisais partie. Parmi les huit filles et les sept garçons, celui qu'on remarquait tout de suite parce qu'il faisait le plus de bruit c'était Todd, l'homme aussi important que sa bedaine. Todd se croyait capable de tout faire avec un égal bonheur. Véritable Diego Rivera du spectacle, il ferait bientôt sensation sur le plateau des shows télévisés, où il ferait rire tout le monde par l'étalement talentueux de sa personne — mais il ne s'arrêterait pas là. De Brecht à Shakespeare, rien ne lui résisterait : il serait un premier rôle tonitruant et un metteur en scène subtil. Comme il était aussi poète, et que son âme était généreuse, il s'empressait de satisfaire le vif désir qu'avait son entourage d'entendre ses œuvres complètes… L'envie me prenait souvent de réduire au silence sa grosse bouche gonflée d'orgueil.

Micheline, descendue de sa Gaspésie natale pour vivre parmi la poésie et l'incarner sur scène, était l'exemple même de la bonne volonté. Mais le fossé était grand entre son monde et celui qu'elle désirait de toutes ses forces atteindre. Elle avait beau multiplier les efforts, elle n'arrivait à convaincre personne de son talent, pas même elle. Cette vie qui l'habitait ne passait pas les remparts de son corps. Elle n'était pas belle ; son visage ne faisait pas naître d'émotion chez celui qui la regardait. Très vite on lui avait fait sentir qu'elle n'obtiendrait jamais autre chose que des rôles secondaires. Au bout de six mois, la direction avait décidé qu'elle ne faisait pas l'affaire, ou qu'elle ne progressait pas assez vite (tout le monde savait qu'il était nécessaire, pour demeurer à l'école, de *progresser* constamment, même si personne ne savait au juste ce que ce mot voulait dire ; cela permettait de garder tout le monde dans une saine terreur de la non-progression, une hantise du piétinement, une obsession du faire-plus). On l'avait donc renvoyée chez elle avec les résidus de ses rêves, un petit paquet de drames anciens ficelés au fond de sa valise, et nous n'avions plus entendu parler d'elle.

Marie, elle, n'avait aucune raison de craindre le renvoi : tous, professeurs compris, saluaient en elle la promise, celle à qui tout devait arriver. Elle était faite pour jouer, c'est ce dont elle se rendait compte avec stupeur. Depuis son entrée à l'école, Marie s'abandonnait à la joie de cette révélation. Si elle avait à travailler très dur, à souffrir elle aussi, jamais elle n'avait l'impression de se perdre. Elle se savait au cœur de son amour ; rien ne pouvait l'ébranler.

Je ne l'ai pas revue depuis cette époque. Tout le monde la connaît maintenant, tout le monde se l'arrache, comme on dit. Quand je l'ai connue elle était toute dans le plaisir de faire ; peut-être n'a-t-elle rien perdu de cette clarté. Dès le début, elle a été regardée, admirée. Elle ne pouvait pas feindre d'ignorer le voile d'admiration qui l'entourait ; tout au plus pouvait-elle essayer de le porter avec élégance. Elle se drapait donc dans les hommages qu'on lui rendait comme dans une longue soie fluide allégeant sa démarche. J'aimais travailler avec elle. Au contraire des autres, de tous les autres, elle savait se donner pleinement. Sa timidité, surprenante mais réelle, n'entravait pas son expressivité, elle lui servait simplement de frein contre la tentation de se donner en spectacle. J'étais près d'elle dans ces moments où le travail nous échauffait ; mais je ne peux pas dire que nous étions amis. Nous demeurions séparés par tout l'espace de cette révolte confuse que je nourrissais et qui ne semblait pas l'affecter.

Il y avait aussi Rémi, celui qui ne ratait pas une occasion de faire des vocalises ou d'assouplir son appareil vocal en public. Rémi, d'une virilité féline, était obsédé par l'idée de bien montrer à tout le monde à quel point il était homosexuel. Ce qui l'excitait plus que tout c'était d'occuper la scène, toute la scène. Comme il se moquait surtout de lui-même, personne ne lui en voulait trop longtemps. Comparé à Todd, Rémi était un vrai modèle de générosité. Même s'il ne lui arrivait pas souvent de quitter son rôle de centre de l'univers, il savait, lui, qu'un rôle n'est pas celui qui le joue.

C'était un étrange navire, un étrange équipage. Passé les premiers mois, je me suis souvent dit : le capitaine est incompétent, le navire est une merde, le temps est pourri, etc. Les pressions sont très fortes. La coque du navire craque comme si elle allait se démembrer d'un instant à l'autre et jeter toute la compagnie aux mains des furies de la mer. La peur est grande, on chiale un bon coup, mais en fin de compte on reste sur le navire. Pas le temps de jouer son sort aux dés et de tout remuer dans sa tête : trop de choses demandent à être faites. Si on veut arriver à soutenir le rythme imposé à tous, il faut ravaler les haut-le-cœur passagers et se concentrer sur ce qui vient. C'est le travail.

* * *

Une année passe de cette façon, sans escale aucune. Avec la chaleur qui revient et les jours qui allongent, on remet pied à terre pour la première fois depuis des siècles. Les cours sont momentanément suspendus. La fatigue envahit le corps. On erre dans les rues avec du temps en poche et l'impression de rentrer d'un pays lointain. Soudain délesté, l'esprit se jette sur tous les os mauvais qu'il n'a pas eu le temps de ronger pendant l'hiver. C'est là-dessus que l'été arrive.

Sarah, elle aussi, profitait d'un répit. Essoufflés, nous essayions de combler ce trou de présence qu'une année de nuits communes n'avait pas rétréci : faute de temps (ou d'autre chose, de plus vital et secret), nous n'avions pas réussi à être véritablement ensemble. J'avais l'impression désagréable que nous nous étions seulement côtoyés. Nos gestes étaient brusques, survoltés par ces mois de course. L'argent manquait, nous ne pouvions pas quitter la ville et ses bruits. Le mécontentement grondait. Nous avions tous les deux soif d'autre chose sans être capables de préciser ce que cela pouvait être — quelque chose comme être aimé de façon tangible et indiscutable.

Et Sarah s'est mis dans la tête que le problème, la cause de son insatisfaction sourde, c'était moi. Que je n'étais peut-être pas celui qu'il lui fallait, et inversement. Elle passait alors des jours entiers à me regarder de loin, à me soupeser. Je sentais un silence lourd creuser son regard, et pendant quelques heures je ne savais pas ce qui lui arrivait. Puis, en plein après-midi, pendant que nous étions assis à une terrasse ensoleillée, ou le soir, juste avant de dormir, elle me révélait son trouble. Elle me confiait la perte de foi qui l'envahissait, et je ne savais pas quoi répondre. Pour commencer, qu'est-ce que la foi avait à voir avec notre amour ? Et comment expliquer à une femme qu'elle se trompe lorsqu'elle vous explique calmement que vous êtes à ses côtés par erreur ? Comment lui faire sentir que vous n'êtes pas malheureux parce que vous êtes avec elle, mais pour tout autre chose ? Comment la convaincre que son problème ne vient pas de vous, mais d'une zone obscure en elle que vous ne savez même pas nommer ?

L'insatisfaction est une petite bête maligne. Elle parvient toujours à se travestir, à échapper au regard. Ce n'est qu'après l'avoir tuée qu'on peut regarder ce qui se cachait sous la défroque de l'évidence. Que de surprises, alors. Les problèmes insolubles, en fait de vulgaires prête-noms ; les esquives et les mouvements de défense, tous plus inutiles les uns que les autres. On ne comprend pas comment on a pu si longtemps voir un serpent dans ce qui n'était rien de plus qu'un bâton.

C'est à partir de ce moment que nous avons commencé à nous nuire en voulant nous aider, Sarah et moi. Si j'avais su comprendre dès le début qu'elle avait avant tout besoin de sentir mon amour, d'en éprouver la solidité, la vérité immédiate, nous aurions sans doute évité le pire. Mais je ne voyais pas cela. J'entrais dans l'insatisfaction de Sarah et, après y avoir greffé mes propres problèmes, ma propre confusion, je m'enfonçais avec elle.

L'impression que m'avait laissée ma première année d'école était presque aussi angoissante. J'en sortais avec le sentiment vague de m'être trompé, de ne pas y avoir trouvé cet or indéfinissable que je cherchais. C'est difficile à dire. Peut-être le problème, là aussi, ne faisait-il qu'en masquer un autre.

Pendant l'été, la plupart des étudiants d'une même année se regroupent pour monter une pièce ; après quelques semaines d'hésitation j'avais décidé de ne pas participer à la production. Je voulais souffler, m'éloigner un peu du bruit de l'activité ininterrompue. Et travailler sous la férule de Todd, qui assurait la mise en scène, ne me disait rien.

Je commençais à rêver d'un grand vide, qui dégagerait large. Partir, l'argent ne le permettait pas. Oublier, le temps limité des vacances ne le permettait pas non plus. Aimer… pour aimer, il faut être deux, il faut ne vouloir ni partir ni oublier. Je n'avais plus qu'à aller faire bronzer ma mélancolie au soleil des piscines publiques.

Tout au long de ces jours, je trimballais la même question : le théâtre, qu'est-ce que cette étrange chose ? Le besoin de comprendre était si fort qu'il me vidait la tête. Je me souvenais de la réponse que je me donnais au moment de mon inscription à l'école : le théâtre c'est accéder à une largeur. Quitter l'étroitesse et sortir. Sortir, toucher le monde, sentir la lumière ! Une année d'école n'avait pas réussi à m'enlever complètement cette vision d'aveugle — mais elle ne l'avait pas rendue plus réelle.

À l'école nous « faisions du théâtre » : ce n'était pas ça, il s'agissait d'autre chose. Nous apprenions tous les genres, tous les modes : autre chose. Nous chantions, nous dansions, nous disions : autre chose, autre chose, autre chose. Nous devenions peu à peu des professionnels entraînés, aguerris, capables de « tout défendre » : autre chose, autre chose complètement.

Je ne le savais pas encore mais une roue avait commencé à tourner ; elle me rejetait peu à peu à sa périphérie sans que je m'en aperçoive. Je marchais dans les rues de Montréal, lisais dans les parcs, mangeais aux terrasses en compagnie de Sarah et m'abrutissais de soleil en pensant le moins possible aux mois qui approchaient.

* * *

Ma deuxième année a été interrompue brutalement à mi-course, juste avant Noël. On peut déjà comprendre plus ou moins pourquoi.

Je n'arrivais plus à participer. Je devenais un poids mort, quelqu'un qui ne progressait pas, ne se donnait pas, quelqu'un dont la présence morose démoralisait ou agaçait. Seule Marie avait la patience de m'encourager discrètement d'un sourire ou d'un regard ami. Les autres avaient plutôt tendance à voir dans mon retrait une sorte de manœuvre visant à empêcher leur propre progression, à gêner leur épanouissement, et ils me faisaient savoir par des soupirs ou des œillades qu'ils ne me laisseraient pas sévir longtemps. Certains professeurs commençaient à me regarder avec méfiance ; une longue expérience du milieu leur permettait de repérer assez vite le futur mutin, le futur noyé, celui qui partirait à la dérive un beau matin sur un radeau de planches. Ils me mettaient en garde. « Fais un petit effort, Alex, voyons », « Mets-toi au travail et ça passera », « Ressaisis-toi avant qu'il soit trop tard »… C'est bien entendu Todd qui, du haut de sa fatuité omnisciente, avait prononcé le diagnostic le plus pénétrant : « Soares se prend pour un autre. Il trouve qu'on ne fait pas le poids. » La dernière chose que j'avais envie de lui disputer était pourtant son poids.

Le temps des louanges et des appréciations flatteuses était bel et bien révolu. Je ne savais plus pourquoi j'étais là, et le résultat de cette rébellion du cœur était déplorable. La vérité, assez simple, c'était que je n'arrivais plus à jouer — malgré un désir puissant de découvrir ce que jouer voulait dire. Jouer n'avait rien à voir avec ce que, dans ma maladresse et ma confusion, je m'efforçais de faire. Cela, j'en étais sûr. Et ce n'était pas non plus ce qu'on nous enseignait. C'était autre chose.

Ma présence sur le navire me devenait insupportable ; je ne croyais plus aux destinations lointaines dont on nous parlait pour entretenir notre fièvre. Dans ce genre d'entreprise, l'assentiment doit être total : on ne peut pas être à moitié membre d'équipage. Garder une patte en dehors signifie mettre tout le monde en péril. Les gens de la direction le savent : ils se débarrassent vite de ceux qui ne maintiennent pas le cap. Après trois mois d'inconfort croissant, perturbé, à bout de ressources, je me suis finalement décidé à quitter l'école avant que d'autres ne m'enjoignent de le faire.

2

Je suis donc parti comme on claque une porte : en sachant ce que je quittais, mais sans la moindre idée de ce qui m'attendait. Autour de moi, on se demandait comment réagir, on hésitait entre l'admonestation et la pitié. Sarah, elle, n'a pas eu à chercher : elle était contre. C'est comme ça qu'elle le disait, moi je suis contre. Cela faisait plusieurs semaines qu'elle le répétait, mais avant de me faire ses yeux vraiment noirs elle avait attendu que je revienne de l'école et que je lui dise :

— Ça y est, je l'ai fait. Je n'y retournerai plus.

Elle avait pris le temps de s'allumer une cigarette et d'en aspirer la fumée avant de m'envoyer son fameux regard noir.

— Qu'est-ce que tu penses que tu fais ? Tu t'en vas où comme ça ? Tu vas réussir quoi ?

Comme je ne répondais pas elle tirait sur sa cigarette, comblant l'espace entre nous de quelques bouffées furieuses.

— Tu vas réussir quoi ? C'est une révolte bien stupide je trouve. Une destruction inutile, vraiment stupide, et je ne comprends pas. Qu'est-ce qui te prend ?

J'ai eu un mouvement d'impatience. Depuis des semaines je poussais des soupirs, je me retournais dans notre lit, j'arpentais la maison et je lui demandais conseil. Elle avait bien vu que le malaise ne se détachait pas de moi, qu'il ne s'estompait pas malgré les discussions et les raisonnements, elle devait bien se rendre compte que j'en étais arrivé peu à peu à la seule solution possible...

— Tu as déjà tout décidé, hein? Ça ne me regarde pas, dans le fond... Tu laisses tomber l'école, c'est simple et ce n'est pas mon affaire. Qu'est-ce que j'y peux? Tu fais ce que tu veux, tu vas où tu veux.

— Je ne comprends pas pourquoi tu es contre moi.

— Je ne suis pas *contre toi*. Au contraire. Au contraire. Je t'ai toujours appuyé. Mais là... Je ne sais pas. (Elle a serré ses jambes tout contre elle.) J'ai peur pour nous.

Pourquoi? J'étais avec elle, tout avec elle... Quel rapport avec mes problèmes, avec ma vie que je n'arrivais pas à rassembler? C'était plutôt elle, à mon avis, qui se dérobait toujours... Elle a souri tristement quand j'ai tenté, poussé par un élan unificateur, de l'enlacer.

— Ce n'est pas séparé, Alex. Tout ça est pris ensemble.

Pour la première fois j'ai pensé qu'elle pourrait très vite ne plus être capable de m'aimer. Qu'elle n'y arrivait peut-être déjà plus tout à fait. Je me suis redressé brusquement. Ce que je sentais monter en moi, ce qui voulait sortir à ce moment était pareil à de la vitre.

— Écoute, ne fais pas semblant d'être abandonnée quand c'est toi qui abandonnes. Tu dis que tu as peur... Dis plutôt que je ne fais plus l'affaire, dis que je ne suis pas à la hauteur, dis que tu aimerais mieux être avec quelqu'un à qui tout réussit, quelqu'un qui ne rate rien — parce que pour toi c'est ça, c'est ça, n'est-ce pas, un échec! —, un homme qui te soulèverait par sa force et sa réussite et qui ne te mettrait pas le nez dans *ça*, un homme qui te ferait croire que tu vas réussir toi-même, tu peux le dire, dis-le que tu aimerais mieux que je sois irrésistible, ça serait plus beau, plus aimable, tu te trouverais un peu plus belle toi-même et comme tu n'y arrives pas toute seule...

Soudain je me suis effrayé. Je mâchais encore ces mots dans ma bouche, *dis-le, dis-le,* toute cette douleur qui remontait dans ma gorge, et tandis qu'elle me dévisageait avec stupeur je suis sorti de la pièce, je me suis enfermé dans la salle de bain. En refermant la porte je l'ai entendue crier :

— Tu ne comprends rien, Soares !

J'ai cru qu'il n'y aurait plus rien et je me suis assis sur le bord de la baignoire. La pénombre et l'exiguïté du lieu me faisaient du bien. Elle s'est approchée à grands pas furieux et s'est postée de l'autre côté de la porte. Mon pouls s'est remis à battre plus vite.

— Penses-tu que c'est facile de vivre avec toi ? Avant je pensais que j'étais révoltée... Quelle bêtise ! À côté de toi je suis la plus rangée des femmes et j'écris pour passer le temps ! Je ne veux pas quitter le monde, moi ! Où veux-tu aller, sur la planète Mars ? On est coincés ici, on vit ici, Alex, on ne peut pas y échapper ! Mais toi, toi, Seigneur ! Tu refuses tout ! Tu exiges tout ! Et si tu n'es pas capable, en fin de compte, d'atteindre ce que tu cherches ? Si tu n'y arrives pas, jamais ? Qu'est-ce que tu vas faire ? Dis-le-moi, toi, qu'est-ce que tu vas faire ? Tu vas tout quitter en claquant la porte ? Pour aller où, pour faire quoi ? Tu vas faire comme Pietro, tu vas faire comme lui ? Il ne sait plus quoi inventer pour combler le vide de sa vie, et toi tu vas faire pareil ? Tu ne sais même pas ce que tu cherches ! Ne dis pas le contraire ! Je ne suis pas si différente de toi, je peux très bien imaginer... Qu'est-ce que tu crois ? Que tu es le seul à vouloir vivre ? Non, monsieur, les autres aussi ils veulent vivre, les autres aussi ils font ce qu'ils peuvent, et moi pareil ! Mais toi tu n'acceptes rien, tu rejettes, oh c'est facile, mais qu'est-ce que tu proposes ? Ils m'étouffent autant que toi, les compromis, je les déteste autant que toi, mais qu'est-ce que tu veux que je fasse ? Qu'est-ce que tu veux que je fasse ? Je ne peux pas tout quitter et vivre dans la jungle, dormir sur les trottoirs ! Parce qu'il ne s'agit pas seulement de quitter l'école ou non, c'est beaucoup plus large que ça et ne dis pas le contraire. Moi aussi je peux quitter l'école, pourquoi pas ? Qu'est-ce que tu proposes ? Maintenant, toi tu dis c'est fini, je vais faire autrement, mais autrement comment ? Tu es comédien, il y aura toujours des compromis, des choses que tu n'aimeras pas. Si tu les refuses comme ça, si tu les rejettes, qu'est-ce qui va te rester ? Tu vas jouer comment ? Si tu veux jouer, joue le jeu, pour l'amour ! Si tu refuses de jouer même un tout petit peu, qu'est-ce qu'on va devenir toi et moi ? Qu'est-ce qu'on va devenir ? Tu vas me trouver insuffisante, et alors quoi ? Tu vas me quitter ? Tu vas partir pour aller plus loin, quelque part où tu n'auras plus besoin de rien rejeter ? C'est de ça que j'ai peur, Alex, que tu te dises finalement ça ne vaut pas le coup, partons, et que tu finisses par me faire croire à moi aussi que non, au bout du compte, ça ne vaut pas le coup, ça ne vaut vraiment pas le coup…

Derrière la porte, la voix s'est tue. J'ai attendu sans bouger d'autres paroles qui ne sont pas venues. J'avais très chaud. Je me disais, pourvu qu'elle ne s'éloigne pas de la porte, pourvu qu'elle reste là encore un tout petit peu. Je vais aller vers elle bientôt, nous allons nous retrouver, je vais retrouver celle que j'aime. Mais les mots flottaient encore dans la petite pièce sombre.

Quelle confusion, et quelle chaleur. Des jours pourraient passer ainsi, sans que rien ne bouge, dans le silence et l'immobilité. Nous resterions comme ça, sans rien demander, sans rien faire, chacun de son côté de la porte — nous reposerions jusqu'à ce que soit rassemblée de nouveau notre force commune, comme un animal qui dort en sachant qu'au réveil il sera guéri, et qui ne s'inquiète pas. Mais le silence n'a pas duré.

J'ai entendu Sarah frôler la porte de son corps en s'asseyant, et formuler tout bas cette évidence : « Je ne veux pas ça. »

Je me suis levé. Je voulais y aller maintenant, et sortir. Son appui s'est dérobé quand j'ai ouvert la porte, elle a levé la tête vers moi. Je me suis penché. Son corps était aussi chaud que le mien.

* * *

Quand on n'a plus de destination, on s'en invente une très vite. C'est Pietro qui nous l'a fournie en nous écrivant de Prague. Depuis plusieurs mois, il nous faisait parvenir sporadiquement de courtes lettres, échos lointains qui nous transmettaient par bribes son goût pour la diversité du monde et pour ce qu'il appelait alors sa *superbe inutilité*.

Tout le monde ici est convaincu de l'importance de ses préoccupations, écrivait-il, *ce qui me prouve à quel point elles ne sont rien et m'enlève pour longtemps le goût d'en avoir. Qu'est-ce que j'ai, moi, en propre ? Deux yeux, deux pieds, deux mains, deux oreilles, un sexe… Est-ce suffisant pour vouloir changer la façon dont les autres se servent des leurs ? Je préfère me rendre compte. Tout mon temps y passe, ça ne s'arrête jamais. Je pourrais aussi bien être ailleurs — et cela suffit à rendre ma présence ici incroyable. Il y a tellement de touristes ici, tous tellement pressés d'apprendre et d'avoir vu, j'ai parfois l'impression d'être le seul qui s'applique à voir et à ne pas apprendre.*

Prague est belle et lourde. Des gens meurent aux pieds des statues, d'autres naissent, et entre-temps chacun fait sa petite affaire. Le passé — monuments, pierres, souvenirs figés dans le marbre et dans le cœur — est plus oppressant dans cette ville que partout ailleurs, et en même temps… un oiseau se pose un

instant sur la tête d'une statue, regarde en bas, et reprend son
vol : le ciel où il s'ébat demeure le même. L'homme qui s'est appli-
qué il y a longtemps à tailler la tête sans yeux n'y changera rien.
Moi je vais en m'efforçant de me servir des deux yeux qui nichent
sous mon crâne : je veux regarder la statue, et l'oiseau, et le ciel,
tout ensemble dans un seul mouvement. Pour l'instant c'est ce
que j'appelle Prague. C'est beau.

Sarah, tu m'écrivais que le doute (de quoi ?) te montait à la
gorge et que tu te sentais engourdie, tu me disais aussi qu'Alex
avait envoyé promener ses engagements (coincé encore,
Soares…) et que vous n'arriviez plus à vous réchauffer… Mes
petits amis, mes chers amis, pourquoi ne viendriez-vous pas me
rejoindre ? Ce n'est pas la place qui manque, et peut-être qu'un
petit « voyage au pays du réel » vous dégourdirait. Je ne vous dis
pas que vous trouverez beaucoup de neuf ici, la denrée est rare.
Mais si les jambes peuvent adopter un rythme nouveau, tout est
possible… Alors quand ? Et où ? Qu'est-ce qui vous tente ? Je suis
libre, j'attends vos suggestions.

Sur le moment nous nous sommes dit non. Ce n'est pas
possible, ou trop compliqué. Comment partir alors qu'ici
même rien n'a encore été accompli, et que même le temps de
se préparer manque ? Nous avons rangé la lettre de Pietro avec
les autres, dans une petite boîte. Mais les mots qu'elle contenait
ne se sont pas évaporés : réfugiés dans le chaud incubateur de
notre mémoire, ils ont poussé et grandi sans entraves jusqu'à
maturité pour donner vie à cela : un projet. À chaque instant
de frustration, à chaque moment de fatigue — et il y en avait
tellement —, ces mots prenaient de la force. Partir. Voyager.
Découvrir. Ne plus avoir à devenir, seulement faire et goûter —
être.

Bientôt Sarah me prenait dans ses bras et disait : « Tu sais,

peut-être que, au mois de mai… », et je ne pouvais m'empêcher de sourire. « Lisbonne, le pays de ta mère… l'Espagne…
Paris… »

* * *

Mais nous n'étions qu'en janvier. Sarah devait venir à bout
de son semestre et moi de ma vacance. Depuis l'épisode de la
salle de bain, Sarah ne me posait plus de questions. Elle espérait sans doute que le voyage nous propulserait dans un ailleurs autre que géographique, et en attendant suivait ses cours
avec un intérêt forcé. Quand elle voyait poindre en elle le sentiment que son activité pouvait être vaine, elle redoublait d'as-
siduité et allongeait ses travaux, s'astreignant à demeurer à sa
table, à couvrir de notes les pages de ses livres et à remplir les
cendriers. « Qu'est-ce que je suis paresseuse », disait-elle le
matin en se tirant du lit avec peine pour se diriger, froide de
toute une nuit, vers la machine à café. Quelques coups de
fouet, un ou deux soupirs vite étouffés : la voilà qui était prête
à affronter une nouvelle journée, à s'enrubanner de foulards et
à se serrer les orteils dans des bottes étroites pour clopiner jusqu'à l'arrêt d'autobus, parcours obligé vers le savoir.

Même chose quant à son amour pour moi : parce que le
doute était fort, il ne fallait pas douter. Lorsqu'elle lâchait la
plume ou levait le nez de *La Divine Comédie,* elle m'entourait
de ses bras et me chuchotait des mots tendres. Pleine de petites
attentions, elle me rapportait des caramels et des livres, m'em-
menait marcher, me parlait de l'Italie, de ses professeurs et de
son père. Elle riait très fort au téléphone avec ses amies, puis me
racontait leur vie avec tristesse. Elle fumait de plus en plus. Trop
fragile pour mettre au jour sa fragilité, elle jouait l'assurance.
Trop inquiète pour se donner les gestes de l'inquiétude, elle

97

mimait la maîtrise. Le système n'était peut-être pas bon mais il était le seul que ses forces lui permettaient d'appliquer. Et qui sait ? L'angoisse s'apaiserait peut-être si elle évitait de l'attiser.

Alors j'essayais de ne pas faire de vagues. Je fermais les portes donnant sur ma confusion pour ne plus l'éclabousser. Je ne parlais pas de l'angoisse qui était aussi la mienne.

Le vent était bel et bien tombé. Moi, qui voulais être libre, je me trouvais à présent confiné sur les quelques planches d'un tout petit canot. Ma voile de fortune pendait inutile, dérisoire outil contre des vagues mangeant le ciel. Mon estomac était vide, ma tête subitement sobre, comme si je venais de vomir un repas dont j'avais eu faim depuis toujours.

* * *

Début février j'ai commencé à fréquenter un « centre d'entraînement pour acteurs », convaincu que je devais absolument me remuer pour éviter que l'inaction me gèle. Au « centre », on pouvait librement participer à des ateliers ou à des séances quotidiennes de travail sur la voix et le corps. Rien à voir avec l'école, sinon que je pouvais y mettre en pratique ce conseil du vieux Stanislavski qu'on n'avait cessé de nous répéter : « Soyez toujours en mouvement, quoi qu'il arrive. »

J'ai donc pris la résolution de braver le froid tous les après-midi pour venir souffler, rouler et danser pendant quelques heures. Là, j'oubliais tous mes tracas. Les douleurs n'étaient plus que des points d'irradiation très précisément localisés. Bouger me permettait d'affiner mon « appareil professionnel » et de savourer le bonheur simple mais puissant de revenir à la maison courbaturé. Je retrouvais ainsi ce qui m'avait été précieux à l'école sans en subir les inconvénients. Voilà qui correspond mieux à ta nature farouche, pensais-je.

Au bout d'une semaine de ce régime j'ai fait la connaissance de Paul. Je l'avais remarqué parce qu'il travaillait en silence, avec concentration et souplesse. Nous avons tout de suite sympathisé. Après l'entraînement, un soir, nous avons pris quelques bières au comptoir du Cheval Blanc pour nous raconter nos vies. Paul débordait d'ardeur. Il n'avait jamais suivi de formation en règle mais frayait depuis un certain temps avec les membres d'une jeune troupe. Il parlait déjà de me les présenter. Ils avaient des projets, me disait-il, des projets qui m'intéresseraient.

* * *

Partir à la mi-mai, arriver à Paris et descendre illico vers le sud pour retrouver Pietro à Barcelone. À partir de là, itinéraire libre jusqu'au retour à la fin août. Le Portugal nous tentait particulièrement. La formule nous paraissait simple et efficace ; les grands axes étaient tracés mais l'improvisation demeurait souveraine. Pour l'instant, bien au chaud dans notre cuisine, nous scrutions des cartes routières et laissions vagabonder nos doigts sur les chemins tortueux de l'Andalousie.

La façon dont j'allais bien pouvoir trouver l'argent demeurait floue. J'essayais de rassurer Sarah en lui disant qu'il s'agissait d'un problème secondaire, que l'essentiel était de mettre le projet en branle et que le reste suivrait. Il suffisait de décider de partir.

— Je veux bien te croire, me disait-elle, sceptique. Mais j'espère que tu vas trouver une solution en vitesse. Moi ce que je sais c'est que je veux partir. J'ai besoin de ce voyage. *Nous avons besoin de ce voyage*, tu m'entends ? Grandement besoin. Je n'en peux plus d'être ici.

Je me suis épinglé un sourire en travers de la gueule et me

suis présenté à des postes de serveur de casse-croûte, de serveur de restaurant, de caissier, de commis de librairie, de guichetier, alouette... Je ne devais pas être très convaincant : les directeurs et les patrons répondaient à mes sourires mais ne promettaient rien — et ne rappelaient pas.

Je me suis déniché un agent. La seule raison pour laquelle il a accepté de me prendre dans son écurie a sans doute été sa propre inexpérience : il débutait, ce qui l'obligeait à faire le tour des écoles de théâtre pour en repérer les « éléments de qualité ». Todd me l'avait présenté quelques mois auparavant, à la suite d'un exercice qu'il avait applaudi en prenant des airs de connaisseur. Il ne tarissait pas d'éloges à mon sujet. Mais sa mine racoleuse m'avait déplu à un point tel que j'avais décliné son offre. Maintenant que je débarquais dans son bureau, serrant entre mes mains mon C. V. anémique et ma pile de photos noir et blanc, il se montrait nettement plus tiède. Confortablement enfoncé dans un fauteuil hydraulique, il m'a sermonné pendant une bonne demi-heure sur les différentes façons de saborder une carrière naissante (notamment en quittant avant terme une école réputée), avant d'admettre qu'il pourrait consentir à me donner une chance.

Mais le lendemain je trouvais, sans le secours de mon agent, ce que je cherchais.

Sarah, assise au bord du lit, était en train de plier des vêtements propres.

— Tu as été répéter aujourd'hui ?

— Oui, Paul était là, il m'a emmené à une réunion.

— Les gens de sa troupe ? Ils t'ont proposé quelque chose ?

Elle souriait parce qu'elle ne comprenait pas encore. Elle triait les chaussettes.

Je me suis assis de l'autre côté du tas de chaussettes et j'en ai pêché une rouge.

— Oui, c'est ça, ils m'ont proposé quelque chose. Et c'est très intéressant, vraiment très intéressant pour moi. Ils veulent monter une pièce d'Arrabal, *Le Cimetière des voitures,* ils veulent en faire une sorte d'adaptation. À première vue j'ai l'impression que je m'entendrais bien avec eux, ils ont quelque chose…

— Ils veulent que tu travailles avec eux ?

— Ils cherchaient justement quelqu'un. C'est une première occasion, tu comprends, si ça se passe bien je pourrai continuer avec eux. D'autres spectacles.

— C'est pour quand ? L'automne prochain ?

— Non, c'est ça le problème… Ils veulent commencer les répétitions dans quelques semaines. C'est ça le problème, Sarah… les représentations seraient en mai-juin…

— En mai… Et tu as accepté ?

J'ai hoché la tête.

— Tant pis pour nous, quoi, c'est ce que tu t'es dit…

— Pas du tout. Mais j'ai pensé qu'on pourrait peut-être retarder. Comprends-tu que…

Elle s'est levée d'un coup sec pour se diriger vers la salle de bain et presque aussitôt a fait volte-face :

— Je n'ai pas du tout envie de reporter, *pas du tout !* C'est quand même incroyable… J'ai besoin de partir, j'ai envie de me faire gâter, est-ce que tu peux comprendre ça ? Je n'en peux plus de courir, j'ai envie d'un peu de répit… Je me faisais une fête de penser que nous pourrions flâner ensemble dans des villes inconnues, toi et moi, être loin pour une fois de notre petite vie, de l'université…

— Moi aussi.

Elle me regardait comme si je venais de lui couper les bras.

— Je n'en peux plus, Alex, j'ai besoin de changer d'air et pas l'an prochain… En automne, tu le sais, j'ai une session qui commence, le seul moment où je peux partir c'est cet été, comme on avait prévu. Tu changes tout, comme ça…

— Je ne peux quand même pas refuser…

— Peut-être pas. Et moi je ne peux pas remettre à plus tard… Je veux vraiment partir, Alex. Je voudrais partir avec toi. Il est déjà bien tard pour nous.

Elle est allée dans la salle de bain. Je me suis laissé tomber sur le lit. Il y a eu un instant de silence, et puis je l'ai entendue dire, tout bas, comme si elle s'adressait à son propre reflet dans le miroir :

— Des fois j'ai l'impression que la vie c'est pas vrai.

* * *

J'ai décidé d'accepter la proposition, Sarah a décidé de partir seule et de rejoindre Pietro.

— Il faut savoir ce qu'on veut, a-t-elle dit sans plus essayer de me convaincre.

Elle a acheté son billet pour Paris. Elle était désolée de m'avoir reproché mon choix, elle ne voulait surtout pas me faire rater une si belle occasion, mais elle allait choisir de son côté. Elle partirait, elle ferait tout comme prévu et reviendrait au mois d'août — comme prévu. Pas question de tout annuler. Elle se passerait de moi. Pietro l'attendait déjà.

— J'ai besoin de donner une forme à toute cette confusion, tout ce chaos, lui disais-je. Et j'ai le sentiment que je cours à la catastrophe si je ne réussis pas. M'enfuir à l'autre bout du monde ne me servira à rien si me talonne toujours l'ombre précise de ce que je n'ai pas fait.

Sarah me regardait de loin. Trahison, disaient ses yeux. Elle n'allait surtout pas m'implorer, surtout pas essayer de me convaincre. Les mots tournaient court, les corps s'éloignaient.

Quand est venu le temps pour moi de commencer à apprendre mon texte, Sarah faisait ses bagages. Elle sortait toutes les valises des placards pour en choisir une et les époussetait bruyamment en les frappant du revers de la main. L'air de l'appartement était chargé d'électricité. La fébrilité nous gagnait, nous jetait dans des accès d'impatience et de tendresse alternés. Cette torture ne pouvait pas durer longtemps : elle nous a rapprochés. « Je n'ai pas envie de partir sans toi, disait-elle, ça n'a pas de sens. » « Si je pouvais maintenant j'annulerais tout », lui répondais-je.

Mais le mouvement était amorcé. Et tout s'est passé très vite. Les répétitions ont commencé. Deux jours avant son départ nous avons fait l'amour avec force en tous sens sur le lit. Les valises nous regardaient. Promesses de nos baisers, serments de nos caresses… Protégez-nous de la vie qui prend et qui emporte, préservez-nous de ce qui défait, de ce qui détruit.

3

Mon existence de célibataire s'est mise à tourner exclusivement autour du travail. Une semaine après le départ de Sarah j'avais l'impression de vivre ainsi depuis toujours, seul au milieu des objets qui lui appartenaient. Je n'avais plus d'autres preuves de son existence à mes côtés que ces témoins muets.

Bientôt je ne suis plus venu dans l'appartement que pour dormir et me laver. J'étais incapable de supporter le silence qui régnait dans cette enfilade de pièces désertes. Je sortais et j'allais rejoindre d'autres êtres humains. Je ne voulais pas vivre dans l'attente. Quand je restais seul à la maison — la nuit surtout —, je ne pouvais m'empêcher de penser à elle, à ce qu'elle pouvait bien être en train de faire, là-bas, de l'autre côté. Et mon incapacité à imaginer, à voir quoi que ce soit me faisait peur.

Le premier mois, elle m'a téléphoné à deux ou trois reprises, toujours en début de matinée. J'éprouvais chaque fois une sorte de choc en entendant sa voix, sa trop douce et trop réelle voix. C'était comme si on me tirait brusquement d'un rêve en me criant dans les oreilles. Tout ce que je pouvais faire c'était lui répéter « tu me manques », à quoi elle répondait « toi aussi, tu me manques ». Je la mettais au courant de mes activités en quelques mots puis la bombardais de questions.

Elle allait bien, très bien, il ne manquait que moi ; elle avait quitté Paris pour Barcelone et se promenait la nuit dans des venelles inquiétantes en compagnie de Pietro ; elle commençait à avoir l'impression de respirer, elle écrivait, elle rencontrait des gens étranges (un terroriste libanais, un musicien basque, à moins que ce ne soit le contraire) dont elle me parlerait dans ses lettres ; Pietro allait bien et me saluait, bien sûr, il était dans son élément là-bas et peut-être finalement s'entendait-elle mieux avec lui en ce moment que jamais auparavant, elle avait commencé à faire un peu de photo quand il lui prêtait son appareil — mais pas trop parce qu'il était vraiment désagréable d'être touriste et d'avoir ce truc dans les mains ; elle me sentait loin et aurait tellement voulu…

Pourquoi le téléphone nous laisse-t-il toujours aussi nus ? Pourquoi les mots, même les plus tendres, ne peuvent-ils gommer la distance, pourquoi exacerbent-ils au contraire le sentiment de la séparation ? Et pourquoi étais-je aussi triste après avoir raccroché ? Je ne devais pas lui manquer autant qu'elle le disait. Sarah n'était pas femme à se languir — et puis Pietro était là…

Ses lettres, qu'elle m'avait promises copieuses, n'arrivaient pas assez vite. Mais presque chaque matin je trouvais dans la boîte aux lettres une carte postale — reflet d'un moment, transcription d'une émotion fugace, anecdote, écho, baiser… Ces cartes m'étaient précieuses (même si elles me laissaient sur ma faim) parce qu'elles me faisaient entendre une pulsation quotidienne : c'était comme si chaque jour je recevais un échantillon du souffle qui animait ma bien-aimée. J'avais besoin de cette parole renouvelée pour ne pas perdre tout à fait le fil.

* * *

Les représentations commençaient le 22 mai et le temps passait vite. Si, entre Sarah et moi, tout était devenu compliqué, dans la salle de répétition tout était simple : il suffisait de bouger, de s'élancer pour que les problèmes finissent par se résoudre — en tout cas c'est ce que notre inexpérience nous faisait croire.

Mes camarades et moi étions tous quasi vierges, sauf Neil, le metteur en scène, qui avait déjà dirigé quelques productions malgré son jeune âge. Il vivait pour le théâtre et y plaçait toutes ses énergies. Autour de lui s'était formée une petite bande d'êtres hybrides, mi-aventuriers mi-comédiens, animés par une soif intense et partageant ce que d'aucuns appelleraient une formation déficiente. La seule mais notable exception s'appelait Sophie, une grande rousse d'un peu plus de trente ans qui, semble-t-il, couchait avec Neil : je l'avais déjà vue dans une série télévisée et dans quelques pièces ; on lui reconnaissait du « caractère ».

Le texte d'Arrabal nous servait de point de départ. Neil m'avait attribué le rôle de Milos, « valet de chambre d'une quarantaine d'années, très distingué ». Et nous avons commencé, lisant et relisant d'abord la pièce, faisant ensuite de courtes improvisations plus ou moins libres autour d'un passage ou d'une situation. Nous tâtonnions, enthousiastes, sous l'œil vigilant de Neil. Certains essais portaient en germe une énergie particulière, une couleur qui nous plaisait et que nous explorions par d'autres improvisations. Nous nous éloignions ainsi peu à peu du noyau originel.

Neil avait plein d'idées, mais il ne savait pas comment guider un comédien et l'aider à créer son personnage. Au bout d'un mois, nous avons commencé à avoir de sérieux problèmes. Notre matière première — chacun de ces petits morceaux de bravoure apparus en improvisant — s'est mise à s'effriter lentement sous nos doigts alors qu'approchaient les représentations. On aurait dit que nos trouvailles étaient faites de matière putrescible : il suffisait que nous les répétions un certain nombre de fois pour les voir se désagréger. Le corps si chaud de l'œuvre nouvelle se momifiait sous nos yeux désemparés.

Trois semaines avant la première, notre audace s'est transformée en panique. Neil courait comme s'il cherchait à éteindre des feux. Un monstre naissait qui bientôt devrait s'échapper dans le monde — et personne ne savait plus s'il serait présentable.

Je l'aimais pourtant, cette bête étrange et difforme que nous avions enfantée, et j'étais prêt à la défendre. J'y avais mis ce que j'avais de mieux, comme les autres. Je faisais corps, je demeurais solidaire. Sarah et Pietro partis, Neil, Paul, Sophie et les autres étaient mes seuls amis, mes compagnons d'aventure. Ce que nous tentions d'accomplir souffrait de nombreux défauts, mais nous l'accomplissions ensemble.

La journée achevée, j'évitais la solitude de l'appartement et sortais avec quelques-uns d'entre eux. Sophie me faisait discrètement de l'œil, et je faisais semblant de ne pas le remarquer. Elle avait des formes appétissantes, c'est vrai, une chevelure toute cuivrée et de perçants yeux verts, mais je n'avais aucune envie d'être infidèle à Sarah — et puis cette fille me faisait trop penser à Michèle.

Les représentations approchaient ; nous retenions tous notre souffle.

* * *

Neil traînait sa dégaine d'adolescent souillon d'un bout à l'autre de la petite loge. Nous attendions, blêmes sous la lumière vive des lampes à maquillage. Il se préparait à nous parler une dernière fois, et cherchait ses mots. Sa main droite bataillait pour remettre en place une mèche de ses ternes cheveux noirs. J'étais toujours frappé par le contraste entre cette apparence molle, négligée, et la vivacité pétillante qui émanait de lui dès qu'il ouvrait la bouche. Mais cette fois il ne trouvait rien à dire.

Avions-nous un but clair et précis ? Est-ce que Neil savait où il allait ? Je ne crois pas. Il rêvait de créer sans trop savoir comment faire, comme nous tous. Finalement, nous avons parlé de nous-mêmes, de ce que nous connaissions, de ce que nous voyions autour de nous, de ce que nous semblait être le monde. C'était la seule chose que nous pouvions faire, avancer démunis sur le terrain de nos faiblesses et de nos fantasmes.

Sophie a poussé un long soupir, et Neil s'est impatienté, il a renoncé à trouver quelque chose d'intelligent à dire :

— Bon, allons-y… On va faire pour le mieux.

— En route pour l'abattoir ! me suis-je écrié, la bouche sèche. C'est par ici !

* * *

On ne nous a pas abattus : on nous a écorchés.

Alors que certains criaient à la confusion, au bâclage, d'autres, plus cléments, parlaient de « chaos contemporain ». Neil ne comprenait pas très bien ce qui lui arrivait : dans le passé on l'avait salué comme un futur grand, on avait souligné son talent, encensé son imagination… Maintenant la noce avait pris fin. On ne lui pardonnait pas d'avoir déçu. Le plus colérique d'entre les critiques s'était laissé aller à aboyer un bon coup : après avoir éprouvé la patience de tout le monde avec cinq spectacles en moins de trois ans, il était à peu près temps que Neil apprenne ce que voulait dire faire du théâtre ; il ne pouvait pas continuer à imposer aux autres sa propre incompétence sous prétexte qu'il voulait faire de l'art ; et puis quelle était cette idée de s'acharner à subvertir une œuvre aussi subversive que *Le Cimetière des voitures* puisqu'on ne parvenait au bout du compte qu'à l'affadir ?

Trois jours après la première, au moment où est sorti cet article, Neil a sombré momentanément dans l'amertume. Pour nous, comédiens, la pilule du lendemain était plus facile à avaler. Elle a provoqué quelques malaises mais pas de véritable nausée : on parlait de la troupe sans nous distinguer les uns des autres, on ne nous faisait ni l'honneur ni le déshonneur de nous nommer. On relevait nos « maladresses » et notre « propension au cabotinage », mais on remarquait aussi notre « énergie », notre « enthousiasme », notre « irrévérence », sans parler de notre « tonifiante jeunesse »… Et je n'ai lu nulle part qu'Alexis Loric-Soares ou un autre était pourri entre tous.

Nous avons rejeté les critiques négatives en les taxant d'allégations malveillantes, et nous avons poursuivi notre travail. La brûlure quotidienne du trac était bien suffisante.

* * *

Nous jouions déjà depuis une dizaine de jours quand j'ai commencé à recevoir des cartes postales de Lisbonne. La première, c'était immanquable, était ornée d'un portrait de Pessoa.

Enfin dans ta ville, celle que tu n'as jamais vue… Arrivés il y a deux jours, pas eu le temps d'explorer beaucoup. Lumière très douce, linge mis à sécher, peinture qui s'écaille — ce à quoi on s'attend, mais aussi… quelque chose dans la respiration des rues, qui m'attire et me fait peur : c'est comme si je risquais de m'y dissoudre… Je marche, je flâne — je tente aussi de relire Pessoa

directement en portugais, ce qui me donne le tournis. Fatiguée
par le voyage, les déplacements. J'aurais besoin d'éprouver la réa-
lité de ton corps, de le serrer contre moi pour être sûre qu'il existe.
Un long baiser de ta Gioconda

J'ai collé la carte avec les autres, sur le miroir de la loge.
Chaque soir, à l'heure de faire face à mon propre visage, je me
trouvais ainsi encadré par les traces photographiques des péré-
grinations de Sarah.

Le lendemain, une autre carte. Je n'ai pas tout de suite
compris ce qui se trouvait représenté sur la photo ; j'y ai
d'abord vu de complexes coulées de lave pétrifiée avant de saisir qu'il s'agissait en réalité d'un amas incroyablement enche-
vêtré de racines émergeant du sol, photographié en gros plan.
La référence au dos de la carte indiquait *Jardim Ultramar*.
Sarah y avait gribouillé :

Nous promenons dans le colonial « jardin d'Outremer »,
échevelé, empli d'arbres massifs et noueux, de plantes ramenées
d'Angola, du Mozambique, du Brésil... et nous voilà grisés
comme des explorateurs sous les tropiques à nous promener de
butte en butte à l'ombre de larges feuilles. Pietro ne veut plus sor-
tir du parc. Rencontré là un jeune type sympathique, Antonio,
qui joue de la trompette et fait des cabrioles pour me faire rire. Il
a décidé de nous faire connaître la vie nocturne de cette ville où
« tout est brume ».
Je ne veux pas te perdre, je t'aime,
Gioconda

À partir de là, lettres et coups de fil ont cessé. Les cartes
continuaient d'affluer régulièrement mais se vidaient progressivement de leur contenu. La relation que Sarah me faisait de

son voyage se décharnait ; sa parole se faisait laconique, imprécise, et je ne comprenais pas pourquoi.

Quand j'ai reçu cette autre carte, la veille de mon anniversaire, j'ai su que ça n'allait plus du tout — mais je ne pouvais que contempler stupidement la photo d'une rue quelconque du Chiado, le quartier où elle logeait, et relire sans comprendre les trois maigres lignes tracées de l'autre côté à l'encre noire :

Lorsque rien ne vient à être
On en vient à vouloir tout quitter.
J'ai peur de ce qui ne nous arrive pas.

Rien d'autre. Pas de nom, pas de Gioconda, pas de baiser, rien. Seulement ces trois lignes noires entourées d'un silence effrayant. Je les ai lues, relues. J'ai contemplé longuement les espaces blancs qui les bordaient. J'ai pensé : elle a décidé de me quitter. Elle profite de la distance pour rompre, pour se détacher. Je ne peux rien faire, je ne suis pas là pour la retenir ou l'influencer, lui faire du charme et la convaincre. Elle est libre de voguer, de partir à la dérive, de se jeter dans les bras d'un trompettiste ou d'un ami... *J'ai peur de ce qui ne nous arrive pas...* Et comment pourrait-il nous arriver quelque chose si nous ne pouvons nous voir ni nous parler ! Mais elle va me téléphoner demain, c'est sûr. Demain je vais avoir vingt-quatre ans, elle ne va pas m'oublier, il va bien falloir qu'elle téléphone, qu'elle en ait envie ou pas elle va téléphoner et alors on va voir. On va voir.

Après la représentation, je n'ai pu me résoudre à rentrer. Je suis sorti avec Paul, mais j'étais tellement maussade qu'il s'est vite lassé de moi. Un bref dialogue avec le fond de mon verre a abouti à la conclusion qu'il valait mieux aller me coucher, comme tout le monde, pour attendre gentiment le lendemain.

Durant tout le trajet entre le bar et la maison, j'ai respiré un air saturé d'une étrange et prégnante odeur de feu dont je ne suis pas parvenu à reconnaître l'origine. On aurait dit que la ville entière flambait — mais aucune lueur ne s'élevait au-dessus des toits ; seul le parfum du mystérieux incendie hantait les rues désertes.

* * *

Je dormais depuis très peu de temps quand le téléphone a sonné. Le sommeil n'avait eu raison de moi que bien après l'aube, quand tout espoir de parvenir à apaiser mes inquiétudes s'était évanoui. C'était elle, bien sûr.

Sa voix était de miel, parfaite pour souhaiter un joyeux anniversaire à celui dont elle disait s'ennuyer cruellement. Elle a commencé par me parler de la ville, des endroits qu'elle et Pietro avaient découverts, de ce qu'ils faisaient de leurs journées, mais je sentais que le cœur n'y était pas — ou peut-être sentait-elle que ce n'était pas le genre de choses que j'avais envie d'entendre.

— Est-ce que tu m'écoutes ? On dirait que tu penses à autre chose.

Soudain j'avais honte, comme si c'était moi qui commettais une faute.

— Qu'est-ce que c'est que ce mot que j'ai reçu hier ?

— Quel mot ?

— Tu sais bien… *Quand rien ne vient à être…*

Elle ne répondait pas. J'étais sûr qu'elle était en train de se mordre la lèvre inférieure.

— Pourquoi est-ce que tu m'as écrit ça ?

— Eh bien… Je ne sais pas trop quoi te dire. C'est une impression que j'ai ces jours-ci, un sentiment qui se fait parfois

113

très fort… Tu sais ce que je veux dire, cela m'arrive souvent… Mais depuis que je suis dans cette ville je le ressens beaucoup plus intensément, ça me paralyse presque.

— Tu as rencontré quelqu'un ?

— Qu'est-ce que tu racontes, Alex, je ne parle pas de ça du tout. *Franchement.*

— De quoi est-ce que tu parles ?

— Tu me bouscules… C'est difficile, Alex, les choses ne sont pas comme nous pensions.

— Peut-être que nous n'avons jamais pensé la même chose.

— C'est moi, c'est seulement moi.

Il y a eu un silence. Quand elle a parlé de nouveau, sa voix m'a paru éteinte.

— C'est cette ville… Je l'aime, si tu savais… Toi aussi tu l'aimerais. Mais elle réveille quelque chose en moi, je ne sais pas si c'est dans les rues, dans l'air, dans le regard des gens… Je me sens si lourde, c'est comme si je ne croyais plus en rien… Je ne sais pas comment t'expliquer. Est-ce que tu crois qu'il y a des endroits sur terre où l'irréalité de la vie est plus apparente qu'ailleurs ?

— Je ne sais pas… peut-être.

— Depuis que je suis à Lisbonne c'est comme si je venais d'arriver chez moi. Tu comprends, j'ai l'impression d'avoir trouvé un lieu vraiment proche de ce que je suis — mais c'est un lieu tellement *triste*, Alex, et tellement… irréel… Oh, tu ne peux pas comprendre. Je n'arrive même plus à l'écrire. Et tu es si loin.

— Et Pietro ? Il ne t'aide pas ?

Elle a éclaté de rire.

— Pietro ? Il n'y a *rien* en lui pour me donner à espérer, rien. Il a l'air bien dans sa peau mais à l'intérieur tout est noir.

Il ne se donne pas une chance d'espérer, pas une. Si tu savais comme c'est déprimant à la longue de voyager avec quelqu'un qui ne croit en rien, même s'il sourit tout le temps. Il suffit qu'il regarde une chose pour qu'elle perde de sa substance.

— Tu exagères.

— À peine. Mais ne m'écoute pas. Je t'ai déjà raconté ce genre de choses, pas vrai ? Je suis vraiment déprimée aujourd'hui. Je voulais te souhaiter un joyeux anniversaire…

— Et la trompette ? Qu'est-ce qu'elle fait dans cette histoire, la trompette ?

— Il s'appelle Antonio, pas trompette.

— Antonio Trompetta ?

— Voyons, Alex. Quelle importance de toute façon.

— Non, dis-moi comment il s'appelle.

— Antonio de Praese.

— Oh, je vois. *De* Praese. *De* Praese. Il a autre chose qu'une trompette alors…

— Ridicule.

— Tu as raison. Et puis ça va te coûter cher, aussi bien raccrocher tout de suite… Alors, il te fait des avances, Trompetta ?

— Je ne tombe pas dans les bras de tous ceux qui me font de l'œil !

— Je vois… Tu m'écris qu'il fait des cabrioles pour te faire rire et tout de suite après tu m'assures que tu ne veux pas me perdre !

Un silence tendu a suivi. Enfin Sarah a laissé tomber :

— Si nous nous perdons ce ne sera pas à cause de quelqu'un. Ce sera à cause de nous. À cause de moi, à cause de toi, et de rien d'autre. Tu peux être sûr de ça.

4

Les représentations ont pris fin. Après une dernière soirée tout en embrassades, cris et promesses, chacun est parti de son côté. Une pointe d'angoisse, un petit début de panique naissait dans ma poitrine à la perspective de déambuler seul de longues heures dans la moiteur des nuits d'été. Avec mon cachet je me suis acheté une moto, une vieille Honda, sur laquelle je projetais de m'évader en attendant le retour de Sarah.

Mais Paul m'a aiguillé sur une autre route. Il m'a appris qu'un célèbre acteur polonais venait à Montréal fin juillet pour y guider un petit groupe pendant deux semaines. Il n'avait confirmé sa venue que tout récemment, et il restait encore quelques places pour le stage ; Paul m'a facilement convaincu d'y participer.

Je ne pouvais pas ignorer qui était Andrzej Rozak. On parle de lui comme on parlerait d'un phénomène étrange et magique, incompréhensible et beau. Sa période de gloire remontait aux années 70, pendant lesquelles il avait œuvré au sein d'une compagnie aussi austère qu'opiniâtre dans sa recherche de nouvelles formes théâtrales. Je ne connaissais de Rozak que ce que j'avais pu lire ou entendre à son sujet. Depuis la dissolution de sa troupe, il ne jouait plus que très rarement. Des rumeurs vagues circulaient, on chuchotait qu'il n'était plus que l'ombre de lui-même. Je savais qu'il errait de par le monde, faisait de la mise en scène, enseignait à de petits groupes. Il venait tout juste de monter *Les Bas-Fonds* à New York.

Il m'est difficile de décrire l'homme que j'ai vu apparaître dans la salle de répétition le premier jour du stage. Difficile de parler de sa force. Aussi difficile que si on me demandait de bouger sur scène comme un animal sauvage, comme un grand félin, un tigre ou une panthère, d'en adopter la démarche, d'en trouver le regard, d'en acquérir l'immobilité — aussi difficile que ça. J'ai tout de suite su, à l'instant où je l'ai aperçu, que je n'avais jamais possédé l'énergie qui circulait en cet homme. Je n'avais jamais été témoin d'une telle présence.

Nous étions tous là depuis quelques minutes, une vingtaine de personnes en tout, au milieu d'un certain brouhaha : et on se saluait, et on s'embrassait, et on se taquinait… Jusqu'à ce que Rozak nous salue de sa voix grave et douce, et que tout le monde comprenne qu'il se trouvait déjà parmi nous, au beau milieu de la pièce. Il avait passé la porte et s'était avancé sans que personne le remarque. Maintenant il souriait, très calme, et nous regardait. Le bavardage a cessé instantanément. Il serait inexact de dire qu'il imposait le respect : il n'imposait rien, cela a tout de suite été très clair. Il était là, puissamment là, sans avoir à forcer quoi que ce soit. Je crois que personne ne savait comment se poser face à un tel être. Après une bonne minute d'un silence intenable, il a écarté les bras et a ri doucement, à voix basse, un peu comme s'il nous proposait de passer à autre chose. La chaleur qui émanait de lui était telle que tout le monde a commencé à rire de soulagement, lèvres fendues, et à se jeter des regards ravis. La tension s'est dénouée dans ma poitrine et j'ai ressenti de la gratitude envers lui, comme s'il venait de me rassurer, de me prouver qu'il n'y avait rien à craindre.

Sans attendre, nous avons commencé. Pendant deux semaines nous avons fait beaucoup d'improvisations, beaucoup d'exercices visant à ouvrir la voix, à dénouer le corps, à élargir la conscience du geste. Rozak ne parlait pas beaucoup. Il allait directement au cœur de l'action, sans détour, sans fioriture. Il ne voulait pas savoir si on pensait comprendre ou non : lorsque le corps d'un participant ne comprenait pas, Rozak le voyait immédiatement ; il venait et corrigeait, montrait de nouveau, posait une main sur un muscle crispé ou accompagnait un mouvement, parfois aidait de quelques mots. Toujours, toujours avec une sollicitude et une patience bouleversantes, une aptitude à consacrer son entière attention à celui ou celle qui se trouvait devant lui. Il nous insufflait du courage, nous accouchait de nos corps avec un doigté sûr.

En sa présence, je me mettais à croire sérieusement que moi aussi, un jour, je parviendrais à *sortir* pour de bon dans le grand monde. Le soir je rentrais à la maison perclus mais surexcité, animé d'un feu qui colorait mes rêves. Mon être se trouvait accaparé par ce travail : j'avais moins de temps pour penser à Sarah ou m'inquiéter des cartes postales qui n'arrivaient plus qu'avec une extrême irrégularité.

Selon l'état civil, Rozak avait cinquante-deux ans. Il me paraissait très vieux et très jeune à la fois. Pendant qu'il supervisait les exercices ou observait nos improvisations, il était heureux, pleinement heureux. Je peux le dire parce que rien d'autre que cette évidence palpable n'émanait alors de lui. Pas une seule parcelle de son être ne se trouvait dispersée. Son visage ravagé était un saisissant exemple de rédemption ; une légèreté, une vitalité juvénile animait ses yeux, guidait ses mains ; et son corps... Je n'avais jamais rien vu de tel. Son corps pensait. Son corps ne cherchait pas : il trouvait, sans jamais hésiter. Une absence de peur, une ferveur contagieuse l'animaient à chaque instant, le portaient au-delà des obstacles appréhendés par les autres. En le regardant bouger je pensais à Nijinski, à l'intensité du corps révélé, du corps accompli. Pour la première fois de ma vie je voyais à quoi pouvait ressembler un corps libre.

∗ ∗ ∗

Un soir, peu de temps avant la fin du stage, Paul et quelques autres participants ont invité Andrzej à prendre un verre. Je les accompagnais. Dès notre arrivée il a marché résolument vers le bar, a commandé un pichet de bière brune et, appuyé au comptoir, a entrepris de le vider à grands traits impatients comme s'il cherchait à noyer un incendie. Quelqu'un a dû le tirer par la manche pour qu'il vienne s'asseoir à nos côtés. Il a versé ce qui restait dans nos verres et a commandé un autre pichet en faisant de grands gestes.

Pendant toute la soirée il a fumé sans discontinuer des Marlboro dont il ôtait les filtres en les cassant d'un coup sec, et il a bu de la bière. Quelque chose n'allait pas. Oh, il était vif, comme d'habitude, plein de prévenances et de gentillesse — mais on aurait dit qu'un petit diable, qu'une sorte de petite mort se tenait sur son épaule et lui chuchotait des secrets à l'oreille. Je pouvais nettement sentir la présence de cet ange sombre auprès de lui. Quand l'un de nous l'interrogeait sur son passé, il s'esquivait au moyen d'une boutade ou faisait un geste vague du bras, buvait une gorgée, puis nous gratifiait d'un regard tellement triste que personne n'osait insister.

À quelques reprises, il s'était retiré de la conversation : l'espace de quelques minutes il semblait ne plus entendre, ne plus voir. J'observais alors du coin de l'œil une métamorphose étonnante. Son corps reposait inerte sur la chaise, légèrement voûté, comme terrassé par la fatigue ou le poids d'un quelconque fardeau ; son visage n'était plus que rides et affaissements, œuvre triste sculptée par une main impitoyable. J'aurais pu croire que la vie s'était retirée de cette enveloppe lasse. Mais elle revenait aussi subitement qu'elle s'était enfuie, et Rozak s'animait de nouveau.

Les autres sont partis un à un se coucher et je suis resté seul en sa compagnie. Je ne tenais plus debout, mais la vanité que je tirais à me trouver en tête-à-tête avec lui me permettait de surmonter ma fatigue. De sa voix grave, alourdie par l'alcool, il me racontait de vieilles légendes polonaises en s'arrêtant souvent pour chercher un mot, et me parlait de sa découverte récente de la forêt canadienne. La bière avait fait place à la vodka. J'avais l'impression d'avoir devant moi un ogre cherchant par tous les moyens à s'épuiser sans y parvenir.

Quand enfin nous sommes sortis, à la fermeture, il s'est posté au bord de la rue pour attendre qu'un taxi passe. Je me tenais près de lui, mon casque entre les mains, trop intimidé soudain pour parler. Il ne disait rien non plus. Nous nous tenions là, ivres et silencieux, noceurs lâchés soudain au beau milieu de la nuit noire comme des visiteurs malvenus. La solitude qui émanait de Rozak à ce moment précis était tellement vaste que ma propre solitude à ses côtés en devenait douloureuse. Rien ne protégeait cet homme, pensais-je. Vivre dans le monde élastique et compliqué du quotidien lui était sans doute encore plus pénible qu'à moi.

Rozak a penché la tête en arrière. Au bout de quelques secondes, il a fait un grand geste en direction du ciel bouché et s'est exclamé — comme s'il brûlait de poser cette question depuis plusieurs jours :

— Qu'est-ce que c'est que cette odeur ? Et ces *nuages,* cette fumée ? La ville est en feu ?

— Non, pas encore… Ce sont des feux de forêt, lui ai-je expliqué, plusieurs feux qui ont pris une telle ampleur depuis quelques semaines que personne ne peut plus espérer les éteindre.

— Près d'ici ?

Rozak semblait éberlué.

— Non, loin dans le nord. C'est ce qu'on entend à la radio. Ici on a seulement la fumée. C'est à cause de la sécheresse, de la chaleur… De gigantesques brasiers…

— C'est terrible, a-t-il dit en appuyant sur les *r*, animé d'une sorte de ferveur. Autant de destruction à la fois ! C'est ça le terrible, tu comprends, mon ami, *la beauté du terrible* : la force d'expression de la nature…

Je n'ai rien répondu. Je ne sentais aucune beauté. Je sentais la menace, lourde et indistincte, et rien d'autre.

* * *

Tout compte fait, nous n'avons appris pendant ce stage qu'à avoir une petite idée de ce qui nous faisait défaut. Gain appréciable mais constat déprimant : il faudrait redoubler d'efforts pour que des graines finissent un jour par germer dans notre pauvre sol. Cela voulait dire un travail rigoureux, d'une difficulté à peine imaginable, un travail pénible, fastidieux, opiniâtre — un travail que Rozak n'avait même pas le temps d'esquisser avec nous. Tout au plus pouvait-il nous en donner un aperçu et nous indiquer vaguement la direction.

Rozak nous avait fait bouger, nous avait poussés à titiller certaines zones endormies. Mais peut-être ai-je appris surtout en le regardant faire, en le voyant démontrer avec une précision et une justesse irréfutables ce qu'il désirait nous voir accomplir.

« Regardez bien », disait-il avant de s'élancer avec une vitalité stupéfiante qu'aucun de nous, pourtant plus jeunes, ne possédait. Et devant nous il roulait, il tombait, il sautait. « Regardez bien », et nous voyions soudain un nouveau-né abandonné se tordre de douleur sur le sol en braillant, les jambes battant l'air, les poings serrés et tremblants, le visage cramoisi et les yeux révulsés, « regardez bien », et nous voyions un homme se tenir immobile de longues minutes devant nous dans une attitude naturelle mais qui, était-ce possible, nous laissait croire qu'il allait s'élever sous nos yeux et se faire aspirer, oui aspirer par le ciel au cours d'une ascension irrésistible…

Il n'y avait rien à ajouter, vraiment. Mais nous avions tous soif d'une parole capable de nous indiquer la route. Il a attendu le dernier jour pour nous parler un peu plus longuement.

— Le but que vous devez atteindre n'est pas de jouer. Le but est de vous défaire de ce qui vous gêne, de *déjouer* ce qui vous entrave. Comprenez-vous ? N'essayez pas de partir des émotions. N'essayez pas de fixer les sentiments. Les émotions vous échapperont toujours, toujours — impossible de rien fonder sur elles. Il faut chercher ailleurs… Vous pouvez avoir confiance en votre corps, vous pouvez répéter des gestes très précis, retrouver un courant vital. C'est une chose que vous ne réussirez jamais si vous essayez *d'avoir* des sentiments, si vous vous forcez à ressentir intensément. Comprenez-vous ce que je dis ? C'est très important. Comprenez-vous ce que cela implique ?

Un silence embarrassé avait suivi cette question. Je n'avais aucun moyen de comprendre autrement qu'avec ma tête, aucun moyen de savoir quels chemins mon corps devrait emprunter pour atteindre ce dont il nous faisait la démonstration et qui apparaissait comme tellement évident. Qu'y avait-il exactement à l'origine de cette maîtrise ? Comment faire, où commencer ?

La présence de cet homme, ce qu'il disait résonnait très fort en moi. Je n'avais qu'à regarder la façon dont il se tenait debout, royalement immobile, pour comprendre pourquoi je voulais faire du théâtre, pourquoi je brûlais de vivre, pourquoi j'avais quitté l'École nationale, pourquoi l'insatisfaction me rongeait le cœur comme un ver ronge un fruit, pourquoi j'avais plus que tout *besoin de trouver...*

— Ensemble, nous n'avons pas eu le temps d'aller très loin, c'est vrai, à peine de commencer à nous comprendre. Les conditions de travail au théâtre, les conditions qui sont les vôtres, ne permettent pas d'approfondir. Il n'y a pas le temps, pas la volonté. Mais si cela vous intéresse vraiment d'aller plus loin, je pense que vous trouverez une façon — je ne sais pas laquelle — de continuer à apprendre, même si vous êtes isolés, même si c'est difficile.

C'est là-dessus que Rozak nous a quittés, là-dessus que nous nous sommes tous séparés. J'aurais voulu pouvoir faire en esprit un saut prodigieux, me projeter là où cet homme se trouvait, comprendre de toutes les fibres de mon corps ce que voulait dire être intensément vivant, ce que voulait dire être libre. Mais je ne voyais pas les échelons de l'échelle qu'il me fallait grimper.

Pendant toute la durée du stage j'avais lutté chaque nuit, mené bataille dans des corps à corps dignes du combat de Jacob avec l'ange. J'avais couru, dansé, sauté au-dessus de précipices, affronté de féroces opposants, fui au-devant d'incendies galopants... Je survivais toujours sans vaincre jamais. Il semblait n'y avoir pas de fin à la horde de monstres tapis sous mon visage de jeune homme.

*   *   *

Je suis allé chercher Sarah à l'aéroport deux semaines après la fin du stage. Il était près de minuit. Elle avait téléphoné quelques jours plus tôt pour confirmer son arrivée et me dire qu'elle serait seule : Pietro avait décidé de prolonger son séjour et de retourner en Espagne. Tant mieux.

En la voyant s'approcher, j'ai pensé qu'elle n'était pas encore tout à fait arrivée. Peut-être était-ce la lenteur de son pas alors qu'elle poussait le chariot, le sourire vague dans son regard ou le voile de fatigue et de soleil hâlant son visage, je ne sais pas… Je l'ai serrée contre moi, l'ai embrassée sur le front et la bouche, l'ai regardée quelques secondes au fond des yeux — et me suis vite détourné, gêné d'y trouver une lueur si profonde et si opaque… Je me suis senti gauche devant cette femme que j'aimais et ne pouvais plus prétendre tout à fait connaître, cette femme que je retrouvais soudain dans sa réalité palpable et effrayante avec sa peau basanée et les fines rides qui apparaissaient au coin des yeux, avec ces cheveux si courts, ces vêtements imprégnés d'une tenace odeur de fumée… Elle s'est penchée pour ramasser son sac et s'est hâtée vers la sortie.

Nous avons peu parlé pendant le trajet en autobus qui nous ramenait à la maison. Nous nous regardions, nous souriions. Dans ses yeux je voyais à quel point elle était loin encore. Je me demandais si la tension nerveuse que je sentais palpiter sous sa peau était due à la simple fatigue du voyage, ou à autre chose. Quand je l'ai interrogée elle m'a demandé d'attendre un peu, et à la fébrilité de ses mains se posant sur les miennes j'ai compris que quelque chose d'énorme l'habitait.

Sitôt la porte refermée elle a envoyé valser ses souliers, s'est jetée sur le divan au lieu de m'enlacer et s'est mise à parler avec fièvre. C'est à ce moment que j'ai tout appris sur l'incendie qui venait de ravager Lisbonne.

La nuit précédant le départ de Sarah, les flammes avaient dévoré une bonne partie du Chiado, le quartier où elle logeait. Le feu avait pris naissance à l'intérieur d'un grand magasin et s'était vite étendu aux immeubles avoisinants. Le vent soufflait fort ; le quartier avait flambé toute la nuit et toute la journée du lendemain. Cris et cloches avaient réveillé Sarah et Pietro — de la fenêtre ils avaient vu des gens courir, certains montaient la rue tandis que d'autres, chargés de paquets, tirant sans ménagement leurs enfants par le bras, descendaient vers le port. Ils s'habillaient à la hâte quand Antonio (l'incontournable trompettiste) avait fait irruption dans la chambre, à bout de souffle, et leur avait appris ce qui se passait avant de les entraîner avec lui.

En bas, dans la rue, le chaos était total, l'air saturé d'un mélange explosif de peur et d'excitation. À chaque coin de rue de vieilles femmes en noir regardaient au loin, figées comme des statues dans leur contemplation de la déroute, bâillonnées par le mouchoir qu'elles tenaient pressé sur leur bouche pour se protéger de l'odeur. Des hommes couraient en tenant leur casquette, les yeux rivés sur le sommet de la colline enfumée. Tout le monde criait pour essayer de retenir ou d'encourager une femme, un mari, un frère, le convaincre de rester à l'abri ou de prêter main-forte. On emportait des échelles, on s'enfuyait avec une télé ou un enfant, des valises, des machines à coudre, des tableaux. Dans le périmètre immédiat de l'incendie, juste au-delà de la zone fermée tant bien que mal par la police, la foule était dense : des évacués en pyjama et en bottines regardaient leur maison et priaient à haute voix le Seigneur de les épargner ; de petits hommes à brassard rouge tentaient sans succès de persuader les familles éplorées de se diriger vers les refuges aménagés pour eux ; des fouineurs de tous âges étiraient le cou pour apercevoir un petit bout du spectacle ; des hommes se lamentaient en levant les bras au ciel ; des femmes enfouissaient leur visage dans le bas de leur robe ; des enfants demeuraient silencieux au milieu du bruit et de la fureur, la bouche ouverte et les yeux rougis, béats comme si la nuit ne devait plus avoir de fin, comme si la vie ne devait jamais plus être autre chose qu'un tourbillon violent et saturé.

Pietro avait emporté son appareil et prenait des photos, très excité. Comme ils tentaient de s'approcher du cœur de l'incendie, Sarah et lui avaient été séparés par un brusque mouvement de foule ; elle ne devait plus le revoir que le lendemain, une heure avant de partir pour l'aéroport. Toute la nuit et toute la journée suivante elle était restée dehors — toujours flanquée de Trompetta, qui la suivait comme un bon petit chien. Elle ne pouvait pas me décrire ce qu'ils avaient fait exactement pendant ces longues heures hallucinées, c'était impossible à décrire et puis tout se confondait comme sur un tableau de Van Gogh regardé de trop près, les couleurs furieuses, le bruit des sirènes et des cris, la nuit embrasée, la cendre du jour, la boue dans les rues…

Saisie par un mélange de fascination et d'horreur devant la toute-puissante destruction, elle avait rôdé sans relâche, hypnotisée par cette réalité âcre qui la prenait à la gorge et faisait pleurer ses yeux. Elle aussi, comme les enfants, elle avait cru que l'incendie n'aurait pas de fin, que la destruction ne s'arrêterait pas. Mais, à l'aube, Trompetta l'avait entraînée au fond d'une cour sombre pour lui faire grimper un escalier en colimaçon qui débouchait sur les toits. Assis côte à côte sur le faîte écaillé de tuiles branlantes, ils avaient pu assister à l'ascension du soleil, magnifiquement indifférent à la confusion qui régnait encore dans le monde enfumé, là, juste sous leurs pieds. Le quartier de Lisbonne qu'elle avait préféré à tous les autres n'était plus que charbon ; le reste de la ville, intact, ondulait de bonheur sous la lumière neuve du jour.

Quel masque étrange arborait Lisbonne en cette journée d'adieu ! Tout ce que, jusqu'alors, Sarah avait vu en elle — la beauté triste, la pauvreté douce, l'irréelle splendeur d'une ville assoupie —, tout avait été balayé, rendu méconnaissable par cette violente et soudaine tragédie. Les pompiers commençaient à peine à refouler l'ardeur des flammes quand, en fin d'après-midi, Sarah avait dû regagner précipitamment l'hôtel (déclaré hors de danger depuis quelques heures) pour ramasser ses affaires et filer vers l'aéroport. Elle quittait le théâtre en feu.

* * *

Quelque chose était en train de se passer. Je l'avais écoutée raconter son histoire, et maintenant qu'elle semblait avoir terminé je redoutais ce qui allait venir. Elle me regardait ; je n'aimais pas ce que je lisais dans ses yeux, je n'aimais pas la puissante aura de solitude qui la baignait et qui m'empêchait de m'approcher pour toucher son corps. Ce n'était pas la fatigue.

— Il y a comme une partie de moi qui a brûlé la nuit dernière... Quelque chose que j'ai laissé dans ce feu. (Elle s'est frotté les yeux pour la centième fois depuis sa descente de l'avion.) Maudite fumée... Je n'en peux plus. J'ai vraiment besoin de dormir, je n'ai pas pu fermer l'œil dans l'avion, je ne me souviens même plus... On parlera plus tard, Alex, d'accord ? Je suis allée trop loin, je... D'accord ?

— Le lit est là, tu t'en souviens peut-être, ai-je soupiré en désignant du doigt la porte entrebâillée de la chambre.

Mais elle s'était déjà levée, elle ne m'entendait plus. Elle titubait en franchissant les derniers mètres qui la séparaient encore de la pénombre fraîche. Devant elle se trouvait l'irrésistible oubli du sommeil, le long repos à venir ; derrière, il y avait sa vie, cette histoire de feu, le tourbillon du voyage, et puis Montréal, l'appartement, moi… Toutes choses qu'il lui tardait maintenant d'abandonner.

L'abandon

1

Pendant des semaines on vit avec l'absence du corps de l'autre, et quand enfin il est là rien ne change. La rencontre ne se fait pas.

Les deux premiers jours, Sarah s'enfermait dans la salle de bain et passait de longs moments sous la douche. Elle frottait avec acharnement sa peau pour en éradiquer l'odeur funeste sans y parvenir : l'intense parfum de cendre l'imprégnait comme un esprit hante un corps. Pendant la journée, nous marchions côte à côte de longues heures dans les rues du Plateau — elle disait avoir besoin de « reprendre contact », mais je la soupçonnais de chercher surtout à éviter tout contact trop étroit avec moi. Depuis le soir de son arrivée, elle ne parlait plus de Lisbonne ni de l'incendie. Elle m'interrogeait sur mon été pour que je la laisse tranquille avec le sien. Gioconda se faisait plus insaisissable, plus élusive que jamais.

Pour le corps, c'était très douloureux. Mes étreintes ne suscitaient qu'une réponse lasse, qu'un sourire triste. Elle donnait juste assez pour que je ne puisse pas dire qu'elle ne donnait rien. J'étais inquiet, bien sûr, et je n'aurais pu supporter très longtemps la souffrance de ce contact avec le vide, mais pour le moment je ne voulais rien brusquer. Je m'imaginais que, le temps aidant, nous finirions par nous réapprivoiser ; je me raccrochais à l'idée d'une patience salvatrice. Mais le feu avait déjà consumé le dernier des possibles.

Il lui a tout de même fallu trois interminables journées avant de se décider à me le faire savoir. Il était presque midi. Je préparais du café dans la cuisine quand elle est apparue sur le seuil, drapée dans son vieux peignoir blanc effiloché. Elle sortait de la douche, et se frottait les cheveux avec une serviette. Ses petits pieds nus, encore humides, avaient laissé de fugaces empreintes sur le sol. J'ai eu encore une fois l'impression qu'elle n'osait pas s'approcher davantage et que, pour une raison ou pour une autre, elle préférait m'observer de loin, sans sourire. J'ai laissé la cafetière et me suis essuyé les mains.

— On ne peut plus continuer, a-t-elle laissé tomber d'une voix plate.

Je me suis adossé au comptoir et l'ai regardée, sans répondre. Elle pressait la serviette contre sa poitrine. C'était donc ça, cet écho mort, cette main fuyant la mienne…

— Comment peux-tu dire une chose pareille ? Tu viens à peine de…

— Ce n'est pas ça…

— Mais explique-moi ! Qu'est-ce que tu veux que je fasse si tu ne dis rien !

— Je n'ai pas envie de… Non, écoute… Il y a quelques jours je me disais que te voir allait peut-être tout changer, que ta présence concrète allait tout effacer, et… J'avais hâte de pouvoir enfin te toucher, je me disais que… Mais, comment te dire… Depuis le feu, tout est différent…

— Depuis le feu ?

Tout à coup j'ai compris qu'elle se préparait depuis longtemps à ces phrases qu'elle prononçait maintenant. Ces mots qui, pour moi, étaient des bombes, elle en avait déjà désamorcé la charge dans le secret de son cœur. Elle se contentait de me faire part. Ce que je pouvais dire n'avait aucun intérêt.

Elle m'a entraîné dans le salon, où elle m'a fait asseoir. Je ne disais plus rien. Elle voulait que je comprenne.

C'était difficile à expliquer. Pendant le feu, elle avait espéré de toute son âme qu'on parviendrait à sauver le quartier, elle avait prié comme tout le monde et attendu avec angoisse… Mais le lendemain, dans la fatigue du jour, à la vue des décombres, ce sentiment avait fait place à la résignation devant l'inéluctable. Et ce sentiment avait fait corps avec son sentiment envers moi. Elle ne savait pas pourquoi la vision de l'incendie avait donné naissance à pareille équation, qui mettait tout en lumière. Pendant l'incendie, elle n'avait pas eu le temps de penser, elle avait marché dans une espèce d'état second. Mais une fois dans l'avion, elle s'était rendu compte qu'elle n'avait plus l'intention de continuer avec moi. Ce n'était pas une décision, il fallait que je comprenne ça, mais quelque chose qui s'était produit à ce moment précis et qui s'était imposé.

Revenir ici n'avait rien changé. Cela lui faisait mal de me dire ça, mais attendre serait pire encore. Quand tout brûle on ne reste pas.

* * *

Je me foutais bien de son feu et des conclusions qu'elle en tirait. Pour moi toute cette histoire était une construction, une sorte d'alibi qu'elle avait fini par trouver après l'avoir cherché. Elle n'était plus amoureuse de moi : c'était aussi simple et douloureux que ça.

J'ai fait quelques scènes — mais quel pouvoir avais-je contre ses certitudes? Le seul (et peu digne) moyen que j'ai trouvé pour la faire réagir a été de l'interroger férocement sur le rôle que Trompetta avait joué. Alors elle avait perdu ce calme attristé qui me rendait furieux et, dans l'énervement, s'était mise à crier elle aussi — et enfin je n'étais plus seul à me séparer.

Si je l'avais accompagnée là-bas comme j'étais censé le faire, avait-elle répondu, tout aurait pu être différent. Elle n'aurait pas connu cette détresse étouffante ni ce sentiment oppressant de dissolution qui l'avaient poussée à répondre aux avances d'un homme lui proposant un peu de fraîcheur (elle avouait donc !). Si je ne l'avais pas abandonnée, si j'avais su la comprendre, rien ne serait arrivé, absolument rien. Mais de toute façon la vie nous était déjà impossible avant le voyage, ce n'était qu'une question de temps, elle ne comprenait pas que je ne m'en rende pas compte. Je n'arrivais pas à l'atteindre, je n'arrivais pas à aller la chercher, ce n'était pas ma faute, d'ailleurs personne n'avait jamais réussi, surtout pas Trompetta, qui ne représentait rien pour elle, absolument rien. Moi, évidemment que je comptais beaucoup pour elle, plus que personne, elle le jurait, mais ce n'était pas suffisant, non, pas suffisant. Elle n'en pouvait plus de tout ça, ce qu'elle voulait c'était se retrouver, se retrouver elle, se retrouver seule…

Je ne voulais plus l'entendre. Je suis parti précipitamment.

* * *

Mon agent n'a pas compris que j'accueille avec si peu d'enthousiasme sa voix faussement amicale au téléphone. C'était pourtant inespéré comme premier résultat de prospection : deux auditions coup sur coup, une pour un rôle dans une pub télé et l'autre pour *Les Fourberies de Scapin,* que montait un théâtre important. Avec *Les Fourberies,* j'avais une chance unique d'entrer par la grande porte, comme il le disait si plaisamment, une chance qui ne se représenterait pas de sitôt parce qu'elle était le pur produit d'un accident pathétique.

Je n'aurais eu aucune chance de faire partie de la distribution si le comédien qui devait incarner Octave ne s'était fait attaquer sauvagement deux jours plus tôt. Selon mon agent, qui semblait trouver l'anecdote irrésistible, celui-ci se serait fait surprendre de nuit sur un sentier du mont Royal par une bande de skinheads enragés. Il aurait échappé de justesse aux haches et aux chaînes — son compagnon de buisson, moins chanceux, reposerait maintenant à l'hôpital dans un état grave. Lui-même aurait reçu un coup vicieux sur le côté du visage, ce qui l'avait obligé à se retirer de la production alors que les répétitions venaient tout juste de commencer... Aucun des comédiens approchés au cours des vingt-quatre dernières heures n'était disponible. C'est là-dessus que je débarquais avec ma scène apprise par cœur à l'audition organisée in extremis le lendemain, et que je montrais à tous quel candidat idéal je faisais. Merveilleux, non?

Peut-être en d'autres circonstances aurais-je répondu oui, merveilleux. Peut-être aurais-je été fou de joie et d'orgueil à l'idée de m'introduire aussi souplement dans une production prestigieuse; mais je ne ressentais qu'un vague écœurement. L'agent avait d'abord téléphoné chez nous (à cet appartement que par habitude j'appelais encore *chez nous*) et Sarah lui avait donné le numéro de chez Paul, où il venait de me joindre. J'étais assis sur le divan qui me servait de couche solitaire depuis sept ou huit jours — aussi bien dire une éternité — et j'attendais que mon agent ait fini pour raccrocher enfin. Bien sûr que j'irais. Je ne savais pas comment je parviendrais à apprendre le texte pour le lendemain, mais je le ferais, oui. Pourquoi pas, de toute façon...

Comment avions-nous pu aller si vite? Comment avions-nous pu déserter notre vie commune aussi abruptement? Il y avait quelque chose d'absurde et de profondément déprimant dans l'espèce de fatalisme qui s'était emparé de nous. Je ne sais pas pourquoi Sarah agissait de la sorte. Pour moi, la source devait se trouver quelque part du côté de la douleur. Douleur qu'elle soit revenue de voyage la désertion au cœur. Douleur qu'elle n'ait pas su montrer clairement qu'elle approchait de ce terme, douleur que je n'aie pas su l'empêcher d'y arriver. Douleur de voir que ce qui nous unissait avait maintenant moins de poids que ce qui nous séparait. Douleur de ne plus pouvoir la toucher et de la savoir encore chaude des étreintes d'un autre. Douleur de comprendre que ce que nous avions négligé de faire ensemble ne se ferait jamais. Douleur de ne plus la sentir à mes côtés et d'être seul.

Je n'avais pas voulu d'une lente agonie ponctuée de supplications et de reproches. Le lendemain de son aveu, après une nuit d'extrême solitude passée aurpès d'elle, je m'étais réfugié chez Paul après avoir laissé une note sur la table : « Le quartier incendié a été évacué. Bonne chance à tous les réfugiés. » Paul m'avait tendu un trousseau de clés sans faire d'histoires et j'avais tout de suite commencé, durant les courts répits que me ménageaient larmes et soupirs, à réorganiser ma petite existence. Nous devions cesser de nous voir.

Elle ne souhaitait pas une solution aussi radicale (elle ne voulait pas perdre l'*ami*). Mais quand j'acceptais de la rencontrer je butais sur la même fermeté, le même regard qui disait non. Cette capacité qu'elle avait de se retirer aussi complètement, de se tenir en dehors avec une telle facilité me révoltait — sans doute parce que je n'arrivais pas à y voir autre chose qu'un manque d'amour. Et s'il fallait choisir entre lui reprocher son manque d'amour et ne plus la voir, je préférais ne plus la voir.

Je rêvais de débarquer à l'appartement avec un camion et d'emporter toutes mes affaires, d'un seul coup, comme ça, pour la laisser en plan sans qu'elle ait le temps de réagir. Mais elle m'a devancé. Elle m'a téléphoné chez Paul pour me dire que ce n'était pas à moi de partir, que c'était elle qui avait provoqué la rupture et donc qu'elle s'en allait, qu'elle me laissait l'appartement. Je n'en veux pas, avais-je répondu. Elle s'en allait de toute façon, c'était mieux comme ça, et puis elle avait déjà trouvé : dans deux jours je pourrais revenir, elle ne serait plus là. Elle était désolée que ça se termine de cette façon. Peut-être que ça pourrait se terminer autrement, avais-je tenté, sans trop savoir ce que je disais. Je ne veux pas reparler de tout ça, avait-elle répondu après un temps assez long. Ce silence parlait pour elle.

* * *

Le soir même de l'audition, l'assistant du metteur en scène a téléphoné pour m'annoncer que j'avais le rôle. Il m'attendait le lendemain matin pour commencer le travail de lecture. Animé d'un mélange de fierté et d'indifférence, de frénésie et de tristesse, je me suis donc joint à l'équipe des *Fourberies*.

Sophie, la rouquine aux yeux verts du *Cimetière des voitures,* faisait partie de la distribution. Je me suis naturellement tenu près d'elle les premiers jours. Sophie n'était plus avec Neil et se moquait bien de savoir ce qu'il devenait. Par contre, à la façon ondoyante qu'elle avait de marcher lorsqu'elle se savait regardée par moi, à la très légère pression de sa main sur mon avant-bras lorsqu'elle me parlait, je me suis vite aperçu qu'elle m'accordait toujours la même attention. C'est ainsi que j'ai pris conscience d'une des conséquences majeures de mon nouveau célibat : tôt ou tard, je coucherais avec une femme qui ne serait pas Sarah. La brutalité de ce fait m'a laissé désemparé, partagé entre convoitise et amertume.

J'essayais de me concentrer sur le travail. Ce n'était pas facile parce que chaque jour je trouvais ce travail un peu plus stupide, un peu plus creux. J'avais beaucoup à faire pour rattraper les autres — qui tous connaissaient déjà l'essentiel de leur texte —, mais ce surcroît de charge ne pouvait me masquer longtemps la véritable pauvreté, l'inanité profonde de ce que nous faisions.

La seule position artistique claire de Franz, notre metteur en scène, était tout entière contenue dans sa rengaine favorite : « À quelle heure le punch ? » Il nous la servait à longueur de journée, chaque fois qu'il estimait que notre interprétation manquait de « piquant » ou de « style », chaque fois que nous ne réussissions pas à donner à une scène le tour clinquant d'un numéro de stand-up comic. Nous ne pouvions qu'obéir : l'autorité de Franz était aussi indiscutable que son embonpoint. La gaine protectrice, l'arrondi caoutchouteux qui protégeait son corps semblait lui donner de l'aplomb, et il ne se gênait pas pour crier comme un directeur de safari. Pendant les six semaines qu'ont duré les répétitions — en plein octobre ! —, je ne l'ai jamais vu porter autre chose que des sandales. Il s'asseyait au fond de la salle, calé dans un fauteuil rouge qui le tenait à l'étroit, et nous regardait travailler en remuant les orteils. J'avais parfois l'impression d'assister à un spectacle donné en notre honneur par dix minuscules marionnettes boudinées.

Mais l'authentique bouffonnerie, la véritable honte ne se trouvait ni dans les péripéties burlesques du Molière, ni dans les chorégraphies pour doigts de pied de Franz, mais dans nos gesticulations à nous, comédiens, professionnels du cabotinage, experts en trucs éculés, parodies d'acteurs se prétendant engagés dans un travail créatif.

Je me suis senti tellement loin de chacun d'eux, tellement loin de tout le monde pendant ces six semaines de travail bâclé. Il pleuvait et je n'aimais personne — surtout pas Marc, notre vedette, qui prêtait à l'ineffable Scapin sa fougue hautaine et sa voix railleuse. Il donnait au personnage tout le piquant que pouvait souhaiter Franz. S'il avait employé son talent et son grand corps élancé à autre chose qu'à servir un besoin impérieux de briller, une soif féroce d'arriver, il ne m'aurait pas été autant antipathique. Mais il ressemblait trait pour trait à l'idée que je me faisais de Faust. Le temps des représentations arrivant, je me sentais de plus en plus désagréablement compromis par ma participation à ce qui commençait vraiment à ressembler à une mascarade, à une escroquerie théâtrale, contraire à tout ce que j'espérais de l'art du comédien — et Marc, aussi à l'aise dans cet univers pseudoartistique qu'un poisson dans l'eau, incarnait tout ce que j'avais peur d'être en passe de devenir.

Si l'on excepte Sophie — pour qui je commençais à éprouver un léger pincement ressemblant à du désir —, la seule personne pour qui j'avais de l'estime s'appelait Henri. Approchant de la cinquantaine, Henri avait la prestance tranquille de l'acteur habitué à se mouvoir devant l'œil des caméras et celui des spectateurs. J'aimais son regard bonhomme, sa gueule puissante encadrée de cheveux gris coupés très court. Nous nous entendions bien — mais Henri avait une attitude conciliatrice qui lui permettait de bien s'entendre avec tout le monde, une assurance de paternel bienveillant et amical qui n'a pas besoin d'en imposer parce qu'il en impose de toute façon. Une vie de famille stable, une longue expérience du métier, quelques bons placements immobiliers et un sens cultivé de la mesure semblaient le protéger tant des angoisses que provoquent les grands espoirs que des pièges d'une vanité exagérée : il paraissait à peu près sain, à peu près en équilibre sur son fil. J'aurais aimé être capable de le prendre en exemple. Mais Henri venait d'un monde plus simple que le mien, un monde où réussir une carrière de comédien avait un sens, où élever une famille avait un sens, où passer sa vie avec une femme avait un sens (et était possible).

Lorsque j'ai appris la mort de Rozak, quelques jours avant la fin des répétitions, j'ai d'ailleurs tout de suite pensé à cela : un enseignement perdu. Je pataugeais dans la médiocrité de la mise en scène de Franz comme dans une eau poisseuse quand Paul est venu m'apprendre la nouvelle : Rozak s'était effondré alors qu'il donnait un stage à Houston, et il était mort. Son enseignement était mort avec lui.

J'ai senti que s'arrachait de moi, à partir du ventre, une longue lame : mon dernier espoir. Rozak aurait pu être mon maître, l'homme qui aurait pu me guider. Il avait eu le temps de m'indiquer l'inaccessible du doigt, mais pas celui de me montrer comment m'y rendre.

2

Mes jours, tout au long de cet automne triste, n'étaient qu'étrangeté, irréalité persistante. Je commençais à perdre pied. En apparence, peu de choses avaient changé dans la maison que j'avais fini par réintégrer. Quelques meubles, quelques objets et ustensiles avaient disparu — mais l'espace était resté le même, la solitude aussi. Une séparation, ça vous renvoie sans ménagement au cœur solitaire de votre royaume, dans ce petit château peuplé de courants d'air que vous passez votre vie à défendre et à fuir.

Pendant plus de trois mois j'avais habité seul cette enfilade de pièces et m'y étais senti mal à l'aise — maintenant c'était encore pire. J'aurais sans doute dû quitter ce logement trop grand et trop cher pour moi seul, mais je reportais sans cesse la corvée de déménager. Le soir, pendant que je déambulais d'une pièce à l'autre en faisant craquer les lattes du plancher, je ne pouvais me défaire de la pensée que j'arpentais la cage thoracique d'un gigantesque animal mort, pétrifié bien au-delà de toute possibilité de réanimation.

* * *

Personne ne pouvait dire que le spectacle était un désastre : les spectateurs nous gratifiaient immanquablement

143

d'un ou deux rappels ; des cercles animés se formaient après la représentation autour des acteurs fatigués mais satisfaits ; le metteur en scène, par quelques remarques n'engageant à rien, parvenait à donner l'impression qu'il dominait la pièce de sa stature ; le directeur du théâtre nous faisait don de sa magnanimité et de ses encouragements.

Mais je n'arrivais pas à me laver du dégoût qui m'envahissait. Sophie me regardait avec un mélange de tendresse, d'inquiétude et de reproche. Je parlais de moins en moins. On me disait : « Cela va passer. Courage. C'est difficile pour tout le monde, il ne faut pas s'en faire. Cela va passer. » Et puis on impute beaucoup de choses au trac, surtout les premiers jours d'un spectacle. C'est vrai que j'étais mort de frousse à l'approche de la première ; mais autre chose était en jeu.

J'oubliais constamment le jour de la semaine. Je donnais rendez-vous à Sophie dans un café et l'attendais dans un autre. Je perdais mes clés et devais casser une vitre pour rentrer chez moi. Même le coup de fil de Neil — qui m'avait appelé pour me parler de la pièce qu'il était en train d'écrire, et dans laquelle il voulait que je joue au printemps — n'avait pas réussi à me tirer de cette hébétude. J'ai fini par croire que j'allais tomber malade. Je me voyais déjà vaciller, perdre l'équilibre et sombrer dans l'inconscience. Le jour de la générale, je m'étais mis à saigner du nez en me penchant pour ramasser un livre ; il avait fallu une heure pour stopper l'hémorragie.

Les limites de ce que je pouvais supporter m'étaient apparues très clairement le jour où j'avais dû me présenter à l'audition pour une publicité. Nous devions être une dizaine de « jeunes hommes modernes et dynamiques » à attendre de passer deux par deux dans la grande salle pour faire notre bout d'essai. Il fallait s'installer derrière une table et faire semblant de se régaler d'un petit gâteau au caramel imaginaire ; un deuxième jeune homme moderne et dynamique devait se tenir debout, derrière le premier, et saliver de convoitise à la vue du festin. Je jure que j'ai tout fait pour mimer cette scène comme ils le désiraient. Je me suis attablé et me suis léché les babines de contentement deux fois, cinq fois, dix fois devant les regards attentifs de l'équipe de production. Mais quand le temps est venu d'intervertir les rôles et que j'ai dû jouer l'envieux qui louche sur le gâteau imaginaire, j'ai craqué. Le réalisateur en voulait toujours plus : on ne se tordrait jamais assez les mains, on ne pousserait jamais assez de gloussements, on ne sortirait jamais assez la langue, on ne montrerait jamais assez à quel point on *désirait* ce gâteau de merde. À la quatrième ou cinquième reprise, j'étais en sueur, je bouillais de honte et de rage. Je me suis dirigé vers la porte sans rien dire à personne et suis sorti dans la rue abattu comme jamais, désespéré du genre humain.

J'étais à bout. Il m'arrivait de ressentir le besoin lancinant de ne pas passer la nuit seul ; je suivais alors Sophie chez elle et recevais ses faveurs sans trop comprendre ce qui, en moi, pouvait bien lui donner pareil désir. D'autres jours, au contraire, une répugnance animale me saisissait à la pensée d'un contact même furtif avec les autres, et je courais me cacher : je m'étais esquivé aussitôt que possible lors de la réception qui avait suivi la première ; j'avais dû mentir à Henri, lui promettre d'aller les rejoindre plus tard dans un restaurant de la rue Saint-Denis alors que je n'en avais pas l'intention.

Si je ne parlais pas c'est que je ne pouvais pas parler. Et que j'avais peur. Peur de me mettre à crier ou à courir, peur de me laisser aller à cette faiblesse et de ne plus être capable de fonctionner, peur d'oublier mon texte ou de m'affaisser. Alors je regardais Sophie en me contentant de murmurer « Je crois que je ne vais pas très bien », et elle me prenait rapidement dans ses bras ou m'entraînait à l'écart pour me faire rire ou bouger. Je m'accrochais à ce jeu que nous jouions tous sans m'apercevoir que c'était le jeu qui m'abandonnait.

* * *

Je vais maintenant essayer de retracer le plus fidèlement possible ce qui est arrivé le jour de la troisième représentation, où tout a basculé.

Je me suis levé après avoir très peu dormi. Je me suis lavé et habillé lentement, me suis préparé une omelette. Je me sentais vidé, complètement vidé. Tu as peur, me suis-je dit, tu as peur, tu ne veux pas retourner là-bas.

Il n'y avait aucune échappatoire possible. Les deux premières représentations étaient derrière nous ; il allait falloir jouer la troisième. Obéissant à un mécanisme aussi précis, prévisible et inéluctable que la succession des jours, pendant cinq semaines les représentations s'enchaîneraient les unes aux autres pour un total de vingt-quatre. C'était la loi, l'ordre immuable des choses. Je n'ai donc dérogé en rien à mon programme de la journée et me suis astreint à faire mes exercices respiratoires, musculaires et vocaux, m'arrêtant de temps à autre pour soupirer ou m'écraser sur le divan avant de me remettre à la tâche.

Il n'était pas encore six heures quand je suis arrivé au théâtre, et je me suis décidé à marcher encore un peu. J'en étais à mon troisième tour de pâté de maisons quand je suis tombé sur Marc, notre grand Scapin. Il marchait rapidement, la tête haute, les mains dans les poches. M'apercevant, il a fait une légère grimace qu'il s'est empressé de transformer en sourire.

— Alors, tu viens ?

Quand nous sommes entrés dans le hall, il a mis la main

sur une jeune guichetière troublée par son aura virile et l'a entreprise. Je suis descendu dans la loge.

Le tombeau était vide encore. L'accumulation d'articles de maquillage disséminés sur les comptoirs, de vêtements empilés sur les chaises, de paquets de biscuits, de bouteilles d'eau, de kleenex chiffonnés donnait à la pièce l'air d'avoir été abandonnée en catastrophe. Les ampoules alignées au-dessus des miroirs étaient allumées ; il faisait très chaud. J'ai trouvé sur le dossier de ma chaise une camisole tachée de sueur. Je l'ai jetée dans un coin et je me suis assis. Sur le miroir en face de moi, j'avais collé une petite reproduction de l'*Autoportrait au chardon* peint par Dürer à dix-sept ans. Un cadeau que Michèle m'avait fait, peu de temps après notre rencontre. J'aimais beaucoup cet autoportrait. Ce jeune homme me ressemblait, à part ses cheveux longs, à part son calme. Je m'étais souvent demandé comment Dürer était parvenu à se représenter dans un tel état d'équanimité.

Je suis resté longtemps à fixer l'image sans penser à rien jusqu'à ce que Marc descende, accompagné d'Henri. Ils parlaient fort. Je me suis levé et me suis mis à fouiller parmi les costumes suspendus au fond de la pièce, comme si je cherchais le mien. En réalité je ne faisais que bouger les doigts.

— Tu as couché dehors, ou quoi ? a dit Henri en me voyant.

Je n'ai rien répondu.

— Ça va être beau ce soir…

Sophie est passée devant la porte ouverte en nous envoyant un petit salut sec de la main. Elle a été suivie peu de temps après par les autres, qui sont arrivés un à un. Bientôt notre loge a été pleine — avec cinq autres hommes dans la même pièce, il ne me restait plus beaucoup de place pour me cacher. Tout le monde a commencé à se préparer lentement, à parler et à rire. Chacun avait ses petites habitudes destinées à le mettre en train, son truc pour tuer le temps. J'ai dévissé un à un les pots alignés devant moi et j'ai commencé à m'enduire le visage. J'essayais d'éviter de penser, de garder mon calme. Sophie a passé la tête par la porte pour me demander de venir la retrouver deux minutes dans le couloir.

Elle voulait savoir pourquoi je ne l'avais pas attendue après la représentation, la veille, comme je le lui avais promis. Ses lèvres étaient serrées, son corps fermé comme un poing. À l'affront d'avoir été abandonnée s'ajoutait l'humiliation de devoir aborder maintenant le sujet elle-même, parce que je ne cherchais même pas à m'excuser. Incapable de trouver autre chose, je lui ai dit que j'étais crevé, que j'avais eu besoin de marcher puis de dormir.

— Moi aussi j'étais morte, qu'est-ce que tu crois ? On aurait quand même pu dormir ensemble.

Sophie commençait à en avoir assez de ce petit jeu. Mais je ne pouvais tout de même pas lui dire que je m'étais enfui après la représentation, que je m'étais changé à toute vitesse pour partir avant même de me démaquiller, que j'étais passé en trombe devant les curieux amassés dans le hall, vite, si vite que personne n'avait eu le temps de me saluer, je ne pouvais pas lui dire que je l'avais fuie comme j'avais fui les autres, que j'avais marché, marché longtemps sans but ni raison, jusqu'à ce que je me décide à héler un taxi pour me faire conduire en silence à l'appartement, et que toute la nuit j'étais resté couché dans l'obscurité à attendre je ne savais quoi… Nous feignons l'intensité, m'étais-je répété des heures durant, nous faisons semblant d'être au cœur des choses alors qu'en réalité nous fuyons, nous tournons sans cesse autour des mêmes barrières dressées en nous — nous sommes des acteurs qui grimacent, des imposteurs… Le téléphone avait sonné pendant la nuit, sonné longtemps, et si j'avais failli répondre c'est que j'avais eu un instant l'espoir fou que ce serait Sarah, Sarah qui m'appelait soudain après deux mois de silence parce qu'elle avait senti que j'étais au plus mal... Mais c'était trop vraisemblablement Sophie, Sophie qui appelait pour faire des histoires, et j'étais resté immobile, respirant à peine, jusqu'à ce que la sonnerie cesse.

Sophie, offusquée, m'a tourné le dos. Je suis rentré dans la loge. On étouffait sous cet éclairage brutal, dans cette chaleur de souffles mêlés.

À sept heures, nous devions tous monter à l'étage supérieur pour nous échauffer dans la salle, comme nous le faisions toujours. Henri m'a donné une tape dans le dos :

— Allez !

Je me suis retourné et, quand mes yeux ont rencontré les siens, le bras d'Henri est resté suspendu un instant, figé dans l'air.

— Je pense que... j'ai besoin d'aller faire un tour, Henri.

— Viens t'échauffer, mon gars, ça va te faire du bien...

Il a posé de nouveau sa main sur mon épaule — pour me guider cette fois, comme on le fait avec un malade — mais l'a retirée bien vite sans cesser de me regarder.

— Un peu de nerf, Soares, a lancé Marc en sortant.

— Je monte. Je vais y aller. Vas-y, Henri. Ne m'attends pas, j'arrive.

Henri a ramassé sa serviette, se l'est lovée autour du cou sans cesser de me regarder et est sorti à son tour.

Je suis resté seul, enfin. Je pouvais m'entendre respirer. Sous les ampoules nues, mon visage grimé apparaissait exsangue, blafard comme un masque de craie. Et, dans la solitude de la pièce désertée, j'ai senti la peur, terrible. J'ai soutenu le regard que le miroir me renvoyait, longuement, comme si je devais y trouver le sens de la terreur qui grondait sous mon enveloppe de chair. Mon cœur battait comme si je me préparais à sauter dans le vide, à franchir cette porte cachée dans le noir secret de mes prunelles, à tomber tout au fond de ces puits infimes auxquels je ne pouvais plus m'arracher... Et alors les doigts de ma main droite se sont élevés à hauteur du front, lentement, comme s'ils flottaient dans l'air, puis ont commencé à creuser deux sillons confus dans le corps gras qui me recouvrait le visage, révélant deux coulées de peau nue sous la blancheur laiteuse du maquillage de scène. Je me suis détourné comme on s'éveille après un cauchemar. Il fallait sortir de là.

J'ai empoigné mon manteau, ai grimpé les marches et me suis lancé dans le couloir menant au hall d'entrée. Je me suis heurté à Franz qui stationnait au détour du couloir et l'ai écarté de mon chemin.

— Eh, ma cigarette! Où est-ce que tu vas? Tu as vu l'heure?

J'ai ouvert la porte et suis sorti à l'air libre.

* * *

La nuit avait la fraîcheur du répit accordé. Je me suis dirigé vers le parc LaFontaine, pas très loin. J'avais conscience que le temps m'était compté, qu'il fallait faire vite.

Un vent léger agitait les feuilles mortes à l'entrée du parc. Je me suis engagé sur l'allée principale qui serpente le long du bassin. L'eau était noire et ridée, luisante comme du métal, parcourue sur toute la surface de sa peau par de longs frissons. Des lampadaires disposés à égale distance éclairaient de jaune le chemin et le bord de l'eau, abandonnant à la nuit le reste du parc.

J'ai fait un premier tour du bassin en essayant de retrouver mon calme. Je me répétais : tu n'as pas beaucoup de temps, tu n'as pas beaucoup de temps, ressaisis-toi… J'essayais de penser à mon rôle comme on répète un mantra pour se calmer, mais la seule chose qui montait, c'était le désir de ne plus rien sentir, de ne plus rien voir, de ne plus rien faire. Une lourdeur étrange gagnait mes muscles ; je tournais autour du bassin avec la lenteur d'un prisonnier qui fait sa ronde.

Et j'ai regardé l'heure. La montre marquait sept heures trente. C'est impossible, ai-je pensé, c'est irréel. Si tard déjà… J'étais seul au milieu du parc, immobile — seul parmi les arbres sur la route noire balayée par le vent, loin, si loin des autres…

J'ai pensé à Henri. Il devait avoir fini de se préparer depuis longtemps. Il ne lui restait plus qu'à attendre. Je le voyais arpenter la loge, mains jointes sur le sommet de la tête, yeux mi-clos dans un ultime effort pour faire le vide. Comme j'étais loin de lui maintenant, comme c'était étrange, et irréel…

C'est à mon deuxième passage, au moment où je traversais le pont qui enjambe le bassin, que j'ai entendu le cri. Je me suis retourné. Une main posée sur le large parapet de béton, j'ai écouté, j'ai regardé. Plus rien que le vent dans les branches nues des arbres. J'avais pourtant entendu un cri de femme ou d'enfant terrorisé, et j'aurais juré qu'il ne venait pas de loin. Mais je ne voyais rien, au-delà de la mince ceinture de lumière qui éclairait le chemin, rien que la noire silhouette des arbres et le ciel d'un gris de cendre. Le rideau était tiré.

Enfin, au bout de quelques secondes, j'ai entendu ce qui ressemblait à une course dans les feuilles. Il y avait plusieurs personnes, deux, trois peut-être. Et des halètements. Je me suis figé. Ceux qui couraient s'approchaient de moi — je pouvais les entendre mais ne voyais toujours rien. Soudain, j'ai eu peur.

Est-ce qu'on allait me tomber dessus ? On aurait dit que quelqu'un tentait d'échapper à un poursuivant.

Puis la femme — oui, c'était une femme, une voix de femme — a crié de nouveau, beaucoup plus faiblement cette fois — un cri brisé par la peur, le cri d'une femme qui se sait déjà perdue. Je me suis agrippé au parapet du pont. La seconde suivante le corps de la femme a heurté le sol dans un fracas de feuilles — à moins que l'autre ne l'ait eu rattrapée et ne se soit jeté sur elle pour la faire tomber. Alors j'ai vu surgir de l'ombre une masse sombre qui roulait dans l'herbe, j'ai vu des pieds, un bras. Les deux corps, agrippés l'un à l'autre, venaient de rouler au bas de la pente herbeuse, juste devant moi. Ils ne se trouvaient maintenant plus qu'à quelques mètres du sentier.

L'homme a grommelé quelque chose, d'une voix sifflante. La femme s'est mise à sangloter, à implorer de ses mains, de ses larmes et de ses gémissements l'homme qui tentait de la maîtriser. Elle n'avait plus la force de se défendre : au bout de quelques secondes s'achevait un combat inégal. Je pouvais voir qu'il était sur elle, qu'il se préparait.

J'étais tétanisé. C'est avec horreur que je me voyais rester là, immobile, incapable du moindre geste, cloué devant ces deux ombres se chevauchant dans le noir, transpercé par les plaintes suppliantes qui s'élevaient de sa gorge à elle, paralysé par la vision des gestes tranchants de l'homme et des soubresauts désespérés de la femme qui se débattait sous lui.

Mais il ne la maîtrisait pas encore complètement. Il n'avait pas réussi à lui ouvrir ses vêtements. Soudain il l'a frappée plusieurs fois au visage en criant : « Bouge pas ! J'te tue ! Bouge pas ! » La femme n'a plus bougé, n'a plus émis de son. L'homme a ramené une main entre ses deux jambes pour ouvrir sa braguette, et en a sorti sa queue. La femme s'est remise à sangloter.

Quelque chose a éclaté en moi à ce moment. J'ai lâché le bord du pont et me suis mis à crier très fort, le plus fort que je pouvais. L'homme s'est instantanément immobilisé. Je suis arrivé sur lui à pleine vitesse sans avoir le temps de savoir ce que j'allais faire. Il avait encore une main au sol quand mon genou est allé percuter son épaule. Il est tombé à la renverse, et moi sur lui.

C'est alors que j'ai remarqué qu'il était beaucoup plus grand et gros que moi. En un instant il avait réussi à se mettre sur moi. Il s'apprêtait à me donner une raclée quand j'ai aperçu une cravate : je l'ai empoignée et l'ai tirée vers moi tout en poussant son corps de mes jambes. Il a roulé sur le côté. J'ai essayé de me relever mais il a été plus rapide. Il m'a poussé du pied, et je suis retombé. C'était joué : il s'est relevé pour de bon et m'a sauté sur le ventre. Il m'a regardé tenter de respirer et gigoter un long moment, savourant la certitude de me savoir à sa merci, puis m'a décroché la tête d'un coup de botte.

Il y a eu un silence, un temps très long pendant lequel je suis resté ébloui, paralysé par la lumière de la douleur. Ce n'est qu'après que j'ai pu, lentement, à petits coups, en grimaçant de douleur, refaire entrer de l'oxygène dans mes poumons, et retrouver ainsi, peu à peu, la conscience de mon corps. D'une façon étrangement détachée, j'entendais quelqu'un sangloter à quelques pas. J'entendais aussi la nuit, le vent et la rumeur toujours présente de la circulation. J'essayais de me concentrer sur ces sons plutôt que sur la douleur, mais c'était difficile. Je ne voulais pas rouvrir les yeux, ni prendre le risque de bouger pour l'instant. Je ne pouvais pas encore.

Puis, comme une source dont le chuintement vient à se tarir, les pleurs de la femme ont cessé. Elle respirait encore de manière saccadée, mais a trouvé la force de s'enquérir de moi.

— Est-ce que ça va ?

— Non… Et toi ?

Au lieu de répondre elle s'est remise à sangloter.

J'ai entrouvert les yeux et me suis tourné vers elle pour la regarder. Contracter les muscles du ventre pour soulever la tête m'a fait mal comme si l'homme m'enfonçait une deuxième fois son pied dans l'estomac, et je suis retombé. En tournant la tête, j'ai pu l'apercevoir. Elle était assise, genoux relevés, une main sur le front et l'autre sur le sol, le dos courbé. Son corps était parcouru de tremblements. Je ne voyais pas son visage — il était masqué par sa main et ses longs cheveux emmêlés, parsemés de brindilles et de débris de feuilles mortes. Son jean était maculé de boue. Son pied droit était nu et recroquevillé sur le sol gris ; le gauche portait encore un soulier bon marché, qui avait été blanc.

Il fallait dire quelque chose.

— Va-t'en, va tout de suite prévenir la police. Et ne t'occupe pas de moi.

Elle s'est arrêtée subitement de trembler et, sans bouger d'un poil, s'est esclaffée, dans une sorte de croassement pathétique :

— La police ! La police ! Qu'est-ce que tu sais, toi ? C'est le mari de ma sœur ! Le mari de ma sœur !

Elle n'a plus rien dit. J'ai refermé les yeux. Je me suis senti fatigué, fatigué au-delà de toute description. Et j'ai pensé au théâtre. À l'heure de la représentation qui devait être passée. Aux autres qui devaient m'attendre. J'ai pensé à Molière, aux spectateurs. Je me suis représenté le visage rageur de Scapin, la mâchoire contractée de Franz. Un frisson lent est monté de mon ventre jusqu'à ma bouche et je me suis mis à rire doucement, presque sans bruit, habité par un mélange de soulagement et de désespoir, de volupté et d'horreur. Ce rire me faisait mal, il sortait de mon ventre en coupant et en déchirant la chair — mais il était bon, tellement bon d'avoir mal…

J'ai entendu la femme se relever et s'éloigner sans rien dire après avoir ramassé son soulier. J'ai écouté son pas boitillant jusqu'à ce que ne subsiste plus autour de moi que la rumeur folle du vent dans les arbres et celle, plus lointaine, de la ville.

3

Il m'arrive encore de me demander ce que j'aurais fait si le violeur et sa victime ne m'étaient pas tombés dessus, si ma promenade dans le parc n'avait été perturbée que par le combat de mes pensées et les cris de mes déchirements.

En apparence, et même lorsque je me suis enfui du théâtre le feu aux joues, je pensais revenir. Le contraire était impensable : cela ne se fait pas. Même le pire des paumés, même celui qui, mort de trac, pense qu'il mourra avant de prononcer une parole — je veux dire personne, mais personne ne songe à s'enfuir d'un théâtre quelques minutes avant une représentation. Il peut arriver qu'on éprouve le désir aussi impérieux que désespéré de disparaître, de ne plus exister ou de mourir pour ne pas avoir à subir plus longtemps la torture du trac et le feu des regards, pour éviter d'avoir à vivre le risque total du passage sur scène ; on invoque alors les dieux, on se réfugie dans l'alcool, les tranquillisants, la coke, on s'adonne aux larmes, aux tremblements, on multiplie les promesses : « C'est la dernière fois, je ne recommencerai jamais plus » ; enfin, devant l'impossibilité de se dérober, on maudit cette infirmité du cœur qui vous a poussé à vous mettre dans un pareil pétrin... Oui, tout cela arrive. Mais personne ne s'en va comme je l'ai fait. Je suis sorti du théâtre parce que je ne pouvais plus y rester ; mais je pensais y revenir, apaisé ou non, en me bottant le cul, à reculons, peu importe. Et si j'avais « su » que je n'avais pas l'intention de revenir, je me serais agrippé à une chaise ou littéralement attaché à Henri, de la même façon que celui qui s'apprête à céder à la force d'attraction du vide multiplie les appels de détresse pour qu'on l'en empêche. Voilà pour les apparences.

Mais j'en arrive parfois à croire que, viol ou pas, je ne serais pas retourné. Que quelque chose d'autre se serait produit. Ou que j'aurais marché si longtemps que toute velléité de retour se serait évanouie sous mes pas, usée par le rythme et la fatigue de la marche.

Toute supposition est vaine. Ce que j'en viens à mettre en question, par contre, c'est la réalité de ce qui s'est passé ce soir-là. La seule chose qui me semble vraiment tangible, indiscutable, c'est mon désarroi. Le reste, tout le reste, peut-être l'ai-je inventé parce que j'en avais désespérément besoin.

* * *

J'ai fini par me relever. Je contemplais le ciel bouché au-dessus de moi depuis un certain temps quand je me suis aperçu que j'étais transi. J'ai réussi à me remettre sur pied et je suis sorti du parc.

Je ne comprenais pas qu'une ville soit à ce point déserte, qu'on puisse y être si seul. De rares voitures perçaient la nuit un instant aux abords du parc pour disparaître sans presque avoir troublé le silence. Je marchais très lentement dans les rues dépeuplées. Chacun de mes membres était meurtri par la fatigue et la résonance des coups reçus. Je me suis laissé avancer au hasard, mettant un pied devant l'autre, enfilant une rue au sortir du parc et bifurquant vers la suivante. Cela n'avait aucune importance. Je ne voulais aller nulle part. J'aurais sûrement marché toute la nuit si chaque pas ne m'avait arraché un gémissement. Tout le côté droit de mon visage était gonflé comme un ballon ; chaque pulsation du sang dans mes veines menaçait de me faire éclater la tête. Je ne pouvais même pas fermer l'œil droit.

Je suis finalement entré dans un bar — je ne pourrais pas dire lequel. Il y avait assez de monde pour que mon entrée passe à peu près inaperçue. Dans une ambiance de rock terne, de petits groupes jacassaient dans la pénombre. Je me suis frayé un passage jusqu'au bar. Le barman m'a regardé, l'air sévère, et a grommelé quelque chose qui s'est perdu dans le brouhaha. J'ai dit « Pardon ? » d'une voix qui m'a paru assez faible, et il a aboyé :

— Si tu veux boire, tiens-toi tranquille ! Je ne veux pas de problèmes ici !

J'ai pris trois kamikazes coup sur coup avant de commander une bière. Je n'arrivais pas à croire que je pouvais être assis là, dans ce bar. Était-ce un cauchemar ? Une sorte d'amnésie, de cuisante incrédulité m'empêchait de rassembler mes esprits. J'essayais de penser aux conséquences de ce qui venait d'arriver, et tout ce qui m'apparaissait, c'était le mot *conséquences*. Derrière le bar, juste en face de moi, la petite aiguille d'une horloge Molson était invraisemblablement pointée vers le chiffre 9. Se pouvait-il que là-bas aussi, au théâtre, il soit si tard ? J'étais choqué par l'idée que deux univers à ce point différents — le bar, le théâtre — puissent coexister. Rien de tout cela n'avait de sens.

Impossible de comprendre ce que je faisais là, parmi les autres clients. J'entendais le son qui sortait de leur bouche, je voyais le mouvement qui les animait, mais je n'y croyais pas. Ces gens n'avaient pas de vie, pas de raison d'être. Leur existence ne voulait rien dire. Ils étaient là, dans la salle, occupés à s'agiter sur leur chaise, à parler, à rire, à échanger de bons mots et des œillades pour se plaire, à faire étalage de cette vitalité dérisoire dont ils se grisaient plus que d'alcool, à sucer le petit point rouge du désir qui grésillait au bout de leurs doigts jusqu'à ce qu'il ne soit plus que cendre grise… Quelle mascarade insensée, démente…

Mais comment pouvais-je me permettre de critiquer, de juger ces improbables êtres humains après ce que je venais de faire ? Je ne pouvais, moi non plus, prétendre à mieux qu'à une réconfortante hébétude ; je ne pouvais, moi non plus, faire meilleur usage de l'alcool dans mon verre que de l'envoyer dans mon sang pour en recevoir l'oubli. Je venais de lâcher ceux envers qui je m'étais engagé.

Avais-je laissé tomber Sarah de la même ignoble façon ? Non, il me semblait que non — d'ailleurs c'est elle qui avait décidé de me quitter. Peut-être était-elle partie parce que je l'avais abandonnée, parce que le navire de notre amour dérivait sans plus personne à son bord depuis longtemps ? C'est ce qu'elle avait laissé entendre un jour. Peut-être ne m'étais-je jamais vraiment donné à elle… Peut-être étais-je au bout du compte incapable de toucher qui que ce soit…

Notre vie à deux n'en avait jamais été une. Nous avions été solitaires dans l'amour de façon plus définitive, plus terrible encore que dans la solitude elle-même. On croit pendant des années qu'on se donne, pour s'apercevoir au moment où tout se défait qu'on n'a jamais quitté l'enceinte de sa cage thoracique.

Oh, Sarah… Il fallait que je la voie, il fallait que je lui parle. Elle me sauverait, elle m'écouterait : je ne serais plus seul avec cette histoire cauchemardesque. Je me suis levé précipitamment, sans égard pour ma tête qui s'est remise à pulser de plus belle, et me suis rendu jusqu'au téléphone, près des toilettes. Mon cœur battait très fort pendant que je composais le numéro. Il ne me manquait plus que d'entendre sa voix pour recommencer à vivre. Mais j'ai reconnu le déclic d'un répondeur et le grésillement d'une bande enregistrée, puis sa voix qui me parlait comme en rêve ; le signal sonore m'a pris par surprise et je n'ai pas eu le réflexe de raccrocher tout de suite — mais je n'ai rien trouvé à dire. J'ai raccroché et suis sorti du bar.

* * *

Le taxi m'a déposé en face de l'immeuble, à la lisière d'Outremont, où elle habitait depuis notre séparation. J'y étais venu une ou deux fois pour de brèves et tristes visites, les bras chargés d'objets hétéroclites oubliés dans la précipitation du déménagement. Quand j'ai sonné au numéro 9 pour me faire ouvrir la porte du vestibule, aucune réponse n'est venue. J'ai donc appuyé sur les sonnettes des deux appartements du quatrième. Le bourdonnement annonçant le déblocage de la porte s'est bientôt fait entendre. J'arrivais péniblement au troisième quand des portes se sont ouvertes à l'étage supérieur ; j'ai crié que je m'étais trompé de sonnette et elles se sont refermées aussitôt.

J'ai cogné à la porte de l'appartement de Sarah en sachant que personne ne viendrait ouvrir. Je ne sais pas ce que j'attendais au juste. J'agissais comme si elle me faisait un caprice — comme si elle était là, blottie derrière la porte, comme si elle ne se cachait que pour mieux surgir et me surprendre, comme si elle s'apprêtait à ouvrir d'un coup sec et à se jeter dans mes bras en riant…

Je me suis retourné et me suis laissé glisser jusqu'au sol, le dos contre la porte. J'aurais pleuré, si j'en avais eu la force.

Coudes sur les genoux, tête baissée et mains jointes au sommet de la nuque, je me suis abandonné à l'immobilité et au silence. Je ne crois pas m'être dit quoi que ce soit alors, ni avoir rien décidé. Mais il me semble clair que j'ai eu l'intention d'attendre le retour de Sarah aussi longtemps qu'il le faudrait. La nuit s'est étirée, longue, interminable, mais à aucun moment je n'ai pensé me relever et partir. J'avais échoué sur ce palier, devant cette porte : j'y resterais. Je me laisserais bercer par la longue houle de cette mer de nuit sans plus résister, me laisserais aller à une torpeur peuplée d'images et de voix, de cornes de brume, d'étoiles filantes. J'attendrais sans plus remuer, sans plus tenter de comprendre pourquoi je me retrouvais là, noyé dans ma propre histoire. Je rétracterais mes griffes et me roulerais en boule dans l'apesanteur de la nuit, me laisserais flotter dans l'éther de la fatigue et de la douleur sans rien vouloir d'autre que cette fatigue et cette douleur. Et peut-être, avec un peu de chance, des morceaux de souvenirs finiraient-ils par remonter à la surface pour joncher la plage déserte et lisse de cette nuit. Des voix se lèveraient, accompagnées bientôt de mouvements et d'odeurs qui formeraient enfin un semblant d'histoire, une trame mouvante et colorée, un long rêve apparenté au bonheur.

* * *

Un bruit m'a fait redresser la tête et retrouver la douleur. J'étais couché devant la porte de Sarah, roulé en boule sur le côté gauche. La lumière du palier était allumée. Quelqu'un arrivait.

Je me suis levé en vitesse et, pris de vertige, ai dû m'appuyer au chambranle de la porte pour ne pas tomber. Un homme d'une trentaine d'années, preste et élégamment vêtu, montait l'escalier. Il s'est arrêté net en me voyant : je venais de le saluer d'un rictus qui se voulait engageant. Il m'a souri à son tour et s'est approché. Il habitait en face. Tirant son trousseau de clés d'une poche de sa veste, il m'a jeté un regard compatissant.

— Ça va ? Vous avez besoin d'aide ?

— Merci. J'attends Sarah. Votre voisine.

— Oh ! Oui ! Bien sûr… Vous avez vraiment un visage épouvantable. Tout ce sang…

Il restait immobile comme s'il ne savait plus trop quoi faire, entrer calmement chez lui ou appeler la police.

— Ça sèche, ai-je dit pour tenter de le rassurer.

Il a ouvert sa porte, puis, comme s'il venait de trouver le courage de dire ce qui le démangeait depuis le début, a ajouté en se retournant vers moi :

— Vous savez, Sarah ne rentrera pas aujourd'hui, enfin ça m'étonnerait beaucoup.

— Ah ?

— Non, elle est partie depuis au moins deux ou trois jours.

— Partie ? Elle n'est pas à l'école ?

— Enfin, elle m'a *dit* qu'elle partait.

Il avait ouvert sa porte et s'apprêtait à disparaître. Je me suis dépêché de trouver les mots.

— Vous savez où ? Pour combien de temps ?

— Non. Elle ne m'a pas dit où, mais pour combien de temps, une semaine je crois. Elle devait avoir un congé à l'université, ou… Non ? Et vous… vous attendez depuis longtemps ?

— Je viens tout juste d'arriver.

— En tout cas c'est ce qu'elle m'a dit, environ une semaine. Ils voulaient se changer les idées.

— Qui ?

— Elle, bien sûr, et un jeune homme…

Un air de commisération s'est épanoui sur son visage.

Me détournant, je me suis dirigé vers les escaliers et j'ai commencé à descendre, en me cramponnant à la rampe. L'homme m'a souhaité une bonne journée avant de refermer sa porte.

Dehors, il faisait plein jour. C'était comme si la nuit n'avait jamais existé, comme si le monde avait de tout temps baigné dans pareille clarté triomphante. Cette lumière subite était trop brutale pour mon corps meurtri, trop vive pour mon esprit engourdi ; je me suis assis sur une des marches de pierre à l'entrée de l'édifice. Il fallait que je ferme les yeux un moment et que je me ressaisisse. Me ressaisir ! C'était trop, vraiment. *Ressaisir*. Il n'y avait rien à ressaisir, absolument rien. Je n'étais plus qu'un petit paquet de morceaux coupants et dépareillés.

Si seulement j'avais pu tout effacer et renverser le cours du temps ! Oh, je l'aurais fait ! J'aurais joué mon rôle, bien sagement, sans chercher à sortir du rang, sans faire de vagues… Mais un jour nouveau était là, irréfutable : et la vie continuait. Devant l'obligation d'entrer dans ce jour d'une façon ou d'une autre (et la nécessité absolue de fuir toute réflexion sur l'état véritable de ma situation), je me suis remis à marcher.

J'ai descendu l'avenue du Parc, bourdonnante dans le matin clair. Je n'allais nulle part. Je mettais un pied devant l'autre en me préoccupant seulement d'atténuer le choc causé par chacun de mes pas. Je regardais devant moi en essayant de faire abstraction des passants mais, au bout d'un certain temps, j'ai commencé à remarquer que les gens me dévisageaient. Je me suis réfugié dans les toilettes d'un restaurant grec pour évaluer les dégâts.

Ce que j'ai vu ne me ressemblait pas. Tout le côté droit de mon visage avait l'apparence d'une membrane de ballon striée de jaune, de bleu, de rouge et de noir, alors que de vagues vestiges de fond de teint m'embrumaient le front. L'œil droit se cachait dans les boursouflures de la chair comme un animal sournois tapi dans une grotte. Les cheveux, raidis par le sang coagulé, avaient la forme aplatie et conique d'un chapeau de carnaval. Mais ce qui me donnait l'impression de contempler ma propre caricature, c'était l'enflure de la lèvre supérieure, qui semblait avoir doublé de volume — comme une fleur violacée éclose dans le secret de la nuit qui étalerait, sans pudeur aucune, son obscénité nouvelle. Mes mains, ma chemise et mon manteau étaient maculés de boue. Je me suis lavé sommairement, sans trop insister sur les parties les plus douloureuses. Une plaie s'était formée là où la botte de l'homme avait atteint mon visage, sur la pommette droite. J'ai aspergé d'eau mes cheveux, les ai lissés tant bien que mal, ai tenté de rafraîchir l'aspect de mon manteau et de ma chemise en les brossant rapidement du bout des doigts, me suis savonné les mains et suis ressorti de la salle de bain sans plus m'accorder un regard. Je m'étais assez vu.

La ville m'offrait ses rues et ses places, me cédait ses ruelles, m'ouvrait tout grand ses parcs abandonnés au froid. Mais il n'est pas facile de se perdre dans une ville que l'on connaît trop bien ; les rues coupées au cordeau et les avenues trop larges, éventrées sous le ciel d'automne, ne sont pas faites pour l'errance et le désarroi. Les pas hésitants ne trouvent ni échos complices ni détours mystérieux pour se conforter, et c'est en vain que les zigzags de l'homme perdu s'essayent à donner vie au tracé conforme. Montréal est une ville plate, à l'âme bien dressée, tout acquise aux lois de la circulation et de la concurrence : pour celui qui veut se perdre et s'oublier, s'engloutir dans les boyaux de la Cité afin d'y semer son ombre, c'est à pleurer d'ennui et de désespoir.

C'est ainsi que, tout au long d'une journée harassante et vide, vous repassez par tous les circuits qui ont été les vôtres depuis que vous habitez la ville. Vous avez beau marcher sans prêter attention à rien, emmitouflé dans le coton épais de votre propre douleur, vous ne manquez pas de revoir ces lieux et ce qu'ils ont un jour représenté pour vous.

Le parc LaFontaine, par exemple, évoque pour vous ces soirées d'été que vous passiez étendu dans l'herbe en compagnie de quelques amis, ces après-midi somnolents où vous feuilletiez Rilke ou Michaux sous l'ardeur du soleil… Le boulevard Saint-Laurent, ce sont vos rendez-vous manqués du Café Méliès et vos emplettes chez l'Italien et le Hongrois, c'est ce jour où vous aviez attendu Sarah une demi-heure, en pleine averse, sans penser à ouvrir votre parapluie ou à vous réfugier sous un auvent parce que vous étiez heureux, sans trop le savoir… Rue Saint-Denis, parmi les badauds, vous retrouvez ce clinquant qui vous poussait à des fringales consommatrices, épisodes pendant lesquels vous battiez la semelle et vous usiez les yeux dans les boutiques sans vous rassasier ni vous résoudre à partir ; vous revoyez aussi les quelques restaurants où vous alliez parfois pour vous joindre aux libations d'après-spectacle, pendant lesquelles, mangeant et buvant avec des gens excités par la réussite de leur périlleuse entreprise, vous pouviez vous croire invulnérable, touché par la grâce de la vie ; plus haut, devant l'École nationale, vous vous retrouvez face à ces doubles portes qui ouvraient à l'époque sur le centre du monde, sur ce mélange unique de tension, de peur et de désir qui vous hantait et vous faisait pleurer parfois et duquel vous sortiez épuisé, limé jusqu'à l'os…

Mais ces souvenirs ne sont que des coquilles vides. Ce qui vous menace, maintenant, ce sont les gens. Car tous ces lieux que vous traversez grouillent d'amis, de connaissances et de faces à claques, d'hommes et de femmes à qui vous avez un jour parlé, que vous avez insultés, embrassés, repoussés ou feint d'ignorer cent fois. Et partout, à chaque instant, vous courez le risque d'être abordé par l'une de ces personnes qui ont partagé avec vous un morceau de ce passé, que vous avez écoutées une fois ou qui vous ont aperçu au café et qui s'imaginent pour cela vous connaître, ces gens qui n'auront rien de plus pressé que de vous rappeler à vous-même en vous enchaînant à eux, en vous remettant les pieds dans les mêmes vieilles bottes, oh, tous ces gens, partout, dans tous ces lieux...

C'est ainsi que vous comprenez que chaque lieu est une façon différente d'être mort, et qu'il vous faut partir si vous voulez échapper au cercle des grimaces, partir, sans plus attendre.

* * *

Les pièces de l'appartement étaient sombres et humides. J'ai allumé et me suis dirigé tout de suite vers le placard de la chambre. Muni de vêtements propres, je me suis enfermé dans les toilettes et me suis déshabillé. J'ai ouvert tout grand le robinet d'eau chaude pour produire un maximum de buée et me suis laissé nettoyer par le jet. Ensuite, après m'être rincé la bouche, je me suis rhabillé de neuf. Puis je suis entré dans la cuisine et en suis ressorti aussitôt, sans toucher à rien. Sur la table du téléphone, le voyant rouge du répondeur clignotait furieusement. Je ne m'en suis pas approché.

J'ai tourné en rond quelques instants. Il me manquait quelque chose — quoi donc?

Et je me suis souvenu. Je me suis agenouillé près du petit coffre de bois qui me servait de table de nuit et, après avoir jeté par terre les livres poussiéreux qui l'encombraient, j'ai plongé ma main sous le couvercle pour en retirer ce que je cherchais : mon passeport.

4

Il a été tout de suite évident, dès ma descente de l'autobus, qu'en revenant hanter Québec je ne pourrais penser à rien d'autre qu'à Pietro et Sarah.

Nous formions un étrange trio au temps où nous vivions dans cette ville, je m'en rends compte à présent. Ce qui me liait à Pietro était aussi fort que ce qui me liait à Sarah. J'avais besoin d'eux. Leur nature profonde me paraissait aussi impénétrable que la nature de toute chose ; mais ce vivant mystère, adouci par les contacts quotidiens et les regards d'œil à œil, m'aidait à avoir foi en tout ce que je ne comprenais pas. De les savoir à mes côtés me soutenait, tout comme certaines images issues de l'enfance — celle de mon grand-père debout à la proue de son bateau au milieu d'un détroit embrumé, ou celle de ma mère jouant du piano sous le soleil de l'après-midi, par exemple. Des quelques phares qui m'entouraient, Sarah et Pietro étaient les plus proches, ceux que j'apercevais le plus aisément, quel que fût le temps ou l'heure du jour.

Ces phares avaient maintenant disparu. Ils n'étaient plus là ; je n'étais plus le même. Je débarquais en ville comme un prisonnier en fuite, le passeport dans la poche et la tête en déroute. Je ne savais même pas pourquoi j'étais revenu ici.

Encore engourdi par le sommeil qui m'avait terrassé pendant le trajet, j'ai entrepris de gravir une à une les marches du long escalier menant de la basse ville au quartier Saint-Jean-Baptiste. Arrivé rue Saint-Jean j'ai hésité un instant sur la direction à prendre, puis, guidé par la pente descendante du terrain comme par un penchant obscur, je suis allé vers la vieille ville. J'ai erré longtemps dans les petites rues pierreuses, marchant au hasard des montées et des descentes qui m'éloignaient de la rue Saint-Jean avant de m'y ramener invariablement, progressant sans but ni calcul d'une venelle à l'autre comme si je ne cherchais finalement qu'à épuiser quelque moteur infatigable niché au creux de ma poitrine.

Ces rues, qui avaient autrefois retenti du rire de mes amis, ne me renvoyaient plus que l'écho de ma solitude. Passant parmi les passants, je me sentais à l'étroit, vaguement oppressé par ce sage flot humain. J'avais la sensation fugitive mais tenace que certaines personnes me toisaient avec malveillance : des gens que je ne connaissais ni d'Ève ni d'Adam me dévisageaient de haut en bas d'un air méprisant, d'autres évitaient de me regarder mais serraient les lèvres en détournant rapidement la tête. On aurait dit que j'étais porteur d'un stigmate repoussant. Devenais-je paranoïaque ?

Je redoutais d'inévitables et pénibles rencontres. Quelle impulsion stupide m'avait amené ici ? J'avais fui une ville trop familière pour un village plus familier encore. Je devais fatalement tomber sur quelqu'un de ma connaissance.

C'est exactement ce qui est arrivé — quatre ou cinq fois plutôt qu'une, et toujours sur le même mode. Ces personnes, que je connaissais de près ou de loin — d'assez près pour devoir m'arrêter et échanger quelques mots, et d'assez loin pour qu'elles n'éprouvent aucune envie de se compromettre avec moi — réagissaient toutes à peu près de la même façon. Elles m'abordaient avec force poignées de mains et tapes dans le dos, puis s'enquéraient de moi, de mes projets, etc. Mais quelque chose de rébarbatif dans mon visage ou d'inquiétant dans mon silence leur faisait vite comprendre qu'il valait mieux ne pas pousser trop loin le jeu des questions. Il était exclu que je prenne des risques avec un homme atteint par un virus de l'âme : par peur de la contagion, elles reculaient. La dernière chose dont j'avais envie était justement d'exhiber mes plaies devant elles. Nous pouvions donc conclure un accord tacite : pour la forme, elles me posaient quelques questions, auxquelles je répondais par des banalités dont elles se satisfaisaient aussitôt. Ce petit ballet maladroit s'exécutait en deux temps, trois mouvements — après quoi nous nous séparions, les mains moites et le sourire crispé.

Une rencontre en particulier avait été pénible. Elle s'appelait Mélanie, avait des taches de rousseur, une voix grave et, je m'en souvenais, une peau très douce. Un morceau de passé s'avançait vers moi dans de longues bottes noires, le cou drapé dans une écharpe soyeuse flottant au vent. J'avais eu une brève liaison avec elle quand je ne connaissais pas encore Sarah — deux ou trois semaines, tout au plus, après quoi nous ne nous étions plus revus qu'au gré des hasards. Nous nous sommes embrassés. Je n'avais rien à lui dire, et elle le savait. Elle me regardait, mal à l'aise, et tentait de sourire en luttant contre le vent. Nous nous trouvions dans le corridor aux ouragans, ce lieu funeste de la ville situé juste entre la place d'Youville et l'autoroute Dufferin où tous les vents de la terre semblent s'être donné rendez-vous pour hurler de rage et tourbillonner autour d'un édifice de granit rose, qui les attire et les excite. Nous tenions les pans de nos manteaux pour empêcher ces vents furieux de nous transpercer. Pour donner le change, je l'ai entraînée sur le terrain rassurant des amis ou connaissances que nous avions en commun. C'est alors qu'elle m'a appris que Pietro se trouvait en ville — Max l'avait vu et lui avait parlé ; mais elle ne savait pas où il logeait, peut-être même était-il déjà reparti. Après avoir passé un temps raisonnable à nous geler dans le corridor aux ouragans, nous avons frissonné un bon coup pour montrer que seul ce temps exécrable pouvait nous séparer, et nous sommes partis chacun de notre côté.

* * *

Les badauds étaient peu à peu remplacés par des bandes de noceurs braillards qui se préparaient à investir les discothèques du quartier. Il était tard ; j'avais froid, j'avais faim. Je me suis réfugié dans un café à moitié désert pour manger et boire.

Affalé sur ma chaise dans la salle aux lumières tamisées, la panse pleine, je me suis accordé quelques verres d'un vin chaud et épicé qui ont fini de me retaper. Le mélange d'alcool, de cannelle, de poivre et de sucre instillait dans mon sang une langueur suave, profonde et bonne comme la plus grande des fatigues.

Il fallait que je trouve Pietro et que je lui parle. Ma seule chance était de tomber sur lui par hasard — ce qui ne serait pas si difficile si je savais où trouver le hasard. Tout le monde sait que le hasard raffole des lieux improbables, des endroits bizarres, des coins sombres où il y a de la fumée, de la bière, des gens qui parlent. La Fourmi Atomik, par exemple. Nous y allions parfois, jadis. Ça me semblait clair : le hasard devait aimer beaucoup La Fourmi Atomik.

Mais Pietro n'y était pas. J'ai fait plusieurs fois le tour de la salle, des toilettes et de la piste de danse avant de m'en convaincre. Je me suis accoudé au bar en surveillant la porte. Il *fallait* qu'il vienne : j'étais beaucoup trop fatigué pour courir à sa recherche dans toute la ville.

Un ancien compagnon de l'école secondaire s'est approché. Il était trop entamé pour se rendre compte que je n'étais pas fréquentable : le pauvre n'était qu'enthousiasme et hilarité. Je n'ai rien fait pour le repousser. J'ai ri de ses blagues et posé des questions pour qu'il me donne les réponses. Je crois que parler me faisait du bien. Il était simple d'ouvrir la bouche, de lancer des mots pour que l'autre les attrape, de rire d'une remarque, de paraître attentif, d'avoir l'air joyeux. Je me sentais plus en forme qu'une heure auparavant — j'avais bu davantage aussi, et délirais sans doute un peu. Je l'ai quitté vers deux heures du matin en lui offrant un dernier verre, et suis ressorti dans la rue. Pietro n'était pas venu.

Plutôt que de retourner rue Saint-Jean, j'ai décidé de monter la pente raide en face de La Fourmi et de longer les remparts jusqu'à la rue Saint-Louis. Après tout ce temps passé dans la fumée et le bruit, marcher seul dans la fraîcheur de la nuit était comme entrer nu dans un lac. Mes oreilles bourdonnaient légèrement. Je ne sentais pas le froid. Arrivé tout en haut de la colline, essoufflé, j'ai traversé la porte Saint-Louis et me suis avancé au milieu de l'espace découvert qui s'étend juste en face du Parlement. De puissants projecteurs éclairaient la pompeuse bâtisse. Le tapis moucheté de la basse ville s'étendait en contrebas, mangeant la nuit jusqu'aux montagnes. Un très grand calme montait de la présence scintillante de ces milliers de points lumineux couvrant l'horizon. Le ciel protégeait cet univers endormi de son uniforme chape grise. Tout était si calme, si apparemment simple ; il semblait naturel de faire partie de ce monde, d'y travailler et d'y avoir sa place.

Je me suis retourné pour contempler la porte Saint-Louis, et c'est alors que Pietro m'est apparu. Il était assis tout en haut, seul, confortablement installé dans l'un des créneaux, jambes pendantes au-dessus du vide. Il me faisait signe de la main.

Était-ce bien lui ? Je n'arrivais pas à distinguer les contours de son visage dans le noir — mais qui d'autre aurait pu choisir un aussi invraisemblable lieu de rendez-vous ?

J'ai crié son nom, il a crié le mien. Je suis monté le rejoindre.

Peut-être savait-il que je me trouvais en ville et avait-il deviné que je passerais par là, peut-être m'avait-il suivi depuis La Fourmi Atomik — ou peut-être n'était-ce qu'une simple coïncidence. Je ne sais pas. J'avais tant de choses en tête dont je brûlais de me défaire que je n'ai pas cherché à savoir. Quoi de plus normal que de trouver quelqu'un après l'avoir ardemment cherché ?

Les mots que nous avons prononcés au cours de cette nuit devaient porter en germe ce qui nous attendait plus tard : voilà comment j'aime à voir les choses maintenant. Je ne devais plus jamais revoir Pietro. Penser que cette ultime rencontre recelait à notre insu un sens, une préfiguration me rassure, me donne confiance. Je suis encore troublé de voir à quel point Pietro pressentait avec justesse la menace — et encore, ce qu'il en a dit n'était que la part formulable de ce pressentiment, son côté visible. Le mouvement déjà enclenché qui devait m'amener si près de la perte n'en a pas été ralenti, au contraire — mais c'est en partie grâce aux répercussions indirectes de cet échange nocturne que j'ai pu finalement, alors que je ne l'espérais plus, échapper à son orbite.

⋆ ⋆ ⋆

— Une belle nuit, Soares !

J'étais encore essoufflé.

— Figure-toi que je te cherchais !

— Tu m'as trouvé… Je suis content de te voir, Alex…

Il s'est levé pour me serrer dans ses bras. Il arborait un

léger sourire qui me paraissait empreint de tristesse autant que de joie. Sa barbe n'était pas taillée. Nous nous sommes assis. Ses vieilles galoches pendaient au-dessus du vide comme des marionnettes fatiguées. De sa main il m'a fait tourner la tête pour m'examiner. J'avais un peu honte.

— Seigneur, qu'est-ce qui t'est arrivé ? Tu es poursuivi par une bande de skinheads ? Tu sors d'une maison en feu ?

— Quelque chose comme ça.

— Si ce n'est pas dangereux pour moi d'être au courant…

— Le danger serait plutôt que tu trouves que j'exagère.

J'ai ouvert les vannes sans attendre. J'ai tout raconté pêle-mêle, sans chercher à mettre de l'ordre ou à rendre compréhensible ce qui n'était encore pour moi qu'un amas de faits disparates : mon retour à Québec, les répétitions, Sophie, Sarah, Franz, la mort de Rozak, les nuits froides et vides, le feu de Lisbonne, le début des représentations, ma fuite soudaine, le dégoût, l'audition pour la publicité de petits gâteaux, la bataille dans le parc, la porte close de Sarah, son départ avec un type je ne savais trop où…

Il ne m'a pas interrompu, ne m'a pas demandé d'être plus clair, moins fébrile. Son regard se portait en bas, devant lui, et montait parfois à ma rencontre pour me confirmer qu'il était là, qu'il écoutait, que je pouvais continuer. Lorsque la source douloureuse des paroles s'est tarie, je me suis mis à hocher la tête, comme pour bien me pénétrer de ce que je venais de dire. Dans la rue en contrebas, de petits groupes de fêtards attardés laissaient échapper rires et cris avant de s'éloigner dans la ville endormie.

— Tout va bien, quoi, ai-je laissé tomber.

Il a soupiré.

— Eh bien… J'espère que tu sais ce que tu fais.

— Justement, non.

— Tu m'étonnes, mon vieux.

Il m'a tapé sur la cuisse comme s'il me félicitait.

— Je ne m'imaginais pas que tu pourrais aller jusque-là…

— Malheureusement.

— Quelle histoire… Quand tu es parti, tu as fait ce que tu avais à faire, non ?

— Tu crois ? Je ne sais pas… C'est la chose qui m'a pris, qui m'a emporté. Moi j'essaie de suivre, c'est tout.

— Peut-être qu'elle sait ce qu'elle fait, elle.

— Elle ?

— La chose.

Il voyait que je ne comprenais pas.

— La chose qui t'a pris, comme tu dis.

— Tu veux me faire rire ?

— Peut-être que tu as besoin de suivre cette impulsion un peu plus loin… Et voir ce qui va se passer ?

— Mais je ne suis pas en train de faire une expérience ! Tu voudrais que j'assiste à mon effondrement, comme ça, *pour voir* ? Pour voir ce qui va se passer ? Je ruine ma carrière, et ensuite le reste ?

— Ne te fâche pas. Mais si tu ne peux pas continuer, tu ne peux pas continuer.

— Il me semble que c'est justement mon problème.

— Mais si tu peux continuer, alors retourne là-bas, et répare les dégâts.

— Je sais que je ne peux pas. Je le sais. Je ne peux pas.

— Tu sais au moins une chose…

Dans le silence qui a suivi nous avons contemplé le vide qui s'étendait au-delà de cette phrase.

— Je ne sais pas où ça va s'arrêter. Tout est remis en question, tout — je ne sais pas si tu peux comprendre. Ça me fait très peur. J'ai l'impression que tout m'abandonne…

— Que tu ne peux pas t'empêcher de tout abandonner.

— Depuis que je suis parti du théâtre j'ai l'impression d'avoir franchi une frontière…

— Le pire est peut-être passé, Alex.

— Et si je me trompais ? Si j'étais seulement en train de tout gâcher ? (Tout d'un coup cela me paraissait l'évidence : j'allais d'erreur en erreur.) Et si je perds définitivement le contrôle ?

— Si tu te trompes… (Il a levé les yeux vers le ciel noir.) Eh bien, je te souhaite de ne pas te tromper. Mais pour ce qui est du contrôle, à ta place je n'espérerais pas grand-chose de ce côté-là.

Je n'ai rien répondu. Il a pris alors un ton enjoué, comme s'il souhaitait dissiper mon accablement et tourner toute l'affaire à la blague :

— L'intranquillité, Soares, l'intranquillité. Tu ne peux pas y échapper, c'est écrit…

— Très drôle.

— Tu sais, quand on était au Portugal… Non, peu importe… Et pourquoi tu ne partirais pas ? Fais comme moi, va voir ailleurs — qu'est-ce que tu as à perdre ? Puisque tu as tout laissé tomber ?

— Cette idée d'errer, comme ça, sans but, ça me donne la chair de poule.

— Tu veux te trouver des raisons, c'est ça ? Un prétexte pour vivre ?

Il commençait à m'agacer.

— On n'a pas besoin d'alibi. Il faut agir sans rien attendre en retour, voilà ce que je dis, Alex.

— Écoute, je ne t'ai pas demandé de sermon.

— Et je ne veux pas t'en donner. Tout ce que je peux te dire — sérieusement — c'est comment je me débrouille, moi, avec ma vie. Je ne dis pas que c'est mieux, ni même que c'est une solution. Je n'ai pas grand-chose dans les mains, tu le sais — et j'ai mon lot de monstres, moi aussi, crois-moi. Moi je pars, alors je te conseille de partir, c'est tout — mais ce n'est peut-être pas un bon conseil. Pour toi je suis libre, je fais ce que je veux, je vais où je veux — mais ça ne signifie rien. Dans le fond, je n'ai pas le choix. C'est tout ce que j'ai appris à faire, partir, m'immerger dans ce qui n'est pas moi et prendre quelques images par-ci par-là en simple témoin. Partir ce n'est rien — un coup de tête, et voilà…

Pietro regardait devant lui. Il parlait tout bas, d'une voix moins assurée que d'habitude.

— Pour moi non plus ce n'est pas facile. Il est loin le temps où nous nous amusions dans cette ville, où nous accomplissions nos petites cérémonies… Depuis, il me semble que je n'ai pas cessé de m'éloigner. Même de mes amis les meilleurs, même de vous, de toi, de Sarah… Je finis par perdre toute raison de m'accrocher. J'ai l'impression d'être une barque emportée par le courant, sans rien pour la retenir. Parfois une panique terrible me saisit de voir à quel point je m'éloigne. Ça peut m'arriver n'importe où : tout d'un coup je ne suis plus capable de supporter la moindre sensation d'étrangeté — il faut que je trouve du connu quelque part, que je me sente fixé, chez moi, que je me repose. Le pire, c'est quand ça m'arrive ici, dans ce pays qui est censé être le mien — parce qu'alors je m'aperçois que mon monde, ma société, ma ville, ma maison, moi-même, tout cela n'est rien, ne me donne pas une identité, rien, tu entends ? Rien qui tienne entre les doigts. J'ai alors le sentiment très fort que je ne suis plus lié à quoi que ce soit de tangible, et c'est terrifiant. Mais c'est comme un cercle, tu vois. La crise passe, et je me rends compte que je ne peux que repartir. Je ne sais pas comment dire, Alex, mais c'est comme si je retrouvais le sens de ce qui doit être ma place. Peux-tu comprendre ça ? Ma place à moi, c'est précisément de n'appartenir à rien — parce que je ne peux pas appartenir. Quand je peux en avoir la conscience nette, la certitude complète, une fois passée la première réaction de peur, c'est un soulagement, une paix que tu ne peux pas imaginer. Tout prend son sens quand je comprends que je ne peux pas y échapper. Ma vie ne me semble plus difficile, ni confuse, ni trop lourde à porter. Je cesse de me demander pourquoi je fais ce que je fais, si je suis fou, et ce que je peux bien chercher. Je ne cherche rien — c'est de mouvement que j'ai besoin. Le mouvement pour me perdre.

Puis, me regardant droit dans les yeux comme s'il abandonnait son monologue pour revenir à notre conversation :

— Bizarre, pas vrai ? C'est ma vie, c'est tout ce que j'ai trouvé pour m'occuper. Elle n'est pas tellement plus gaie que la tienne, finalement... Tu viens me voir pour me raconter tes problèmes et je te parle de moi...

Ce qu'il venait de dire me ramenait en pensée trois ans plus tôt, à cet été où je m'étais fait aveugle, où Sarah avait demandé qu'on l'enterre, où Pietro avait tâté de l'invisibilité. Et j'ai pensé avec un certain effroi que nous suivions des trajectoires précises, sans même le savoir, et que notre vie apparemment chaotique traçait en réalité une orbite franche.

— Tu savais que pendant le voyage, à Lisbonne surtout, Sarah et moi on ne s'est presque pas vus ? Je la laissais tomber, je n'étais pas capable de me tenir tranquillement à ses côtés. Il fallait que je m'éclipse... Elle t'en a parlé, non ? Je ne lui laissais pas tellement le choix...

— Je croyais que vous étiez toujours ensemble...

— À Lisbonne ça n'a pas été facile pour elle.

— Pour moi non plus.

— J'ai vendu pas mal de photos de l'incendie. Tout le monde raffole des pleurs, de la fumée…

— Je n'en peux plus… Dis-moi, elle est où, ma place à moi ? Comment est-ce que je fais maintenant ?

— Qu'est-ce que tu veux que je te réponde, mon cher Alex… Tu as sabordé ton propre navire, tu n'as plus qu'à avancer.

— Sabordé ?

— Oui, tu te souviens, quand on parlait des pirates… Quand on parlait des pirates qui sabordent leur propre navire avant d'en aborder un autre, pour ne pas se laisser le choix…

— Mais il n'y a pas d'autre navire ! ai-je crié, désespéré. Il n'y a rien, je suis dans l'eau, tout seul ! Il n'y a rien, il n'y a personne !

— Peut-être qu'il faut nager très longtemps, ou très loin.

Après cela, je n'ai plus rien dit, et lui non plus. Mon cri de panique paraissait bien dérisoire dans la nuit, face au ciel noir, aux pierres froides. Il ne fallait plus penser. J'étais crevé, et depuis longtemps gelé des pieds à la tête. J'avais besoin de marcher, de bouger un peu, et j'ai réussi à convaincre Pietro de descendre dans la rue.

Après un dernier regard à la Grande-Allée, nous avons retrouvé la scène vide et silencieuse des rues. Comme un théâtre abandonné, la quiétude de cette ville-là résonnait encore des cris et des rires de ceux qui s'y étaient agités quelques heures auparavant. Nous avons marché lentement, bien petits dans la lumière des projecteurs. L'aube n'était pas loin. Je souhaitais prolonger ce moment au maximum : je savais que, le jour venu, nous irions chacun de notre côté.

Malgré l'apparente nonchalance de Pietro face à ce qui l'attendait, j'étais inquiet pour lui. Je ressentais plus que jamais la précarité de nos vies, leur fragilité face à l'immensité des tourbillons. Tout d'un coup j'avais envie de dire : arrêtons-nous ici, ne faisons pas un pas de plus. Ce qu'il y a devant je ne veux pas le voir. Qui sait jusqu'où nous serons entraînés si nous continuons ? Je t'aime et je ne veux pas qu'il t'arrive malheur. Le jour se lèvera bientôt et, si nous ne prenons pas garde, nous serons aspirés.

Et je me demandais comment il parvenait à mener cette existence sans forme, comment il supportait d'errer de la sorte sans carte ni boussole ? Je ne comprenais pas qu'on puisse avancer ainsi sans rien demander, sans rien vouloir, sans autre but ni raison que d'*être*... Je me sentais très pauvre face à cette largeur effrayante, et j'avais peur. Pietro, lui, en avait l'habitude — c'est du moins ce qu'il prétendait. Il s'était perdu de nombreuses fois ; peut-être était-ce devenu un jeu pour lui de tout perdre et de recommencer ; peut-être savait-il comment se priver du nécessaire, comment vivre hors de toute protection.

— Qu'as-tu l'intention de faire ? ai-je finalement demandé.

— Repartir d'ici dans quelques jours, je crois. Voir un ami, un Portugais qui s'appelle Joao.

— Au Portugal ?

— Au Venezuela. Je vais peut-être me balader un peu dans le coin, prendre des photos... Où vas-tu dormir ?

— Aucune idée.

— Je suis chez ma sœur. Elle est absente jusqu'à demain. Viens avec moi, on va se coucher très tard.

— Oui. Demain je quitte la ville.

Je ne sais pas pourquoi j'étais si catégorique. Cela semblait soudain aller de soi. Cela semblait la seule chose à faire.

— Et tu vas ?

— À la maison de campagne de mon père, je pense.

— Bien. La campagne.

* * *

Sa sœur habitait un vieil appartement, rue Christie. Dès que je suis entré à l'intérieur de cette petite bulle de confort et de chaleur, mes muscles crispés par le froid et la fatigue ont commencé à se détendre. Je me suis laissé tomber dans un profond divan de cuir blond pendant que Pietro fouillait dans une armoire de chêne. Il en a sorti une bouteille de rhum, deux verres, puis s'est assis sur une chaise face à moi et s'est remis à parler. J'ai compris que ce n'était pas fini. Pour meubler ce qui restait de nuit, il m'a conté une longue et triste histoire comme lui seul savait le faire.

C'était l'histoire d'un intrépide pêcheur maori qui un jour était allé si loin à la poursuite du poisson-roi qu'il n'était plus jamais revenu. Sa famille et sa tribu l'avaient attendu longtemps, puis avaient cessé de l'attendre. Le pêcheur avait bel et bien trouvé le poisson-roi mais, entraîné par lui au fond de la mer…

Tantôt grave, tantôt haut perchée, sa voix scandait les mots comme pour une incantation. Malgré mon intention de suivre son récit jusqu'au bout, j'ai peu à peu glissé dans le sommeil, emportant des bribes de ses paroles pour les mêler à mes propres tourments. Je me voyais nager dans la mer infinie, seul et désespérant d'atteindre jamais mon but, accablé d'une fatigue mortelle que je devais surmonter à chaque brasse au prix d'efforts m'arrachant des larmes qui, aussitôt, se transformaient en petits poissons frétillants…

5

À mon réveil, j'étais seul dans l'appartement. Les radiateurs de fonte craquaient dans le silence. Il était tard. Pietro avait disparu, comme à son habitude. Sa sœur pouvait débarquer d'un moment à l'autre et me trouver à demi nu dans son nid d'amour.

Au moment de prendre mon manteau, abandonné sur une chaise près de la porte, j'ai trouvé, posée dessus, une feuille couverte de l'écriture instable de Pietro.

À force de marcher et marcher on se serait perdu — et personne pour vous indiquer le chemin. On se souvient alors de cette carte qu'on avait imaginé de dresser, autrefois, pour éviter des situations de ce genre. On la tire de sa poche et la déplie pour y jeter un coup d'œil.

Sur la carte manuscrite du monde intérieur, on n'aperçoit d'abord que des contours tracés au crayon gras. Puis on distingue de larges masses, des continents entiers, dirait-on, et aussi des îles de toutes les grandeurs. Certaines zones sont couvertes d'inscriptions si petites et si serrées qu'on n'y voit plus le papier. Il semble y avoir eu plusieurs tentatives, en différents points de la carte, pour marquer le relief ou pour indiquer le type de végétation — mais rien de très précis. Pour le reste, pour l'essentiel, la carte est mangée par de grands espaces blancs, inentamés, mystérieux, cernés à la marge par quelques indications griffonnées à la hâte : « ici gisement, puits », « attention », ou encore « monstres ! »...

On lève alors le nez et on regarde autour de soi. Tout le problème vient du fait qu'on ne reconnaît rien, qu'on ne peut être sûr de rien. On se demande alors : mais quel est donc ce monde ? Pourquoi apparaît-il si différent sur le terrain de ce qu'il semble être sur le papier ?

On hésite encore un instant et, à regret, on replie la carte, on la remet dans sa poche. On décide de se fier à son pas et d'ouvrir l'œil pour la route.

* * *

J'avais si souvent effectué le trajet entre Québec et la maison de mon père que j'ai eu, cette fois encore, l'impression d'aller lui rendre visite. De ma huitième à ma vingtième année, j'avais emprunté des centaines de fois cette même route qui longe le fleuve pour passer deux jours, une semaine, un mois avec lui. Depuis plusieurs années, cependant, mon père ne quittait plus son bungalow de Sainte-Foy que les fins de semaine de beau temps ; la grande et froide maison du fleuve demeurait inhabitée les autres jours.

En descendant de l'autobus, à Lotbinière, il fallait longer la route sur deux kilomètres avant de pouvoir emprunter le chemin qui descendait en serpentant jusqu'au fleuve. À mon arrivée, la nuit tombait déjà. Je pouvais discerner des gens regroupés sur le quai, debout près de leur voiture, fumeurs nonchalants dans la brise du soir. De la musique country s'échappait des portières ouvertes. Les quelques maisons situées près de la berge étaient toutes éclairées, sauf celle de mon père. Haute et grise dans la pénombre, celle-ci paraissait aussi froide que l'eau. Les clés étaient dans leur cachette habituelle, derrière une des poutres de la galerie. Je suis entré. Ma première impression a été la même qu'à chacune de mes visites : la maison était humide, trop grande, trop sombre, trop froide. La maison était à l'abandon. Cela ne datait pas d'hier.

Mes parents avaient choisi ensemble cette maison que mon père avait rachetée à un médecin vieillissant. Je n'ai jamais su jusqu'à quel point ma mère désirait vraiment cette nouvelle vie loin de la ville — peut-être avait-elle cédé aux pressantes demandes de mon père, qui souhaitait se rapprocher de l'univers liquide de son enfance ; elle a toujours prétendu que la décision était venue autant d'elle que de lui. Quoi qu'il en soit, quelques mois avant la date prévue pour le déménagement, la famille éclatait : ma mère, Gaïa et moi partions pour Montréal dans l'étourdissement et les larmes. La demeure qui devait permettre le renouveau d'une relation moribonde n'était soudain plus qu'une erreur — une erreur qui de surcroît réclamait qu'on s'occupe d'elle. L'immense grotte familiale ne serait plus habitée que par un chef de clan esseulé.

Avec ses deux salons, sa salle à manger, sa cuisine, son cabinet de travail, ses six chambres et ses nombreux corridors de bois verni, la maison ne pouvait être pour un homme seul qu'un labyrinthe dégarni, un espace démesuré qu'un seul corps n'arriverait jamais à réchauffer. Dépassé, mon père affectait l'indifférence. Convaincu de l'inutilité de tout effort visant à juguler le chaos qui envahissait peu à peu la maison, il préférait ne rien faire. Il affirmait que consacrer temps et argent à la décoration n'était que gaspillage. Cet apparent manque de sensibilité n'était pas de l'indifférence mais une forme de douleur, une difficulté à vivre qui appelait l'indifférence à son secours.

Mon père était malheureux dans cette grande baraque, pourtant il lui a fallu douze ans avant de se décider à la mettre en vente. Il avait toujours été un solitaire, un fils de marin ; d'une certaine façon, la séparation avait marqué un retour à la normalité après quelques années d'anomalie. N'ayant plus à rendre de comptes à personne, il pouvait prendre ses aises, laisser les habitudes pousser leurs racines d'herbes folles dans les profondeurs de sa vie. Vivre avec quelqu'un d'autre l'aurait obligé à arracher ces herbes ; il était plus simple de n'en rien faire.

La maison n'était qu'à quelques pas du fleuve. Des hautes fenêtres du salon, on pouvait apercevoir les cargos pansus qui remontaient le courant. L'eau était depuis toujours un élément capital de la vie de mon père. Combien de fois l'ai-je vu rester immobile, debout, bras croisés, le bleu de ses yeux plongé dans le bleu du fleuve ? Il a su me donner le goût de l'eau, l'amour de son infinie douceur et le respect de sa force. Les rares moments que nous avons pu passer, lui et moi, dans une proximité véritable et simple, nous ne disions rien, ne faisions rien sinon contempler l'un près de l'autre l'écoulement du ciel liquide, le passage des bateaux, le vol des mouettes dans l'odeur du limon. Alors, j'avais la certitude apaisante qu'il était mon père, que j'étais son fils, et que le passage de l'un à l'autre s'effectuait avec la même inexorabilité, la même assurance intemporelle que l'avancée des eaux. Il lui arrivait alors d'évoquer son père à lui, le mythique pêcheur bravant les côtes bretonnes dans son bateau de bois (tout ce que je savais de lui, mon père me l'avait raconté en regardant le fleuve : comment le grand-père s'était livré, pendant la guerre, à des activités maritimes louches qui lui avaient valu des ennuis avec les Allemands ; comment, à la mort de sa femme, il avait émigré au Canada en compagnie de son petit garçon Gabriel, alors âgé de dix ans, et s'était recyclé dans le commerce maritime ; comment il s'était montré intraitable à l'égard du petit Gabriel, incitant sans cesse le frêle et timide garçon à devenir fort et agressif; comment il s'était remarié et avait eu deux autres enfants avant de succomber à une crise cardiaque, l'année même où mon père partait étudier à New York). Très jeune, déjà, je comprenais l'importance de ces trop rares moments, et je les recherchais : je devinais que mon père était plus proche de lui-même en présence de l'eau, et donc un peu moins éloigné de moi.

Le véritable inconvénient, c'était la démesure de la maison. Mon père remettait toujours à plus tard les travaux d'importance et n'accomplissait, en matière d'entretien, que le strict minimum. À la poussière qui envahissait des zones entières de son être correspondait la poussière s'accumulant dans les chambres dont il n'ouvrait pas les portes, s'amassant dans les recoins qu'il n'inspectait jamais et sur les plantes qu'il arrosait mais ne regardait plus. S'il a quand même fini par s'en aller, je pense que c'est parce que la poussière a fini par menacer ce qu'il ne voulait pas voir atteint : son travail d'entomologiste. Les glaces l'encerclaient depuis trop longtemps ; il ne pouvait indéfiniment préserver sa passion du gel de l'ennui et de l'habitude. Quand il s'est aperçu qu'au retour de ses voyages de *chasse subtile* il avait toute la peine du monde à rassembler ses forces pour le minutieux travail de classement et d'étiquetage, et que les boîtes contenant des prises exotiques récoltées à grand-peine demeuraient ficelées dans le fond du bureau pendant des semaines — durant lesquelles il ne faisait que regarder par la fenêtre ou dormir devant la télévision —, il a décidé qu'il était temps de partir avant que toute raison de vivre l'eût quitté.

Aujourd'hui, tout est plus simple : il habite un petit bungalow facile à entretenir dans une rue calme de Sainte-Foy et attend la retraite que lui accordera bientôt le ministère de l'Éducation où il exerce une vague expertise en pédagogie. Sa passion pour les insectes s'est quelque peu assagie : il ne voyage plus et se contente de faire venir par la poste des spécimens choisis dans des catalogues spécialisés, payables au prix fort. Il n'a pas encore réussi à vendre la maison du fleuve.

Depuis, je viens comme lui de temps à autre réchauffer les entrailles de cette vieille maison aux os craquants, et je me désole de son aspect abandonné.

* * *

Je ne me suis jamais senti chez moi, ici. J'y suis venu pour la première fois à la mort de ma sœur Gaïa, et y suis resté environ deux mois, jusqu'au début des classes de janvier. Ma mère avait besoin de repos ; le nouveau vêtement des choses était trop grand et personne ne pouvait le porter, ma mère encore moins que nous, aussi n'avais-je pas protesté quand on m'avait envoyé jusqu'à cette maison de novembre. La neige y régnait déjà, alors qu'à Montréal la pluie tombait toujours. Pendant deux mois, la vacuité du jour avait eu cette odeur neuve de la neige fraîche.

Il me fallait vivre dans un univers étrange où le jour était à l'opposé de la nuit. Le jour je jouais dehors avec les voisins, je mouillais mes bottes, je courais dans le sous-bois — mon père ne voulait pas que je reste enfermé dans la maison. Le jour, il était un homme, un adulte, et savait jouer à « tout est normal ». J'étais prêt à le croire, je ne demandais que ça — mais, la nuit venue, lorsqu'il me faisait monter dans ma chambre, il oubliait toutes les règles.

Des nuits entières je l'entendais arpenter les corridors, lentement, infiniment. Quand il s'arrêtait de marcher et que le silence revenait dans ma chambre close, c'était pire : je savais qu'il sanglotait, accroupi dans un coin ou appuyé contre un mur. Plusieurs fois je m'étais levé dans la nuit et je l'avais vu, prostré et silencieux, agité de spasmes terribles. Une nuit, j'avais voulu pleurer avec lui — mais, quand il m'avait aperçu, il avait aboyé : « Ne reste pas là ! Je t'ai dit d'aller te coucher, va-t'en dans ta chambre ! » J'avais battu en retraite, terrifié. Mon père venait de m'apparaître dans toute sa laideur, un animal blessé et dangereux qu'il ne fallait surtout pas approcher. Je frémissais à l'idée que j'avais voulu, l'instant d'avant, unir ma douleur à la sienne. Bien vite, j'avais appris à ne plus sortir de la chambre, à attendre moi aussi dans le silence que passe la nuit.

Je ne voyais pas de fin possible à ces froides semaines. On m'assurait que je reprendrais l'école sous peu, mais j'avais du mal à y croire. Au cours de ce deuil hivernal, mon père est venu une fois dans ma chambre, « pour parler ». Il a tenté de m'expliquer ce qu'il vivait, et j'ai tenté de comprendre. Nous avons parlé de Gaïa (mais pas des nuits passées à arpenter les couloirs), nous avons pleuré (mais avec courage, et pas trop).

C'était mon premier séjour. Par la suite, la maison est demeurée pour moi une maison de novembre, un lieu où la joie est forcée et le froid jamais très loin. Je n'ai jamais aimé le froid. Le froid paralyse, le froid abandonne ce qui est arrivé la veille. Le froid n'apprend pas et pourtant n'oublie jamais, le froid mord sans laisser de trace, le froid est seul et vous force à le devenir, le froid mange les mains, scelle les paupières.

Ensuite est venu le temps des visites mensuelles, courtes excursions dans le royaume en friche de mon père, qui ont duré jusqu'à mon adolescence. Nous n'avions pas le temps de nous parler, lui et moi, nous n'arrivions pas à franchir les obstacles de l'absence et de la négligence accumulées. À défaut de rapport véritable avec mon père, je tissais un rapport avec les lieux. La maison me servait de terrain de jeu, de laboratoire, de labyrinthe, de repaire secret, de demeure hantée, de ressource naturelle pour les mille et un jeux et expéditions auxquels je me livrais pendant mon séjour, seul ou en compagnie de ceux qui acceptaient de me suivre. Le terrain qui entourait la maison, le sous-bois derrière, le bord du fleuve et ses longues rives accidentées et marécageuses, toute cette partie de la planète Terre qui s'étendait entre la côte venant du village et le royaume aquatique du Saint-Laurent m'appartenait en propre, à moi et aux quelques autres de mon âge ; nous y avions tous les droits, y compris celui d'y réinventer constamment de nouvelles zones inexplorées ou maudites.

Quand, l'été de ma dixième année, j'avais lu pour la première fois *L'Île au trésor* de Stevenson, j'avais eu cette révélation : la maison de mon père n'était autre que la mystérieuse auberge de L'Amiral-Benbow, la vaste et inquiétante demeure de la côte où le répugnant pirate Billy Bones était venu mourir, l'endroit même où Chien Noir, l'aveugle aux mains de glace, était venu réclamer le coffre, le plan du trésor, la maison dans laquelle le jeune héros avait perdu son innocence et qu'il avait dû quitter pour affronter les plus grands périls de la terre et de la mer...

Mais ce vaste domaine ne m'appartenait que si je m'en emparais par le jeu : sitôt celui-ci terminé ou temporairement suspendu pour que j'aille manger ou dormir, je savais que je n'étais pas chez moi. J'étais dans un lieu où je revenais souvent et que je connaissais bien — un lieu que j'aimais, d'une certaine façon, un lieu où je venais parce que mon père y vivait. J'étais chez mon père. J'y avais des jouets, des livres, des vêtements en permanence, et une chambre que nous appelions *ma chambre*. Mais ce n'était pas chez moi.

À mon arrivée, ce nouveau soir de novembre, je suis

monté à l'étage m'installer dans *ma chambre* après avoir allumé le chauffage au rez-de-chaussée. *Ma chambre* était située au bout du couloir et donnait sur la façade. Je l'avais choisie, autrefois, parce que le fleuve et le ciel entraient sans contrainte par les deux grandes fenêtres à carreaux. J'avais eu l'embarras du choix puisque mon père n'occupait qu'une chambre, la plus grande, alors que les autres demeuraient vacantes. Plus tard j'avais investi chacune de ces pièces vides d'une fonction particulière : il y avait la salle de classe, la chambre secrète, dont personne d'autre que moi ne soupçonnait l'existence, le Quartier Général, où se prenaient les décisions importantes, et enfin une pièce fourre-tout, *ma chambre,* tour à tour tombeau de pharaon, prison mexicaine, salle du trône ou cabine d'aéronef. Le mobilier et la décoration avaient évolué au cours des années avec mon passage du monde imaginatif de l'enfance à celui, imitatif, de l'adolescence, jusqu'à l'accession douteuse à ce territoire confus et encombré du monde adulte. Les premières années, j'avais presque réussi à habiter cet endroit qui n'était mien qu'en attendant ; plus tard ce n'était devenu qu'une halte où j'essayais de laisser le moins de traces possible.

Maintenant, la chambre n'abritait plus qu'un grand lit mou avec une épaisse couverture vert forêt, une petite table de bois et une chaise dure posées à même un plancher fait de larges lattes d'un bleu passé. Sur les murs blancs, rien d'autre qu'une reproduction de Van Gogh, un champ de blé jaune dominé par un soleil aux rayons puissants, aveuglants ; et, oubliés sur les tablettes des deux fenêtres, quelques objets : une petite boîte de cigares « café crème », un paquet de kleenex, un ticket déchiré de la version longue de *La Trilogie des dragons,* un peu de monnaie, une pierre polie ramassée un jour sur la grève, un anneau d'argent ayant appartenu à

Sarah et trois livres poussiéreux en édition de poche, *Le Bleu du ciel*, *King Lear* et *Robinson Crusoé*.

Je me suis étendu sur le lit, sans enlever ni souliers ni manteau. Les ressorts fatigués du matelas lançaient de brefs soupirs de bienvenue. Finalement, j'aimais bien la simplicité de cette chambre, son odeur familière de renfermé qui empêchait toute surprise.

J'ai fait un rêve. Le gros Franz était debout au milieu d'une barque, un fusil à la main, une casquette sur la tête. Il donnait des ordres aux rameurs assis sur les banquettes, des hommes musclés et dangereux. Partis à ma recherche, ils écumaient le fleuve en face de la maison et tentaient de s'approcher jusqu'à ce qu'ils puissent m'apercevoir par les fenêtres. Mais je n'étais pas là : j'étais dans l'eau, tout près d'eux. L'eau était glaciale, j'avais peur de mourir mais ne pouvais retourner sur la rive parce que les hommes m'auraient tout de suite découvert : Franz veillait, l'œil vif, le fusil appuyé sur le ventre. Sur la berge, pas très loin, Sarah était assise près d'un feu. Je savais qu'elle savait que je me trouvais là, dans l'eau — mais elle ne pouvait rien. Je n'osais pas bouger et j'avais très froid. Je savais qu'ils ne feraient pas de quartier.

* * *

Le cadran de la cuisinière marquait onze heures quand je suis descendu à la cuisine. J'avais faim. J'ai fouillé dans les armoires et dans le frigo pour trouver à manger — mon père avait la manie d'accumuler les provisions pour parer à toute éventualité. Au moment d'étaler mon butin sur le comptoir, cependant, j'ai été pris d'une inspiration soudaine. J'allais appeler Sarah.

À son appartement de Montréal, le même message se faisait entendre, la même voix enregistrée. Après un instant d'hésitation, j'ai composé fébrilement le numéro de sa mère, qui vivait à Québec — tant pis pour l'heure tardive. Au bout de trois coups on a décroché et, après une seconde de battement, miracle, j'ai entendu la voix de ma petite Sarah.

— Qu'est-ce qui se passe ? Qu'est-ce qui est arrivé, Alex ?

— Écoute, je suis tout seul en ce moment à L'Amiral-Benbow, et j'avais envie de te parler…

— Tu es où ?

— Chez mon père, à Lotbinière.

— *Chez ton père ?* Mais qu'est-ce que tu fais là, Alex ? Explique-moi parce que tout le monde te cherche. Tu as eu un accident ou quoi ?

— Non non, je n'ai rien, calme-toi.

— Me *calmer ?* J'arrive à Montréal et personne ne sait où tu es, la première chose que j'apprends c'est que tu t'es enfui du théâtre, que tout le monde est furieux, qu'ils ont dû suspendre les représentations…

— Je suis parti.

— Tu es parti ? Mais qu'est-ce qui t'est arrivé ?

— Pas au téléphone, Sarah…

— Mais, bon Dieu, est-ce que tu te rends compte ? Je pensais que tu étais mort !

— J'ai essayé de te joindre. Tu n'étais pas là… Je suis allé chez toi, le soir même.

— J'étais partie.

— Tu étais où ?

— Qu'est-ce que tu fais maintenant ? Tu rentres à Montréal ?

— Je ne crois pas, non… Ça va plutôt mal.

— Je ne pensais pas que tu irais jusque-là… Alors c'est ça ? Tu n'y retourneras plus ? Non, tu n'as pas l'intention d'y retourner…

— Sarah. J'aimerais beaucoup que tu viennes.

— Chez ton père ? Mais, Alex…

— Vraiment, j'aurais besoin que tu sois là.

Elle n'a rien dit. Sans réfléchir, j'ai foncé.

— Je sais que je ne devrais pas te demander ça. Mais ce n'est pas pareil maintenant, ce n'est pas pareil. Tu peux comprendre ça ? Sinon, jamais je…

Quand elle a répondu, enfin, sa voix était toute petite, presque apeurée :

— Je pourrais venir demain…

— Demain quand ?

— Demain matin. Je vais prendre le bus. Mais je ne devrais pas.

— Je vais t'attendre. Je ne bougerai pas d'ici.

— Ça va aller, d'ici là ?

— Oui oui. Merci. Je t'embrasse. On se voit demain.

Et nous avons raccroché. J'avais chaud maintenant, je me sentais infiniment soulagé. Je me suis jeté sur la nourriture.

* * *

J'ai vécu jusqu'au lendemain dans l'excitation de l'attente. J'avais tout à coup quelque chose devant moi, une matière à travailler, une voie de secours qui me permettrait peut-être de ne pas m'enfoncer davantage.

J'ai allumé un grand feu dans le foyer du salon et me suis mis à dresser des plans. Je me sentais loin, bien loin déjà de ce que j'avais laissé quelques jours plus tôt à Montréal ; mais avec Sarah je pourrais trouver une solution. Partir peut-être. Partir serait la seule chose à faire — nous établir en terrain vierge, nous installer sur quelque terre lointaine qui ne serait pas encore sous le joug de ce que nous fuyions. Ce serait difficile, sans doute, et il faudrait travailler fort — à quoi, je ne savais pas exactement. Il s'agissait avant tout de ne pas nous enchaîner, de rester libres, maîtres de notre destin. L'autonomie. Il fallait viser cela. Une fois le problème de l'autonomie réglé, le reste n'était qu'une question de temps. Apprendre à vivre avec l'autre, jour après jour, apprendre à partager et à tout dire pour que ne s'accumulent pas les déchets. Sans sous-estimer les écueils, il fallait apprendre à avoir confiance, à ne pas vouloir tout saborder au premier coup de vent, au premier haut-fond. Et aussi trouver le moyen de ne pas nous enfermer l'un dans l'autre. Sarah pourrait avoir ses occupations en ville, comme elle voudrait, ce n'est pas moi qui essaierais de la retenir.

Le problème, c'était de savoir ce que j'allais bien pouvoir accomplir au cours de cette existence renouvelée. Il fallait fouiller, retrouver la trace de vieux rêves enfouis sous les cendres de ma vie active, déterrer d'anciennes mais toujours valides priorités, exclues injustement du champ de ma conscience par l'idée trop étroite que je me faisais de l'avenir…

Comme quoi ?

Je pouvais travailler de mes mains, par exemple, avoir un contact ferme et direct avec les choses… Je pouvais apprendre… Je pouvais organiser des stages, enseigner ce que je savais : comment respirer, comment bouger, comment sentir par le corps… Il y avait l'eau, également, la tentation de vivre près de l'eau… Je pourrais aussi travailler la terre et élever des animaux, pendant que Sarah se consacrerait à son écriture : finies les compromissions… Je pourrais faire des publicités pour la télévision, deux fois par an, et vivre le reste du temps les doigts dans le nez — profiter de ce temps pour faire ce que je désirais vraiment comme comédien, pour aller au bout d'un projet sans me soucier de sa viabilité… Nous pourrions aussi devenir un couple hors-la-loi : organiser patiemment des vols inédits, audacieux, frapper une fois et disparaître dans la nuit ; vivre cachés, insaisissables ; ne jamais rester au même endroit plus d'une semaine…

Je m'enfonçais dans le ridicule. Je m'échauffais l'esprit pendant qu'au fond de mon cœur, là où je ne voulais pas regarder, luisait une sombre certitude : il n'y avait pas d'île au trésor, il n'y en avait jamais eu.

J'ai passé la nuit à marcher de long en large dans le corridor de mes pensées en attendant l'arrivée de Sarah. À certains moments, de folles bouffées d'espoir me faisaient trembler de joie et d'émotion : oui, nous avions encore un avenir, elle et moi ; non, la difficulté ne me faisait plus peur… Puis je me rendais compte à quel point ce semblant d'espoir ne reposait que sur du vide, et je m'asseyais, subitement dégrisé. Pourquoi m'imaginer que les obstacles qui nous empêchaient d'être ensemble (et qui demeuraient encore obscurs, donc toujours redoutables) seraient miraculeusement levés par le simple fait que je le désirais ? Et d'abord : peut-être ses plans à elle ne cadraient-ils pas du tout avec les miens, peut-être se trouvait-elle à mille milles de chacun de mes espoirs ? Et encore, et surtout : est-ce que je voulais véritablement ce renouveau ? C'est-à-dire, est-ce que je le *pouvais* ?

Vers huit heures du matin, n'y tenant plus, je me suis habillé chaudement et je suis sorti. Je ne voulais pas manquer l'arrivée de Sarah en tombant bêtement endormi, et j'avais décidé de l'attendre dehors : la lumière froide et le vent du fleuve m'aideraient à tenir sur mes pieds. Ne voulant perdre la maison de vue sous aucun prétexte, je me suis contenté de marcher jusqu'au bout du triste quai municipal. Victime d'un lent mais inexorable ensablement, il y avait des années qu'aucun bateau n'était venu s'y frotter les flancs. Il ne serait bientôt plus qu'une langue inutile de béton sur le sable, un vieux navire échoué et honteux, abandonné par le fleuve à la solitude peu glorieuse de l'amant délaissé.

De chaque côté du quai, sur la moitié de sa longueur, de longues herbes jaunies poussaient dans la vase épaisse. Au-delà de ce marécage, une eau trouble clapotait doucement. Un vent léger, presque imperceptible, plissait l'eau comme la peau d'un vieil homme. Le fleuve pensait. Le ciel écoutait le matin d'eau froide. Je lançais des cailloux gris et indifférents qui disparaissaient aussitôt. Des mouettes tournoyaient un instant avant de se poser sur le fleuve comme dans un nid.

Je ne pensais plus, je ne disais rien : j'étais fatigué comme l'eau même. Quand Sarah est arrivée enfin, son sac à la main, j'étais transi mais calme. Il était bon qu'elle soit venue. En quelques heures j'avais oublié tout ce que je pouvais attendre d'elle. Mon esprit était vide, mes désirs envolés.

6

Sarah a eu la délicatesse de ne pas me brusquer, de ne pas chercher à tout savoir sur-le-champ. J'imagine qu'il lui avait suffi de me voir sur le quai pour savoir que ses questions ne trouveraient pas de réponse. Mes défenses étaient épuisées. Je ne pouvais plus prétendre à rien. Nous sommes restés quelques instants sur le quai sans parler, puis elle m'a pris par la main et nous avons marché vers la maison à pas lents.

En grimpant les quelques marches qui menaient à la galerie, je me suis vu très fatigué, très faible. À l'intérieur, j'ai eu chaud ; mes jambes voulaient se dérober sous moi. Je me suis étendu sur le divan du salon. Sarah s'est assise à mon côté. Je me souviens comme j'étais désolé de ne pas pouvoir mieux l'accueillir. Je voulais faire un effort, me lever, parler, mais ne parvenais qu'à sourire faiblement. J'étais honteux de l'avoir fait venir pour m'écrouler dès son arrivée. Mais peut-être était-ce mieux ainsi ; je trouvais réconfortant de la voir assise là, de la voir soudain occupée à prendre soin de moi. Quelqu'un veillait.

J'ai dû rester couché assez longtemps, une vingtaine d'heures je crois, jusqu'à ce que la fièvre baisse. Quand j'ouvrais les yeux, je voyais le front mat de Sarah penché sur moi, je voyais ses yeux graves, son sourire fait de patience, son nez moqueur. J'avais du temps encore. Rien ne pressait. J'étais assailli de rêves intenses sitôt que je m'endormais, mais je finissais toujours par me réveiller — et alors Sarah était là. Je lui demandais de l'eau, lui racontais un bout de rêve. Je me souviens de longues marches au soleil, de séjours dans des lieux que je ne parvenais pas à reconnaître. Je me souviens de figures qui se disaient amies mais dont les traits n'évoquaient rien pour moi. Je me souviens d'une roche gorgée de soleil sur laquelle je m'étendais nu pour me reposer. Je me souviens de beaucoup de fatigue, de grande solitude, de jambes harassées, de plaines longues parcourues par le vent. Au sein même de cette fatigue, je comprenais que quelque chose prenait fin, qu'autre chose commençait.

* * *

Le lendemain matin, je me suis levé. Je ressentais encore une fatigue sourde. Mes membres hésitaient à répondre. Mon métabolisme ronronnait très lentement, à voix basse. C'était comme évoluer sous l'eau.

Installé en position assise avec le soutien de deux ou trois oreillers, un verre d'eau à la main, j'ai raconté à Sarah l'histoire de ce jeune comédien qui s'était enfui du théâtre où il travaillait. L'histoire était compliquée, mais je la contais avec des mots simples, en laissant obscures les zones obscures. Je me sentais pour la première fois détaché de tout cela. Parlant lentement, d'un ton monotone imposé par la lourdeur de mon être, je pouvais voir mes paroles flotter dans l'air jusqu'à Sarah. Je la regardais, elle qui m'accordait le crédit de m'écouter comme si elle ne savait rien de moi, et je me disais qu'elle était très belle, très Sarah dans cette attitude réceptive, aussi belle qu'elle avait pu l'être au cours de nos nuits d'amour les plus fortes, lorsque je pouvais la regarder dormir ou bouger sans me lasser. Je la voyais maintenant dans ce qu'elle était, sans rien y ajouter ou en retrancher : une femme qui écoute. Je trouvais cela très beau. Très lointain aussi. Pour la première fois depuis longtemps, je la contemplais comme un être entièrement distinct de moi, comme une énigme merveilleuse. Au lieu de provoquer l'embrasement amoureux, cette perception laissait place à un détachement inédit.

L'histoire que je contais était étrange ; et étrange le fait de la conter à cette femme. Elle m'aimait assez pour être assise là à m'écouter, et je l'aimais sans doute beaucoup aussi ; mais elle n'avait dans le fond rien à voir avec tout cela. Elle n'y pouvait rien changer. Je regardais son visage et je pensais au nombre de fois où j'avais exigé qu'il ressemble à ce à quoi je voulais qu'il ressemble, où j'avais voulu qu'elle ne soit pas elle-même, mais moi. Tout cela était fini.

✳ ✳ ✳

Ma courte maladie (si on peut appeler ainsi ce relâchement soudain de tous les nerfs) avait brûlé un voile qui depuis le début me pendait devant les yeux. Comme au sortir de maladies plus longues, j'étais à la fois fatigué et décapé, reposé. Je ne savais pas ce que j'allais faire, mais je savais ce que je n'allais pas faire. Je n'allais pas retourner au théâtre. Je n'allais pas demander à Sarah de rester près de moi. Je n'allais pas chercher à étouffer toute l'affaire sous une série de projets rocambolesques.

Sarah n'a pas compris tout de suite où j'en étais. Il semblait évident que j'attendais quelque chose d'elle : je l'avais fait venir ; j'avais eu besoin d'elle pendant ces deux jours d'immobilité ; je lui avais montré le nid de vipères ; et maintenant, quoi ? Quand j'ai recommencé à manger, à marcher, Sarah est devenue plus nerveuse. Ma faiblesse avait été une sorte de répit pour elle, une période marquée par l'inquiétude mais également par une grande simplicité : il suffisait de s'occuper du malade. Maintenant que je retrouvais une certaine autonomie, tout se compliquait à nouveau. Nous risquions de nous emmêler dans nos fils. C'était la première fois depuis notre séparation que nous nous trouvions seuls ensemble pendant un long moment — et dans une maison isolée en plus. Elle a commencé à s'impatienter, à chercher une issue. Je pense qu'elle me soupçonnait d'être (inconsciemment) tombé malade pour l'attendrir et forcer un rapprochement. Elle s'en voulait d'avoir été dupe.

Elle ne m'avait toujours rien dit de ce qu'elle pensait — de sa présence à L'Amiral-Benbow, de mon histoire, de sa vie à elle. Je ne savais rien de ce qu'elle avait fait durant ces deux mois. Elle semblait hésiter à m'en parler, et je n'osais rien lui demander. Maintenant que j'avais tout déballé, il me semblait que c'était à elle de poursuivre. Mais elle se laissait prendre par le silence et n'arrivait plus à le briser. Aussi, quand elle est sortie sur la plage, je l'ai suivie.

Nous avons marché côte à côte. Je me sentais très calme. Des bouts de bois tordus et blanchis pareils à des os étaient à moitié enfouis dans le sable dur ; ici émergeait un avant-bras pourvu de deux doigts noueux ; là saillait un bassin de femme auquel s'accrochaient des algues foncées à l'odeur forte. Les arbres penchés au-dessus de la grève avaient tous perdu leurs feuilles et n'entravaient pas, comme en été, les rayons du soleil. Une nudité qui annonçait l'attente hivernale, où le ciel n'avait pas de plafond, où l'eau n'était pas un écran mais un scintillant filet de lumière. La beauté froide et désolée de ce jour venait se loger au fond des poumons et me donnait l'impression de respirer sans effort. Nous avons parlé un peu de la nature, de la nécessité de pouvoir s'y retrouver pour ne pas se perdre. Sarah m'a raconté qu'elle venait de passer trois jours dans la région de Charlevoix, et que malgré le froid elle avait fait le plein de grand air. Je lui ai demandé si elle y était allée seule, elle m'a répondu que non. Elle prenait un cours de russe à l'université et l'avait rencontré là, ils s'entendaient très bien et passaient beaucoup de temps ensemble. J'ai dit que c'était bien, que ça ne me regardait plus, et je n'ai pas posé d'autres questions. Elle a quand même tenu à me faire savoir qu'il s'appelait Paul et que je l'aimerais beaucoup si je le rencontrais. Elle se mordillait la lèvre inférieure et regardait ses pieds en marchant. Le sol était jonché de coquillages. Nous marchions comme des gens qui savent qu'ils ne vont plus se revoir avant très longtemps, qui savent que chaque pas est un pas de moins.

— Je ne sais pas ce que tu vas faire, Alex. Je ne sais pas quoi te dire… Tu as sûrement eu raison d'agir comme ça, si tu ne pouvais plus supporter… Mais maintenant je ne sais pas ce que tu vas faire.

Cela m'a fait sourire.

— C'est exactement ça.

— C'est exactement quoi ?

— Voilà où en sont les choses. Je ne sais pas ce que j'espérais en te demandant de venir ici… J'espérais que tu me sauverais peut-être. Je pensais que nous pourrions essayer de recommencer, ou quelque chose comme ça.

À ces mots elle a levé les bras, elle a cherché sa respiration :

— Tu te trompes, Alex, tu le sais. Ce n'est pas moi que tu veux, ce n'est pas moi que tu cherches. Je ne peux pas t'aider.

Et, après quelques pas, comme si elle déplorait d'avoir à le redire :

— Je suis désolée mais je ne peux pas t'aider. Je n'aurais pas dû venir ici.

— Je le sais, je le sais maintenant. Je ne veux plus rien, rassure-toi. Mais, Sarah, ce n'était pas une erreur. Je suis content que tu sois venue, même si tu ne peux pas m'aider. J'ai l'impression que ça a quand même servi à quelque chose. Est-ce que tu comprends ?

— Je comprends, a-t-elle répondu. Nous avons des vies séparées maintenant, n'est-ce pas ?

Cette constatation semblait l'accabler.

— Tu ne viens pas juste de t'en rendre compte…

— On a été… coupés — sans doute par ma faute. Et maintenant je suis obligée de te laisser tout seul.

La marée montait lentement, portant à chaque vague la marque sombre de sa langue un peu plus haut. Nous avons rebroussé chemin, du même pas mesuré, compté. J'ai senti sa main se glisser dans la mienne. Nous n'avons plus parlé. La tension était tombée. Ne restait qu'une vague et commune tristesse d'ordre naturel, d'arbre effeuillé, d'automne clair.

La maison nous a paru chaleureuse et accueillante après cette longue marche. Il fallait alors allumer un grand feu pour nous laisser engourdir de plaisir, et c'est ce que j'ai fait pendant que Sarah, qui était venue ici quelques fois et qui connaissait le rituel, préparait des toasts au beurre d'arachide avec du thé. L'exercice m'avait épuisé. Mon corps était très lourd. Je n'ai pas tardé à m'endormir à même le tapis, face au feu, la tête posée au creux de mon bras recourbé. Sarah a dû me secouer plus tard pour que je monte me coucher. Elle m'a accompagné jusqu'à la porte de ma chambre, m'a embrassé sur la bouche et s'est retirée sagement de l'autre côté du corridor, dans la chambre que nous partagions autrefois.

* * *

Je me suis éveillé presque en même temps que le soleil. Blotti sous les couvertures, je regardais les murs dégarnis de mon ancienne chambre d'enfant, la peinture un peu jaunie, tachée çà et là par la présence fantomatique des papiers, affiches, reproductions et citations qui les avaient un jour ornés. Je me souvenais d'un grand poster de Jimi Hendrix qui pendant des années était resté fixé au-dessus du lit. Sur le grand mur du fond je pouvais encore apercevoir une multitude de petits cercles gris, résidus de mes heures d'ennui, marques laissées par l'impact d'une balle de tennis que je projetais contre le mur dans un état de transe adolescente. La maison était pleine de marques de ce genre, de traces dont j'étais seul à connaître l'origine ; la maison avait une mémoire, la mémoire des coups reçus. Je savais que, si je me mettais en quête de ces indices éparpillés, je me trouverais en possession d'un amas imposant de bribes, d'os et de pelotes de cheveux. Mais qu'en ferais-je, exactement ? Le fil qui aurait pu me relier à mes incarnations passées m'avait échappé, ou s'était brisé.

À la cuisine, j'ai préparé le déjeuner pour Sarah. Une fois nourriture et couverts disposés sur la table-comptoir, je suis allé mettre un peu de musique pour qu'elle s'éveille en douceur. Elle est descendue peu de temps après, ébouriffée, une main dans les cheveux et l'autre sur le ventre. Nous nous sommes assis pour manger en limitant les paroles au nécessaire. Tout était déjà joué, nous le savions l'un et l'autre.

La fin du repas n'a marqué que le moment de mettre en acte ce que dictait la partition. Au moment de sortir son sac sur la galerie, après avoir boutonné son manteau sous mon regard silencieux, cherché ses souliers qu'elle ne retrouvait plus et coiffé ses cheveux courts au moyen de quelques secousses impatientes, Sarah s'est immobilisée devant la porte pour me rendre mon regard. Nous nous tenions comme deux pantins, le dos un peu voûté, les bras raides le long du corps. Le temps allait ouvrir la porte et entraîner Sarah. C'était effrayant.

Je me suis précipité sur mon manteau pour l'accompagner au moins jusqu'au pied de la côte. L'air était plus doux que la veille. Nous ne disions rien. Sarah était déjà partie. Son départ aurait peut-être été plus beau si nous avions versé quelques larmes — mais rien.

Nous sommes arrivés devant le quai. Sarah a fait mine de poser son sac, mais les flaques d'eau sur la chaussée l'en ont dissuadée. Elle m'a serré dans ses bras ; les épais manteaux nous rendaient gauches, maladroits comme des ours. J'ai humé l'odeur de sa peau et de ses cheveux une dernière fois, juste sous l'oreille, l'ai embrassée sur les joues en prenant mon temps, à gauche, à droite, à gauche, encore à droite. Elle a murmuré quelque chose que je n'ai pas compris, et j'ai rapproché mon oreille de sa bouche. Dans un souffle chaud, très près : « J'ai peur. » Encore plus bas, j'ai répondu : « Moi aussi. »

Un dernier regard, direct, nu, immense ; puis Sarah s'est détournée et a commencé à s'éloigner. Je suis resté là jusqu'à ce qu'elle disparaisse au tournant, en haut de la côte. De brefs regrets et désirs sont montés à l'assaut de mon esprit, lancinants, pointus, puis se sont retirés en me laissant vide. Je suis rentré à la maison en faisant attention à ne pas me mouiller les pieds.

* * *

Inutile de me demander pourquoi je suis entré dans le cabinet de travail de mon père, là où il observait et manipulait ses insectes. La pièce était sombre, sans air, comme toujours. J'ai allumé la petite lampe verte posée sur le bureau d'acajou, j'ai promené mon regard sur les murs tapissés de livres et de boîtes soigneusement étiquetées. Chacune de ces horribles boîtes contenait une douzaine d'insectes épinglés selon un ordre précis : dans ces étourdissantes et macabres variations sur un thème, un individu ne se différenciait des autres que par un infime détail.

Je me suis assis derrière le bureau, dans le fauteuil de cuir vert. Le mobilier, venant pour l'essentiel de l'ancien propriétaire, un médecin dont c'était le cabinet, n'avait pas changé depuis des années. Bois patiné, vieux cuirs, plaque de verre sur le bureau, globe terrestre, moquette usée : c'était la seule pièce de la maison au confort vraiment immuable. Il se dégageait de ces objets une rectitude étouffante. Un mot stupide me venait invariablement à l'esprit chaque fois que j'entrais ici : *indeed*. Voilà qui était bien british, bien contraint, fort civilisé. Assis derrière le bureau, mains posées à plat sur la surface lisse du verre, je me suis mis à énoncer : *indeed. Very much indeed. Very much, indeed! Oh, I see. Indeed. By the way : indeed! Indeed! Indeed!*

Le son de ma voix s'élevait faiblement, étouffé aussitôt par le silence de la grande maison vide. Tout était aspiré par le silence, tout y retournait. J'étais seul, *indeed*.

Et j'ai pleuré dans ce silence, seul, le front contre la table. J'ai pleuré, la mâchoire crispée, pleuré de ma présence dans le silence, de la vie à vivre. J'ai pleuré longtemps. Enfin. Il n'y avait rien en bas. Il n'y avait rien en haut. Il n'y avait rien devant. Il n'y avait rien derrière.

Quand la source s'est tarie, j'ai éteint la lampe et je suis resté quelques instants dans l'obscurité. Puis je suis sorti du bureau. Le salon était vibrant de lumière. J'ai mis mon manteau, enfilé mes bottes. Je tremblais légèrement ; des soupirs montaient du fond de ma poitrine. J'étais seul désormais. Sans situation, sans ami, sans amour, sans avenir. Il ne me restait qu'à quitter la maison pour que le passé, lui aussi, disparaisse.

La traversée

1

À quelques dizaines de mètres sur la gauche, au bout du terrain, un sentier tournait le dos au fleuve et s'enfonçait en serpentant à l'intérieur des terres. Après avoir fermé L'Amiral-Benbow et remis la clé dans sa cachette, je suis parti à mon tour, sans rien emporter.

Je conserve peu de souvenirs du trajet parcouru : je marchais. J'allais devant sans m'arrêter, sans choisir, les mains gorgées de sang, la tête vide. Au bout de quatre ou cinq kilomètres, j'ai rejoint une route secondaire. Les pulsations de la route dictaient la cadence, les kilomètres s'avalaient facilement. Après quelques heures de marche ininterrompue le long de champs fraîchement labourés, le paysage s'est rétréci et la petite route de terre s'est trouvée cernée par les arbres. À partir de là, je n'ai plus vu que de très rares maisons.

En fin d'après-midi, la température a baissé d'un coup sec. Le ciel s'est bouché d'un tapis compact et la neige s'est mise à tomber. De gros flocons mous emplissaient l'air pour se déposer un à un sur la terre, les arbres, la route. Mon allure vive me tenait au chaud. La neige, d'abord fondante, a commencé à s'accumuler, à étouffer les couleurs sous son duvet. Le vent s'est levé. Ayant jeté derrière moi cartes et boussole, j'avançais sans retenue, grisé par cette force, cette folie en moi qui avait le pouvoir de me pousser plus loin encore sur la route des éléments.

Mes pas crissaient sur le sol blanc, mon cœur battait fort. En forcissant, le vent s'est mis à gémir ; les flocons moelleux se sont transformés en boules dures qui me giflaient le visage. Il me semblait que j'étais parti depuis très longtemps. Mon corps commençait à avoir mal, mais je me sentais capable de continuer : il s'agissait seulement de ne pas briser le rythme, de mettre un pied devant l'autre en chassant toute pensée. Ma vie était derrière moi ; je n'ouvrais les yeux que pour distinguer la route. J'étais perdu au cœur d'une force hurlante, illimitée, et je marchais.

Mon avancée aveugle n'a plus duré très longtemps. Le froid mordait trop fort. Respirer devenait laborieux. Je me suis arrêté un instant — et c'est alors que, le corps planté dans la tourmente comme une machine soudain mise au repos, j'ai pris conscience d'être allé trop loin. Il n'y avait que la route devant, la route derrière, et la forêt de chaque côté.

Le blanc de la neige virait au gris. La nuit venait. Une excitation puissante mais douloureuse faisait trembler ma poitrine. Je me rendais compte maintenant, je voyais ma situation aussi clairement que je voyais la buée s'échapper de ma bouche. Je respirais, et j'avais peur. Le froid s'attaquait à mes jambes, mes pieds, mes mains. Si je ne faisais rien, il finirait par prendre toute la place ; alors il ne s'agirait plus de marcher, de rester sur une route, de survivre à la nuit, mais uniquement de sentir le froid s'enlacer à l'effort et se substituer à lui. Je me suis remis en marche, une peur noire au ventre, dépassé par la démesure et la simplicité de ce que j'étais en train de faire. De longs frissons me parcouraient le corps, des larmes me coulaient sur les joues : le vent faisait son travail et je m'offrais à lui.

J'arrivais au sommet d'une côte quand j'ai cru apercevoir, tout en bas, une masse sombre qui traversait la route de la gauche vers la droite. Je suis resté figé. Un homme ? Un ours ? Je n'y voyais presque plus. Je me suis contenu quelques secondes avant de dévaler la pente pour me rendre compte.

Il y avait un chemin de traverse, sombre comme un boyau creusé à même la forêt. Et, en travers de la route, inscrits dans la poudre fraîche, des pas. Quelqu'un venait de passer, quelqu'un était là, encore tout près. Une forte bouffée d'un espoir mêlé de panique m'a surprise. Je me suis lancé en courant sur le sentier à la poursuite de l'inconnu.

Il faisait beaucoup plus sombre à l'intérieur de la forêt, et je ne respirais plus. Attendez ! voulais-je crier, attendez-moi ! Mais j'avais la gorge paralysée comme dans un cauchemar. Des branches de sapins me fouettaient le visage. Et soudain mon pied droit s'est tordu. Le sol s'est avancé jusqu'à mes genoux, jusqu'à mes mains, et les a écorchées de sa griffe noire. Je me suis redressé sur-le-champ — mais j'ai eu beau tenter de gagner de vitesse la chute imminente, mon corps a été précipité en avant, mes jambes n'ont pu lutter contre la pente raide qui s'amorçait devant moi. Les arbres, le sol, tout a disparu. Mes yeux se sont fermés. Des pierres m'ont frappé le dos, les genoux, la tête, les épaules de leur matraque de glace, et je n'ai plus bougé.

* * *

La cheville m'élançait. Je ne sentais presque plus le vent ; je l'entendais rugir tout en haut, au sommet des arbres, faisant craquer la base des troncs. Mon élan brisé pour de bon, je reprenais mon souffle. Je me suis revu, étendu par terre après l'agression dans le parc LaFontaine. J'ai compris que je ne rejoindrais pas l'inconnu aperçu quelques instants auparavant ; il était loin déjà. Je resterais seul sur le sol glacé de cette forêt, je mourrais à cet endroit comme je l'avais sans doute cherché depuis le début. Pourquoi tant de complications, tant de douleurs rien que pour en arriver là ?

Quelques flocons se frayaient un chemin jusqu'au sol, se déposaient sur mon corps. Mourir. Glisser lentement dans le sommeil après avoir senti le sang se retirer de chacun de ses membres, être la proie du froid et de ses petites dents — quelle manière horrible de crever. J'en avais si peur, depuis toujours.

Je me suis redressé sur un coude et, en relevant la tête, j'ai vu le coyote, juste devant moi, qui me fixait. J'ai sursauté, il a sursauté. Je n'ai plus bougé et il n'a plus bougé. Un loup, un coyote était là, posté près d'un arbre à sept ou huit pas de moi, ses pattes blanches à peine visibles dans l'ombre, les yeux luisants. Il me regardait avec une absence d'expression étonnante, un intérêt que je sentais dépourvu de toute animosité. Mon cœur battait vite.

Puis le miracle a pris fin. L'animal a détourné la tête et s'est éloigné sur le sentier. Une seconde plus tard la nuit l'avait recouvert, et j'ai été submergé aussitôt par le très fort sentiment d'être abandonné. J'ai su alors que je ne voulais pas mourir.

J'ai attendu quelques secondes pour m'assurer que l'animal ne reviendrait pas et j'ai entrepris de me relever. J'étais perdu, peut-être, mais je ne resterais pas là. Il fallait absolument partir avant la nuit. Incapable de m'appuyer sur ma cheville droite, je me suis aidé d'une branche ramassée par terre. Je pouvais encore distinguer, dans l'obscurité de plus en plus étouffante des troncs, la trace un peu plus pâle du sentier couvert de feuilles mortes, parsemé de neige. Boitant et frissonnant, je me suis mis à clopiner dans la direction prise par le coyote, la main droite crispée sur mon bâton et la gauche levée devant mon visage, pour écarter les branches.

Je n'ai pas eu à marcher longtemps. Au bout de quelques dizaines de mètres, tout au plus, le sentier a longé un ruisseau avant de déboucher sur une petite cabane peinte de blanc. De la neige tourbillonnait devant l'entrée. Pas de lumière à l'intérieur. Je me suis jeté sur la porte en cognant et en criant. Elle était cadenassée et je ne voyais pas trace de l'inconnu.

Ma seule chance d'échapper à la nuit, à la rapacité du froid, était de trouver le moyen d'entrer. L'unique fenêtre de la façade ne s'ouvrait pas. Je me suis alors mis à genoux sur le seuil et, me servant de mon bâton à la manière d'un levier, je l'ai inséré entre la ferrure du cadenas et la porte et j'ai tiré jusqu'à ce que les vis s'arrachent.

La porte s'est ouverte et je suis entré à quatre pattes. Il faisait plus sombre à l'intérieur que dans la forêt; je me suis avancé à tâtons sur le plancher de bois. Dans le milieu de la pièce, après avoir heurté une chaise, mes doigts ont rencontré un corps métallique très froid, une sorte de gros tube sur pattes muni d'une poignée sur le devant : un poêle en fonte. Sur le dessus, juste devant le tuyau, j'ai trouvé une boîte d'allumettes.

Du feu! Les doigts gourds, j'ai enflammé une allumette; en même temps que l'intérieur de la cabane se révélait à moi dans une clarté jaune, un soulagement presque irréel m'illuminait. Il y avait une table, des lits, des chaises, un comptoir — ainsi que du bois et du papier près de la truie de fonte. Fébrile, j'ai chiffonné le papier et l'ai placé dans le ventre de la truie avant d'y ajouter un peu de bois. Une flamme blanche s'est élevée.

Je me suis traîné jusqu'à l'entrée et j'ai fermé la porte sur la forêt et sur la nuit.

* * *

— Qu'est-ce qui vous arrive? répétait-elle, penchée au-dessus de moi. Qu'est-ce qui vous arrive? Vous avez brisé la porte…

J'étais couché sur un matelas que j'avais tiré près du poêle. Il faisait jour et j'étais transi : la porte était grand ouverte derrière la femme qui venait d'entrer. Elle attendait une réponse. Comme je la regardais d'un air hagard, elle a ajouté :

— J'habite juste à côté. Cette cabane m'appartient, vous savez.

J'ai bafouillé de vagues excuses.

— Je vous ai vue hier… Dans la tempête… J'avais froid, il faisait nuit, je… Excusez-moi…

— Ça ne me dérange pas, vous pouvez rester ici. Je loue parfois la cabane à des chasseurs. Elle est prête.

— Écoutez, je ne sais pas si…

Elle s'est dirigée vers la porte.

— En attendant mets-toi à l'aise, réveille-toi un peu. Je te donnerai quelques vêtements quand tu viendras à la maison pour manger. C'est à cinq minutes, tu suis le chemin sur la droite.

Et elle est partie.

Juste avant son arrivée, j'avais rêvé du coyote. Le cadavre d'un homme gisait dans la neige, sur le dos, vêtu seulement d'un vieux pantalon. Ses bras, son torse, sa tête et ses pieds étaient nus, presque aussi blancs que la neige. L'animal était couché à ses côtés, la tête posée sur le torse du cadavre, le museau juste à la jonction des côtes, là où le ventre se creuse. En parfaite intimité avec le corps gisant, il gardait les yeux ouverts et ne bougeait pas.

2

Je me sentais trop mal en point pour repartir — à supposer que je l'aie voulu. Ma cheville enflée me faisait souffrir. Conscient d'avoir survécu à quelque chose de grave, j'étais trop fatigué pour en mesurer pleinement les conséquences. J'ai passé la première journée dans le puits du sommeil, n'en remontant que pour entretenir le feu et boire de l'eau à la carafe apportée par la femme.

La cabane où je m'étais réfugié avait été construite avec soin : murs isolés, portes et fenêtres à peu près calfeutrées, toit apparemment étanche... Au centre trônait la truie, corps sombre et mat dont les pattes reposaient sur un socle de pierre, flanquée de deux chaises berçantes au vernis écaillé. Sur la gauche, des lits superposés à armature de métal étaient placés de chaque côté d'une fenêtre donnant sur le ruisseau. Entre les lits, il y avait une petite caisse de bois et une étagère bancale. À droite de la truie, c'était le coin-cuisine. À côté d'une petite armoire, un comptoir supportait un évier et un réchaud à gaz. Près de la porte d'entrée, face à la fenêtre, une table et quatre chaises.

Le lendemain, au milieu de la journée, j'ai rassemblé assez de forces pour quitter le refuge et rendre visite à mon ange gardien. En m'appuyant sur mon bâton, j'ai longé le sentier jusqu'à la clairière où se trouvait sa petite maison.

Élisabeth m'a ouvert sa porte comme on accueille un voisin, avec simplicité et chaleur. Elle m'a versé une rasade de brandy et m'a fait asseoir dans la cuisine. Je souriais bêtement, la regardais sans trop savoir quoi dire. Ses cheveux blancs coupés court et les pattes-d'oie rieuses qui encadraient ses yeux d'un gris presque bleu me laissaient croire qu'elle avait une soixantaine d'années. Je devinais à ses seins bas qu'elle avait eu des enfants. Son corps maigre, énergique, flottait dans de vieux vêtements de travail trop grands pour elle.

Nous avons très peu parlé, heureusement. Je suis encore sidéré par l'habileté avec laquelle elle a su mettre en confiance l'animal méfiant que j'étais. Une fois qu'elle m'a vu bien installé, verre à la main, Élisabeth a fait comme si nous nous connaissions assez pour n'avoir nul besoin des mots. Ni bavarde, ni curieuse, elle allait et venait devant moi, coupait quelques carottes sur le comptoir, touillait d'un coup de cuiller le contenu d'une casserole qui mijotait sur le feu puis quittait la pièce pendant que l'alchimie suivait son cours. Je restais seul dans la cuisine, le nez dérouté par les parfums de cari et de lessive flottant dans l'air, jusqu'à ce qu'elle reparaisse et me lance un ou deux mots gentils. La cabane me plaisait-elle ?

Sans que je lui demande rien, ni ce jour-là, ni les suivants, Élisabeth m'a recueilli. Elle avait l'habitude avec les animaux blessés. Quand ils ne venaient pas à elle d'eux-mêmes, elle les trouvait et les ramenait. Elle m'a ainsi témoigné la même attention maternelle et désintéressée qu'à ses autres pensionnaires, sans se formaliser de la façon dont j'étais arrivé chez elle. Peu lui importait qui je pouvais être, d'où je venais, où j'allais, et pourquoi : j'étais là, j'avais besoin d'aide et c'était tout ce qui comptait.

Élisabeth était comme ça, elle faisait ce qui était en son pouvoir et ne s'occupait pas du reste. En sa présence, je pouvais demeurer. Elle ne me faisait pas sentir que je lui devais une explication. Elle est bien venue me voir, quelques jours plus tard, pour me demander si je ne désirais pas lui parler un peu de moi — elle voulait simplement m'aider, et supposait que parler aurait pu me faire du bien ; mais puisque je ne le souhaitais pas, elle n'insisterait plus.

Il avait été convenu tacitement que je dormirais à la cabane et mangerais chez elle. Deux fois par jour, je prenais donc mon bâton et descendais tant bien que mal le sentier jusqu'à la clairière. Le territoire sur lequel Élisabeth exerçait son contrôle était couvert du genre de bric-à-brac qu'on trouve généralement près des demeures isolées, condamnées à une autarcie presque complète : carcasse de Buick, antique laveuse-essoreuse pleine de terre, caisses de bois défoncées, madriers truffés de clous entreposés sous une bâche de plastique battant au vent, bois de chauffage, mangeoires, rouleaux de grillage à poules, tas de briques, bouts de ferraille… Au milieu de l'espace délimité par un cercle d'arbres élancés, séparés l'un de l'autre par un pan de terre labourée qui devait servir de potager pendant l'été, s'élevaient les deux bâtiments du petit domaine d'Élisabeth : la maison et l'étable. Des pommiers couvraient le devant du terrain. Le reste était forêt.

Je suis entré pour la première fois dans l'étable un matin où Élisabeth avait réclamé mon aide pour ranger une échelle. Une âcre odeur animale se mêlait à celle du foin humide et piétiné. Élisabeth m'a invité à faire le tour du propriétaire. La grange était vaste, très haute de plafond, divisée à hauteur d'homme par de nombreuses cloisons de planches grises. Chaque bestiole avait son coin, son petit monde, dans ce qui ressemblait à une sympathique arche de Noé. J'y ai trouvé deux vaches rousses, quatre chèvres, une vieille chienne endormie sous le museau d'un cheval brun, un cochon grognon, plusieurs chats de toutes les couleurs, un couple de visons dans une cage et un jeune cerf à la patte bandée, accroupi dans un coin, qui me regardait avec de grands yeux effarés.

J'ai appris plus tard que William, le cerf blessé (Élisabeth gratifiait chaque animal placé sous sa garde d'un surnom affectueux), avait fait son apparition à la lisière du bois deux semaines auparavant. Il n'avait pas fallu longtemps pour parvenir à l'approcher : ses trois jambes valides ne le supportaient plus. Il était épuisé, l'hiver le condamnait. Élisabeth avait réussi à lui glisser une corde autour du cou pour le guider jusqu'à l'étable, où elle lui avait posé une attelle. Depuis ce jour, il attendait de guérir.

* * *

Mon corps ne récupérait pas assez vite — sans doute parce que le mal ne venait pas du corps lui-même. Mon entorse s'est guérie dans un délai normal, mais dans les replis plus secrets de mon être j'avais le sentiment qu'un ressort vital s'était brisé. Malgré tout le repos dont je jouissais depuis mon arrivée, une mystérieuse et lancinante fatigue habitait mon corps, opacifiait mon regard. Gluante et lourde, elle rendait toute initiative impossible.

Dès que ma cheville a pu supporter le poids de mon corps, je me suis astreint à faire des exercices. Il fallait me remuer. À même le sol de la cabane, je m'étendais, je m'étirais, je me roulais en boule pour essayer de réanimer le dragon endormi, d'activer le flux embourbé de mes veines ; mais rien à faire. Mon corps, qui se dérobait sous sa propre masse, n'aspirait qu'à s'écrouler.

Ayant renoncé à ce type d'exercice au bout de quinze jours, je me suis proposé d'aider Élisabeth dans ses travaux quotidiens. J'étais loin de posséder l'énergie qui l'animait — mais je me disais que je pouvais faire les gestes, accomplir les mouvements, un à un, sans chercher autre chose que justesse et amplitude ; peut-être finirais-je ainsi par sentir la vie couler de nouveau, peut-être retrouverais-je le chemin de l'expression vraie, comme au théâtre, après d'infinies imitations brutes.

Elle ne tenait pas à ce que je l'aide — peut-être même était-elle irritée de voir quelqu'un s'immiscer dans sa vie et accomplir sa tâche. Mais, à partir du moment où je voulais couper du bois, eh bien, je n'avais qu'à couper du bois. Je pense qu'elle a toujours su que je finirais par partir : il suffisait d'attendre. Cette femme savait faire confiance aux cycles ; l'idée de les briser ou de les prendre à rebours ne lui serait pas venue. Alors elle me laissait aller, patiemment.

Je voyais l'hiver s'avancer et je me préparais à hiberner. Mon regard ne voyageait plus guère au-delà de la clairière et du petit bout de forêt qui l'encerclait. Je me voyais demeurer là parmi les animaux, aux côtés d'Élizabeth, me fondant peu à peu dans ma nouvelle vie et oubliant l'ancienne.

De jour en jour, le pouls du monde se faisait plus imperceptible. Dans le silence feutré des après-midi de neige, je restais parfois assis des heures près de la fenêtre, à regarder dans le vide. Je pensais à ma mère et à la grande fatigue qu'elle avait connue après ma naissance. « Sur la route, pour rentrer à la maison, m'avait-elle dit un jour, j'étais parfois tellement épuisée que je voulais m'étendre dans les champs pour dormir. Je voyais ces champs sur le bord de la route et j'avais tellement envie de m'y étendre pour me reposer — je suppliais Gabriel, arrête-toi, arrête la voiture, je vais aller me coucher dans le champ, je vais aller dormir dans le champ. Mais il refusait. » Je comprenais maintenant ce qu'elle avait voulu dire.

D'autres souvenirs remontaient à la surface puis se

confondaient avec les flocons tombant du ciel. Je pensais aux batailles de boules de neige, aux mitaines de laine trempées et odorantes. Je pensais aux cachettes de L'Amiral-Benbow, aux placards toujours poussiéreux, au coffre au trésor enterré derrière la maison, impossible à retrouver l'année suivante. Je pensais aux longues jambes de Michèle, à sa boîte à bijoux pleine de colliers et de breloques. Je pensais au carnet bleu que Sarah gardait toujours près d'elle et qu'elle glissait parfois sous son oreiller. Je pensais à une dent arrachée, changée en dollar au matin. Je pensais aux fenêtres à carreaux et aux fenêtres sans carreaux, aux dessins tracés du bout des doigts sur la vitre embuée. Je pensais à Gaïa agitant un bocal de verre où une mouche était captive, et à son sourire édenté de petite fille en robe de chambre. Je pensais à nos pieds que nous posions l'un contre l'autre pour savoir qui avait le plus grand.

Et je partais dans un rêve qui ne m'apportait pas le repos.

* * *

Un midi, j'ai revu le coyote. Nous finissions de manger, Élisabeth et moi, quand je l'ai aperçu en train de rôder près du potager. C'était un vrai coyote, un solitaire aux longues pattes noueuses et au ventre creux. J'ai saisi le bras d'Élisabeth.

— Oh, ça c'est Bony, a-t-elle dit en se levant, une femelle qui vient faire son tour de temps en temps. Elle est venue un jour et nous nous sommes comprises, je pense bien.

Et elle m'a expliqué qu'on ne pouvait jamais savoir quand Bony déciderait de se montrer, parce qu'elle ne voulait rien. Elle n'avait besoin ni de soins ni de nourriture ; elle rendait simplement visite.

L'animal fourrageait la terre à la recherche d'odeurs et relevait la tête de temps à autre pour inspecter les alentours.

Élisabeth a enfilé son manteau et ses bottes de caoutchouc. Je me suis posté à la fenêtre.

En la voyant apparaître, Bony a fait un saut de côté et s'est repliée jusqu'aux abords de la forêt. Élisabeth s'est avancée lentement dans la cour. À une dizaine de mètres de l'animal, elle s'est assise dans la neige et la boue. Bony a fait la même chose. Elles ont dû rester dans cette position cinq bonnes minutes, à ne rien faire d'autre que s'observer. Bony était attentive, et apparemment calme. Enfin Élisabeth a émis des sons suraigus, semblables aux youyous des femmes du Maghreb : « Yi-yi-yi-yi-yi-yi-yi-yi-yi-yi-yi!!! » Bony a penché la tête pour écouter, immobile pendant toute la durée de la première salve. Quand la voix stridente s'est élevée pour la deuxième fois, l'animal a bondi en se tortillant pour retomber au même endroit, puis s'est avancé, la tête très près du sol, en étirant ses pattes de devant : c'était le début du jeu. Élisabeth s'est relevée également, et l'animal s'est élancé vers elle à toute vitesse pour ne l'éviter qu'au tout dernier moment et retourner à son point de départ en décrivant un arc de cercle. J'entendais rire Élisabeth. Le jeu devenait très énergique, et je voyais l'excitation du coyote grandir jusqu'à le faire bondir dans les airs et pirouetter dans tous les sens. Élisabeth ne bougeait presque pas ; elle élevait parfois les bras ou tournait sur elle-même, se baissait puis se relevait, mais restait à la même place. Bony tournait autour d'elle, s'approchait, s'éloignait, gambadait ou s'immobilisait un instant pour repartir dans la direction inverse avec un entrain étourdissant. J'entendais de petits cris qui ressemblaient à des rires, que je ne savais à qui attribuer.

Cette danse a duré une dizaine de minutes, puis le rythme s'est adouci. Enfin Bony s'est tenue quelques instants face à Élisabeth, la langue pendante, les yeux brillants, et s'est détournée pour retrouver la forêt. Élisabeth s'est dirigée vers la maison.

Un large sourire lui barrait le visage. Elle est entrée en poussant un grand soupir de contentement, encore toute vibrante d'une joie qui l'avait dépouillée de son âge. Jouer avec des sirènes, des dieux ou des coyotes, cela doit revenir au même.

∗ ∗ ∗

Même si nous parlions très peu, chacun des repas pris en compagnie d'Élisabeth marquait une brève rupture dans le fil autrement continu de nos solitudes respectives. Pourtant, une ou deux semaines avant Noël, j'ai cessé d'aller manger chez elle chaque jour.

Elle avait la gentillesse de mettre à ma disposition un gîte, lui ai-je expliqué ; c'était la moindre des choses que je ne lui pèse pas inutilement et que j'assure moi-même ma subsistance. Puisque je persistais à rester, il valait mieux que je me débrouille.

Élisabeth a haussé les épaules :

— Ne t'imagine pas que ça m'est plus difficile de cuisiner pour deux — et puis tu peux toujours cuisiner toi-même et nous faire à manger, je ne m'en plaindrai pas !

Je me suis tortillé sur ma chaise.

— Oui, bien sûr…

— Quel petit comique… Mais si tu tiens vraiment à t'enfermer dans ta cabane, je peux t'emmener au village pour faire des provisions…

Il me restait deux cent quinze dollars : j'ai jeté dans un chariot pour cent dollars de nourriture, choisissant avant tout des aliments non périssables et bon marché, riz, lentilles et fèves, huile, pain de seigle, farines de blé et de sarrasin, pâtes, conserves, saucisson… J'ai chargé le tout dans la camionnette et nous avons repris le chemin de la forêt. Il nous a ensuite fallu faire trois voyages pour porter les provisions jusqu'au refuge.

J'ai continué jusqu'à la fin à rendre visite à Élisabeth et à faire de petits travaux pour elle ; mais à partir du moment où je me suis retranché dans la cabane, le silence régnant sur mes jours s'est fait de plus en plus dense. Je me suis enfermé avec mes monstres comme on s'enferme dans une arène. Toutes mes tentatives passées pour me distraire de ma douleur n'avaient abouti qu'à en accroître l'emprise. Je ne voulais plus commettre cette erreur. En rangeant la nourriture sur le comptoir de la cuisine, j'ai eu l'impression de faire face pour la première fois à ma situation véritable.

Je me suis accroché au quotidien. L'ensemble des gestes nécessaires à l'entretien de mon petit domaine formait un filet très lâche suspendu au-dessus du vide des jours, un filet entre les mailles duquel j'espérais seulement ne pas tomber.

Il n'y avait pas d'eau courante ; je prenais donc un seau en métal, la hache, et je me rendais jusqu'au ruisseau. Chaque jour il fallait rouvrir le trou percé la veille dans la glace. Je plongeais le seau dans le filet d'eau pure, retournais à l'intérieur, vidais le seau dans un grand récipient de plastique posé près du comptoir, et recommençais jusqu'à ce qu'il soit plein. Quand j'avais fini, je mettais de l'eau à bouillir sur le réchaud et je me préparais à faire la vaisselle. Je pouvais également passer le balai, laver les vitres, le plancher, les vêtements et les draps… J'avais tendu une corde entre les lits superposés et le coin-cuisine ; les vêtements (prêtés par Élisabeth) mis à sécher sur la corde formaient une espèce de cloison entre ces deux parties.

La truie avait presque le statut d'animal domestique en raison des soins constants qu'elle réclamait. L'engin était délicat, prompt à s'emballer ou à s'endormir, et il fallait régulièrement jeter un œil sur la petite portière du devant : le cœur du refuge ne devait pas faillir. Trop d'air, le feu prenait le mors aux dents et dévorait tout en laissant des tuyaux surchauffés ; pas assez d'air, et il abandonnait un bois rétif qui gisait presque intact dans le ventre refroidi de la bête au matin. L'état de santé du brasier était une préoccupation constante ; je m'étais vite habitué à toujours y garder une place dans le coin de mon esprit.

Manger occupait une plus grande place encore. L'organisation de mes journées s'articulait autour des trois repas quotidiens. Mon menu était plutôt fade, mais je faisais mon possible pour varier les combinaisons et garder une certaine fraîcheur d'approche. Je mangeais assis à table, le dos contre le mur, toujours sur la même chaise, et je mastiquais lentement en me concentrant sur la saveur des aliments.

* * *

Jours gris, sol gelé : le temps passait sur notre petit monde. La saison plongeait ses racines au centre de mon corps, entravant chacun de mes mouvements.

Il m'arrivait de marcher en forêt dans les sentiers entourant la maison et de me perdre. Incapable de me retrouver dans l'alternance de creux et de bosses, de montées et de descentes qui composait cette nature tout en collines, je me demandais soudain où j'étais. Je regardais sans comprendre le ciel, les branches nues, la fine couche de neige recouvrant le sol, et ne devais qu'à la multiplication des sentiers de pouvoir retourner à la maison ; je survivais parce que le chemin m'était tracé.

J'allais chaque jour à la grange voir les animaux et m'occupais d'eux dans la mesure de mes capacités. Le plus facile, c'était de traire les chèvres ; j'aimais pétrir leurs mamelles, triturer cette peau tiède jusqu'à ce qu'en surgisse le lait. Les vaches m'intimidaient davantage ; j'étais impressionné comme un jeune chat par le volume de ces imposants systèmes digestifs. Je me contentais de donner à manger, de vider les cuves d'eaux croupissantes, de ramasser le foin imbibé d'urine.

J'ai cru apercevoir le coyote plusieurs fois, sans jamais en être sûr. C'était le plus souvent une impression fugitive, la vision subite d'un pelage, une série de craquements rapides — parfois seulement la sensation d'être observé, le pressentiment d'une présence dans l'ombre... Je tendais l'oreille, fouillais les taillis dans l'espoir de détecter un autre signe — mais la vision ne se confirmait jamais. Je retournais à mon occupation en relevant la tête de temps à autre.

J'ai fini par croire que l'animal me surveillait, ou qu'il attendait quelque chose. Nous avons traversé une période de grand froid au début janvier ; je l'imaginais blotti contre une souche, dans la tempête, le museau contre le ventre, le bout des pattes gelées. Je pensais aux longues heures hantées par le seul besoin de trouver de la nourriture, je pensais à l'aridité du sol, aux branches cassantes, aux membres fatigués par les déplacements incessants. Je voyais cela. Économiser les maigres ressources, durer le plus possible à partir de rien. Résister. Boire la nuit aux sources vives, debout sur les pierres glissantes. Poser ses pas dans les traces d'un autre pour se reposer quelques minutes. Croquer les os enfouis sous la neige près d'un terrier. Débusquer les souris, les lapins engourdis, avaler d'un seul coup les petits corps chauds et nerveux. Ne pas dormir. Attendre.

J'ai même rêvé de Bony, une nuit, après avoir cru la voir plusieurs fois durant la journée. Dans ce rêve, elle était dans un sentier de la forêt, le corps parcouru de tremblements, l'œil terne. Son museau était sec. Je disais aux gens qui m'accompagnaient : « Laissez-la, ne vous approchez pas. » Elle me regardait en sachant que je ne pouvais rien faire ; j'assistais par hasard à son agonie. Puis elle s'écartait lentement du sentier et allait s'étendre dans un rectangle de soleil au pied d'un arbre. Nous poursuivions notre chemin.

Je n'ai plus aperçu le coyote après ce rêve, ni cru l'apercevoir. Peut-être étais-je trop enfoncé au creux de mon propre hiver pour discerner une présence aussi évanescente que la sienne.

∗ ∗ ∗

Mes compagnons étaient le vent, le silence. Je pouvais rester des heures les yeux ouverts dans l'obscurité totale, à respirer de concert avec la nuit hurlante. Je me levais, tournais en rond, me recouchais, me relevais pour arpenter les mêmes espaces rétrécis par l'obscurité, les mêmes plaines étroites que pendant le jour. Les nuits étaient si longues que toutes les nuances possibles entre l'état de veille et le sommeil profond finissaient par se confondre ; les séparations claires entre les mondes s'estompaient.

J'étais l'hôte de visions étranges. Je me sentais soudain saisi comme par le tourbillon d'une danse, transporté par des bras menus mais forts, des bras aimants entre lesquels je pouvais renverser la tête et fermer les yeux. Des visages connus me visitaient. Ceux de Pietro, de Sarah revenaient souvent. Mon grand-père apparaissait parfois à la proue de son bateau légendaire, le front pailleté d'embruns. Il y avait aussi Gaïa, dont je ne voyais bien que la dent manquante au milieu du sourire. Et je voyais ma mère ; assise sur un banc de piano dans un champ de blé, une mélodie sur le bout des lèvres, elle arborait une jeunesse d'avant ma naissance.

Puis tout s'éteignait, de la même façon qu'un regard braqué sur vous se détourne, sans raison, et je me retrouvais dans le noir. Le souvenir imprécis de ces visions me laissait une cicatrice floue au cœur, pâle mais persistante comme une ancienne brûlure sur la peau.

* * *

Un soir, au coucher du soleil, j'ai eu très peur. Assis dans une chaise berçante près du poêle, je me laissais justement aller à l'une de ces rêveries vagues quand le côté gauche de mon corps s'est engourdi jusqu'à me laisser à demi paralysé.

J'ai commencé par éprouver un léger picotement au pied ; je l'ai éloigné un peu de la source de chaleur, pensant résoudre le problème. Mais la sensation s'est répandue progressivement jusqu'au sommet de la cuisse, après quoi ma main gauche s'est mise à picoter elle aussi. Le fourmillement s'est intensifié pendant une dizaine de minutes, montant jusqu'à l'épaule et attaquant le tronc, puis s'est estompé après avoir transformé la chair de ma jambe et de mon bras en une épaisse masse caoutchouteuse, sorte de cartilage dépourvu de terminaisons nerveuses. Mon bras reposait sur l'appui de la chaise comme un bout de viande chaude. Puisque chaque tentative de mouvement ne mettait en évidence que mon impuissance, j'ai évité de bouger. Recroquevillé sur la chaise, j'ai attendu, terrassé par mon abandon dans cette forêt du bout du monde, par la vision désolante de mon corps et de sa terrible dégradation. Quand enfin le picotement s'est fait sentir à nouveau, au bout d'une heure qui en a paru mille, quand la vie est revenue, les muscles et la peau m'ont fait mal comme si on les avait malaxés pendant l'anesthésie.

Au cours des jours très sombres qui ont suivi, je me suis retenu à certains petits gestes isolés. Je crois que ces gestes me

maintenaient en vie. Ils m'ancraient dans mon corps, m'empêchaient de m'en détacher tout à fait et de partir à la dérive dans
le sommeil et le monde blanc.

Je recherchais, par exemple, les carrés de soleil : les rayons
ténus d'hiver entraient par la fenêtre et frappaient, selon
l'heure du jour, les murs, un coin du plancher, la table. Je plaçais mon visage sous la lumière dorée et je fermais les yeux,
laissant la très lointaine énergie pénétrer ma peau. J'en suivais
la course en déplaçant ma chaise ou en m'étendant sur le sol, et
j'y exposais le torse, les pieds, le visage.

Ou bien, lorsque j'allais chercher de l'eau au ruisseau, je
plongeais quelques secondes mes mains dans le courant glacé
pour que la brûlure du froid me saisisse.

Je tenais un bol de café chaud entre mes paumes et soufflais doucement sur la surface crémeuse, en arrondissant la
bouche.

Je soupirais très fort et me laissais tomber sur le lit.

Je secouais mes cheveux mouillés au-dessus de la truie et
écoutais les particules d'eau grésiller au contact de la fonte
brûlante.

Je prenais une poignée de neige fraîche et la laissais fondre
dans ma bouche.

J'appuyais le front contre l'écorce d'un arbre et ne bougeais plus.

Il est possible qu'une volonté qui s'ignore — un ange, un
loup pas encore capturé — veille très longtemps à l'intérieur
de la surface gelée de nous-mêmes, alors que toute vie semble
s'en être allée. Quelque part, très loin sous la couche de glace
durcie, un chuintement continue de se faire entendre, une eau
coule, s'acharnant à préserver goutte à goutte, contre tout
espoir, la vie qui pulse encore.

3

Je me donnais l'ordre de me secouer, de regarder la nature, de penser à Montréal, à Québec, aux amis — mais cette injonction me plongeait dans une hébétude douloureuse. Penser aux comédiens que j'avais laissés tomber, à ma mère à qui je n'avais plus parlé depuis des mois était douloureux. Penser à Sarah et à notre appartement était douloureux. Penser à la vie libre et pleine était douloureux.

Pourquoi tant de lâcheté, tant de peur camouflées sous le masque de la fatigue? Je le savais bien : à cause de la honte d'avoir tout raté. La honte de n'avoir pu faire ce que j'avais désiré faire, aimer qui j'avais prétendu aimer, être celui que dans une grotesque puérilité j'avais cru être. La honte d'avoir tant exigé et si peu donné. Mon incapacité à la supporter me frappait de stupeur.

Ce n'est qu'à partir du moment où j'ai eu la force de regarder l'ampleur de ma défaite et l'impossibilité d'y échapper que je me suis un peu détendu. Mes nuits sont devenues plus calmes, mes jours moins entravés; le linge de plomb qui isolait mon corps des rigueurs de l'hiver a commencé lentement à se décoller. J'avais moins à perdre puisque j'avais déjà perdu.

Cependant, la honte me taraudait encore; je l'emportais partout avec moi. J'avais beau participer un peu moins maladroitement aux travaux de l'étable, je n'étais toujours qu'un triste exilé.

Il a fallu un événement malheureux pour que la situation change vraiment. Après un avant-midi passé à brosser le cheval et à nettoyer sa stalle, j'ai accepté l'invitation d'Élisabeth à manger. Elle était de bonne humeur, comme toujours ; son sourire donnait à son visage l'air d'une petite pomme ridée. Nous nous sommes attablés dans la cuisine devant un bol de soupe aux légumes, quelques tranches de pain de seigle et un carré de cheddar.

En soufflant sur sa soupe pour la faire refroidir, elle m'a raconté que c'était relativement nouveau pour elle de passer autant de temps avec les animaux. Avant, elle faisait le minimum pour vivre tranquille. Cela avait commencé au terme de la maladie de son mari, un peu avant sa mort. Elle ne l'avait pas fait exprès — ils s'étaient mis à venir. Elle passait presque tout son temps au chevet de son homme mourant, et quand elle sortait pour marcher un peu, vidée mais légère, flottant comme entre deux mondes, elle voyait des animaux et parvenait à s'en approcher. Des bébés lièvres, des chats, des chevreuils.

Elle a souri.

— Une longue agonie, très dure… Et je suis devenue plus humaine. Depuis ce temps-là je suis toujours entourée de petites bêtes.

— Et Bony ? Ça doit être difficile pour elle, non ? Pourquoi est-ce que tu ne lui donnes jamais à manger pendant l'hiver ?

— Oh non, jamais. Surtout pas. Un coyote doit pouvoir survivre sans l'aide de personne. C'est *son* hiver. Il ne faut pas se mêler de ça, jamais.

— Mais tu m'as bien aidé, moi, tu m'as donné à manger… et le chevreuil…

— William serait mort, il ne pouvait plus courir. Maintenant je ne sais même pas s'il va pouvoir se débrouiller tout seul, après tout ce temps. Quant à toi… Un humain ce n'est pas pareil. Tu n'as pas la résistance d'un coyote. On ne sait jamais ce qu'un être humain peut faire.

Elle s'est levée pour ramasser les bols vides.

— Il n'est peut-être pas si différent du coyote.

Elle est revenue près de moi et s'est arrêtée, les poings sur les hanches, en pointant posément la lumière grise de ses yeux vers les miens.

— Il vaudrait mieux que tu partes alors. Tu ne devrais pas rester ici.

Je n'ai pas soutenu son regard. Dehors, le vent jouait avec une bâche de plastique, les arbres griffaient le ciel de leurs doigts nus.

— Pas rester ici…

— C'est ça, tu rentres dans ta forêt.

— Et si je n'y trouve rien ?

— Et qu'est-ce que tu trouves, ici ?

— Je ne sais pas, je…

— Ce n'est pas ta place ici.

— Je m'en suis rendu compte. Ici non plus je ne joue pas selon les règles…

— Non, non. Ce n'est pas un jeu et il n'y a pas de règles. On n'est pas au théâtre. Encore du fromage ?

— Donne-moi un peu de temps, que je rassemble mes forces. Je ne me sens pas encore capable de… d'aller…

— Tu as tout le temps que tu veux, petit loup. Mais essaie de ne pas te tromper de forêt.

L'esprit tout entier tourné en dedans, j'ai fait la vaisselle et suis retourné au refuge.

En ouvrant la porte de la cabane, j'ai mis le pied dans une

flaque d'eau. Le matin, en transportant à l'intérieur une nou-velle cargaison de petit bois, je n'avais pas pris la peine de décoller les plaques de glace et de neige qui soudaient les branches les unes aux autres ; maintenant mon fagot était tout mouillé. Après avoir épongé le sol, j'ai eu l'idée d'empiler le petit bois sur le dessus de la truie, d'ériger une espèce de tour avec les branches trempées pour que la chaleur les sèche rapi-dement. J'ai rajouté une bûche dans le corps de la truie et suis ressorti. J'avais besoin de marcher.

Dans le silence de la forêt, de grosses mottes de neige se détachaient des arbres et tombaient avec une plainte étouffée. Un feu brûlait dans mon ventre. Retourner ! Retourner pour faire quoi ? Pour retrouver quoi ?

Je n'avais rien promis... Jamais je n'avais promis de conti-nuer toute ma vie le petit jeu du succès et du bonheur. Aucun vœu définitif n'avait été prononcé, aucun papier n'avait été signé. Il est vrai que j'avais cru longtemps m'être engagé à quelque chose, par une sorte d'entente tacite conclue avec la vie — mais c'était une erreur. Il suffit de s'en rendre compte.

J'avais cru longtemps que la grande défaite était réservée aux autres, à ces tristes prédestinés qui errent dans les parcs, une bouteille à la main, de la salive dans la barbe, des chiffons sales autour du cou. Je croyais qu'on est ce qu'on est, et que cela ne peut pas changer, jamais. J'avais la naïveté de ceux qui se tiennent debout de leurs propres forces.

Les choses avaient changé. Je savais maintenant que cette perte n'était pas extérieure à moi, que j'avais dû en porter le germe en mon cœur depuis très longtemps, à mon insu, comme un cancer à l'évolution lente. Je la voyais maintenant, cette perte. Je me voyais, moi. Je voyais aussi qu'il me faudrait un jour retourner dans la grande ville, et montrer à tous cette vérité sans chercher à la masquer.

* * *

J'avais remarqué que la fumée s'échappait non seulement par la cheminée, mais aussi par plusieurs interstices des murs et du toit — pourtant ce n'est qu'en ouvrant la porte, au moment où l'épais nuage gris m'a sauté au visage, que j'ai compris que la cabane brûlait. J'ai été projeté en arrière par la surprise comme par un coup de poing au visage.

Sitôt ressaisi, je me suis jeté sur le seau posé près de la porte et me suis précipité vers le ruisseau. Après avoir sauté à pieds joints sur la fine couche de glace, j'ai plongé le seau dans le trou et ramené mon fardeau jusqu'à la porte. Incapable de pénétrer de front le bloc de fumée emplissant la cabane, je me suis accroupi pour ramper nez au sol jusqu'au centre de la pièce. Là, au cœur du nuage, j'ai vu le brasier danser au-dessus de ma tête : la tour de bois érigée sur le dessus de la truie flambait furieusement. Quelques tisons étaient déjà tombés par terre. J'ai attaqué le monstre en jetant dessus le contenu du seau et suis ressorti à reculons, le cœur pris de panique.

La guerre a été courte. Cinq violentes salves d'eau ont eu raison des flammes. Les braises empilées sur le poêle ont fini par ne plus produire qu'un chuintement mouillé. Étourdi, tournant le dos à la fumée, j'ai jeté le seau dans la neige. Mon corps vibrait encore de peur, mes yeux brûlaient. Quelques gros soupirs ont soulevé ma poitrine. Tout cela n'avait duré que deux ou trois minutes, mais j'avais l'impression d'avoir mené un très long, très intense combat. J'avais failli détruire pour de bon la cabane d'Élisabeth…

Tout à coup j'ai pensé à Sarah, à l'odeur que j'avais trouvée sur ses vêtements et sur sa peau à son retour de Lisbonne. Elle revenait de loin alors, elle portait dans ses cheveux la cendre de ce lointain monde brûlé et me regardait comme si j'avais brûlé moi aussi. Elle voulait dormir, se reposer après avoir échappé à la destruction. Moi aussi j'aurais voulu dormir maintenant, et tout oublier. La fatigue était si profonde, si réelle sous la pulsation encore fiévreuse de mon sang et l'emportement de mon souffle… Mais il fallait rentrer pour mesurer l'ampleur des dégâts, et faire le nécessaire. Je ne voulais pas qu'Élisabeth voie la cabane dans cet état.

Dès que la fumée s'est dissipée, je me suis mis au travail. Même si rien n'avait brûlé à l'intérieur que le bois mis à sécher, le sinistre était complet. On ne pouvait plus habiter là. Murs, matelas, vaisselle, draps, nourriture : le moindre repli était encrassé d'une couche de suie. Au bout de cinq minutes, j'ai eu l'impression que l'odeur de cendre mouillée s'incrusterait à jamais dans les parois de mes narines.

De chaque côté de la truie, sous les flaques d'eau cendreuse, le plancher portait de larges stigmates qu'il a fallu gratter un à un. Après avoir épongé le sol et jeté les bouts de bois calcinés, j'ai sorti de la cabane tout ce qui pouvait être transporté pour le nettoyer et l'aérer. Avec une brosse rude, de l'eau et du savon, j'ai récuré avec acharnement tous les murs. J'avais hâte d'en finir, mais j'ai vite compris qu'il serait impossible de rendre aux objets leur virginité d'avant le feu : la suie s'était déjà incorporée à la fibre intime de chaque chose. J'avais beau frotter et frotter, le spectre du feu voilait toutes les surfaces de son léger film gris.

J'ai travaillé prestement, sans m'arrêter, jusqu'à la nuit. Une fois rangés chiffons et balai, j'ai ouvert la porte et me suis avancé sous les étoiles pour me nettoyer les poumons. La lune, accrochée au haut des branches, luisait sur la couche de glace recouvrant le ruisseau. Le chuchotis de l'eau emplissait l'air.

Enfin, empoignant le gros baluchon de draps, de couvertures et de vêtements à laver, j'ai fermé la porte de la cabane avant d'emprunter, pour la dernière fois, le sentier menant chez Élisabeth.

* * *

— Tu as des gens qui peuvent s'occuper de toi là-bas, tu me le jures ? Un endroit où aller ?

— Bien sûr.

Assise dans son petit salon, un livre à la main, un chat étendu sur ses cuisses, elle me regardait par-dessus ses lunettes. Mon histoire de feu ne l'avait que moyennement intéressée — et pas du tout accablée : j'étais sauf, la cabane n'avait subi aucun dommage irréparable… Mon départ, c'était autre chose. Elle se demandait si je ne devrais pas attendre un peu, ne rien précipiter ; ce n'est pas parce que j'avais fait des bêtises qu'il fallait que je…

— Non, il vaut mieux que je rentre. C'est toi qui avais raison… Nous sommes quelle date ?

— Le 15. Le 15 février.

J'avais donc passé deux mois et demi dans la nuit de cet hiver terrible…

— Quelque chose t'attend là-bas, c'est sûr.

— Je ne crois pas, Élisabeth, je ne crois pas. De vieux fantômes, c'est tout.

— Des fantômes, ce n'est pas rien, a-t-elle répondu avec un très léger sourire.

— En fait, ça risque d'être moi, le fantôme…

Une gêne étrange m'empêchait de lui rendre posément son regard. J'aimais bien cette femme ; j'avais un peu honte d'avoir passé tant de temps auprès d'elle sans vraiment chercher à la connaître. Et maintenant je l'abandonnais.

— Aurais-tu besoin de quelque chose ?

— Quelque chose ?

— À Montréal, une fois que j'y serai.

— J'ai tout ce qu'il me faut, petit loup, ne t'en fais pas…

Je l'ai dissuadée de me conduire jusqu'à Montréal ; ma présence lui avait assez compliqué la vie comme ça. Nous avons convenu qu'elle m'emmènerait jusqu'à Trois-Rivières et me laisserait à la station d'autobus.

Élisabeth n'a presque rien mangé du repas qu'elle avait préparé pour le dernier soir. Elle semblait triste de me voir partir. Il y avait plusieurs années sans doute qu'elle n'avait pas partagé sa vie avec quelqu'un ; elle allait maintenant retrouver son régime habituel, sa solitude peuplée de bêtes, de vent et de neige. Calé dans mon fauteuil, j'ai cru l'espace d'un instant que j'étais là depuis toujours, à cette même table, à sourire pour cette femme. Les assiettes étaient vides, les bougies brûlaient sur la nappe du silence. Je partais le lendemain pour la plus étrangère des villes.

4

Revenir est une illusion. On ne retrouve jamais ce qu'on a délaissé. Alors que j'empruntais le chemin de mon quartier et que j'arpentais de nouveau ces rues que j'avais fuies quelques mois plus tôt, le corps emmitouflé dans les mêmes vêtements, la main droite refermée au creux de la poche sur le même vieux trousseau de clés, je savais : tout était différent. Je ne retrouverais rien intact.

La ville était grise comme une forêt en hiver, la saleté en plus, le silence en moins. Les rues débordaient d'une neige boueuse dans laquelle les voitures s'embourbaient. Les slogans des panneaux publicitaires me rappelaient avec insistance que je ne voulais rien acheter, que je n'avais même aucun désir de me retrouver ici encore une fois, au cœur bétonné du monde agité. Pour résister à l'envie de repartir, il fallait que je me rappelle que je ne marchais pas dans ces rues sans raison. Avec la même certitude muette qui avait dicté mon départ quelques mois plus tôt, je savais depuis l'incendie de la cabane qu'il me fallait revenir ; quelque chose dont j'ignorais tout m'attendait peut-être.

L'appartement était silencieux. Un gros tas de courrier gisait pêle-mêle dans l'entrée, juste à côté de la porte. Je me suis avancé sur les planchers craquants ; l'air s'était chargé d'une odeur rance qui me rappelait L'Amiral-Benbow. Avançant de pièce en pièce au milieu des agglomérats de poussière, je me suis étonné de ne ressentir aucune espèce d'émotion : je contemplais les objets et les meubles comme s'ils avaient appartenu à un homme pour lequel je n'éprouvais ni curiosité ni sympathie. Le voile de désaffection qui avait fini par se déposer partout conférait à chaque chose une immobilité intemporelle, uniforme, que venaient seules briser des boîtes de carton vides qui traînaient dans chacune des pièces. Sur le comptoir de la cuisine, l'une de ces boîtes était à moitié remplie de vaisselle et de journaux froissés. Quelqu'un était venu ici dans l'intention de juguler le chaos, de régler ma succession. Cela m'a irrité. J'étais venu pour mener à terme le ménage commencé dans la cabane, pour faire place nette : ce n'était l'affaire de personne d'autre.

Il faisait très clair cet après-midi-là, je m'en souviens. La lumière de février entrait à flots par les fenêtres du salon. Mais le voyage, les adieux à Élisabeth, le bruit de la ville, la persistante impression d'être un fantôme en visite — tout cela m'avait terriblement fatigué. J'ai monté le chauffage dans la chambre et me suis étendu tout habillé sur le lit. La couette poussiéreuse rabattue par-dessus la tête pour me protéger les yeux, l'esprit lourd comme une pierre, j'ai laissé la nuit se faire dans ma tête.

* * *

J'étais étendu dans le noir quand la porte a claqué. J'ai mis quelques secondes à me rappeler où j'étais, mais dès que j'ai entendu les pas familiers traverser le salon et emprunter le couloir en direction de la cuisine, je me suis souvenu.

La femme s'est immobilisée au seuil de la cuisine et s'est retournée d'un coup sec, surprise par mon irruption soudaine dans le couloir. Un trousseau de clés dans la main droite, elle me regardait, bouche ouverte. C'était Sarah. Nous n'avons plus bougé.

— Ce n'est pas possible, Alex.

Une chaleur intense me montait au visage. Après m'avoir contemplé en silence quelques secondes, elle a mis sa main devant ses yeux et s'est massé les tempes. J'ai éprouvé une brève mais puissante envie de fuir, de me sauver en courant dans la rue pour me perdre dans la ville. Mais quand elle m'a transpercé de nouveau de ses grands yeux incrédules, quelque chose s'est rompu en moi. Ma poitrine s'est affaissée et mes jambes n'ont plus voulu me soutenir ; je me suis laissé glisser jusqu'au sol, tout contre le mur. Ça me faisait tellement mal de la voir là, à l'autre bout de ce couloir…

Mains tendues, voix cassée, elle s'est avancée :

— Mon Dieu, qu'est-ce que tu fais là, Alex, qu'est-ce que tu fais là ?

Et la distance qui l'instant d'avant nous séparait encore a été abolie. Accroupie tout contre moi, yeux éperdus, elle étreignait mes épaules. Immobile comme un paquet abandonné dans un coin, je la regardais sans avoir la force de lever les bras. Des larmes coulaient sur son visage pendant qu'elle me répétait que tout irait bien maintenant, qu'elle allait s'occuper de moi et qu'il ne fallait pas avoir peur. Puis elle s'est mise à genoux et m'a serré dans ses bras, a pressé ma tête contre sa poitrine et s'est mise à sangloter sans retenue. Je ne bougeais pas. Je me laissais bercer. Je retrouvais son odeur, inchangée, et sa douceur de femme. Peut-être la douleur qui me paralysait provenait-elle du bonheur de ne plus être seul.

— Tu es vivant, sanglotait-elle, tu es ici…

Au bout de quelques minutes — une éternité blottie dans l'intimité d'un cœur — elle a desserré son étreinte pour me faire face et me regarder, les yeux encore noyés de larmes mais déjà désireux de voir. Elle me sondait fixement comme pour trouver une réponse. Passé la crise, la distance retrouvée, elle ne savait plus quoi faire, et je ne savais plus quoi être.

— Dis-moi d'abord une chose : ça fait longtemps que tu es dans les parages ? Parce que vraiment…

— Tu savais que j'étais revenu ?

Elle s'est levée subitement.

— Ah ! Et comment aurais-tu voulu que je le sache ? Alex… je ne sais pas d'où tu viens. Tu sais ce que je venais faire ici ? (Elle montrait l'appartement de ses deux mains.) Qu'est-ce que tu penses ? Je suis venue m'occuper de tes problèmes !

— Mes problèmes…

— Oui, monsieur. *Ton* appartement. *Tes* affaires. Je n'habite plus ici, moi, c'est à toi cet appartement, non ? Et comme tu ne paies plus, comme tu disparais, c'est *moi* que le propriétaire harcèle, *moi* qu'il menace, *moi* qu'il oblige à tout débarrasser ! Cela fait des semaines que je le fais patienter ! Tu te rends compte ?

Le manteau ouvert, elle allait et venait devant moi comme une bête furieuse, en claquant des talons.

J'ai dit que je me rendais compte, que je voyais très bien, que j'étais justement venu pour m'occuper de tout…

Elle ne m'écoutait pas.

— Quelle merde… Ça n'a aucun sens, regarde maintenant, regarde autour de toi, regarde cet appartement — c'est ridicule. Je ne sais pas ce qui t'est arrivé mais maintenant ça suffit. Ça suffit. Est-ce que tu as une idée de tout ce que j'ai sur le dos en ce moment ?

Elle a soupiré et s'est appuyée contre le mur.

— Écoute… on va au moins sortir de cet appartement. On ne va pas rester ici. Tu viens chez moi, d'accord ?

* * *

Prétextant la fatigue d'un long voyage, je me suis enfermé dans la salle de bain sitôt que nous sommes arrivés chez elle. Revoir Sarah avait touché quelque chose de très profond en moi, et j'avais besoin d'un peu de calme. Ce retour se faisait trop vite.

— Vas-y, a-t-elle dit, maintenant c'est toi qui empestes le feu...

J'ai flotté longuement dans l'eau chaude et mousseuse d'un bain. J'avais l'impression de revenir d'un rêve interminable. C'était étrange. Dans un sens je n'avais pas voulu mourir là-bas, j'avais refusé de me laisser glisser jusqu'au bout. Mon ressort cassé ne s'en était pas trouvé réparé pour autant, et maintenant je ne voyais pas comment j'allais pouvoir sortir de cette salle de bain et faire la conversation comme si rien ne s'était passé.

Il était tard quand j'ai rejoint Sarah dans sa chambre jaune. J'aurais sans doute dormi comme un bateau qui repose au fond de la mer si elle m'en avait laissé l'occasion ; mais elle m'attendait dans le lit, dos appuyé contre le mur. Je me suis glissé nu sous la couette.

Ses cheveux avaient allongé, sa peau avait pâli. Ses yeux étaient cernés de croissants bleus. Elle a promené sa main sur mon torse, mes épaules, mon cou, comme si elle voulait s'assurer que j'étais encore d'un seul morceau ; sous la chaleur de sa main je me sentais comme un animal privé de caresses depuis trop longtemps. Il a suffi qu'elle me touche pour que ma poitrine se vide comme un accordéon et qu'un gémissement s'en échappe.

— Tu as maigri. Tu es tout gris.

Son sourire était triste.

— Excuse-moi...

243

— Ne dis rien, ne dis rien.

Je me suis couché. Elle s'est étendue contre moi, par-dessus la couette, et a posé sa tête sur mon épaule.

— Tu ne sais pas à quel point j'ai été inquiète, a-t-elle murmuré.

— J'ai l'impression de n'être nulle part.

— Les semaines passaient et tu ne revenais pas, et — j'ai été incapable de t'aider la dernière fois que je t'ai vu… Je me suis dit que j'avais dû aggraver les choses. J'aurais dû faire quelque chose au lieu de m'en aller comme ça…

— Non, non, tu ne peux pas savoir…

— Je ne voudrais pas qu'il t'arrive quelque chose, Alex. Maintenant c'est fini, pas vrai ? Dis-moi que c'est fini…

Elle avait soulevé la tête pour me regarder, implorante. J'aurais voulu pouvoir lui promettre n'importe quoi. J'ai touché sa joue de ma main.

Au bout d'un moment, elle a basculé sur le dos et, les yeux au plafond, a soupiré.

— J'ai passé des mois horribles. Tu ne sais pas, c'est ter-rible, tu ne sais pas… (Elle a ravalé ce qui montait dans sa gorge avant de poursuivre.) Avec Paul, évidemment, ce n'était rien. Je ne sais pas si je t'ai déjà parlé de lui — peu importe. Des complications stériles. Juste au moment où j'essayais de ne pas perdre complètement de vue le travail, je veux dire l'écri-ture. Je relis des poèmes écrits il y a six mois, et c'est tout juste si je reconnais dans quelle langue ils ont été écrits. Je me sens *sèche*. Mais ça va passer… J'essaie de me convaincre que ça va passer.

— Ça va passer.

Elle a eu un petit rire sarcastique.

— *Ça va passer*… Tu me dis ça, toi ? Toi ? Tu veux rire de moi ou quoi ?

La mitraille a fait de petits trous dans le matelas, tout autour de ma tête.

— Excuse-moi, a-t-elle continué. Je ne sais pas très bien où j'en suis. L'hiver a été dur. Tu étais où ?

— À la campagne. Dans le bois.

— À te voir on ne dirait pas... Tout seul ?

— Presque.

— Et le théâtre ?

— Je ne fais plus de théâtre, tu le vois bien. Regarde-moi.

— J'ai rencontré Neil il y a quelques jours. Plus personne n'ose prononcer ton nom.

— Je n'avais rien promis.

— Je ne vois pas comment tu peux me dire que ça va passer.

— Parce que c'est important pour toi, Sarah.

— Bien sûr que c'est important ! Mais *justement*. J'y tiens trop, je fais trop d'efforts, je veux trop pour que ça soit si facile. Je voudrais, je voudrais. On n'en sort pas. Je voudrais tellement écrire que je n'écris pas. Je voudrais tellement vivre que je ne vis pas. Je voudrais tellement savoir qui je suis que je suis paumée comme personne. Je voudrais tellement aimer que je suis toute seule. Cet hiver personne n'était là. Il y a deux semaines personne n'était là. J'étais toute seule. Vous êtes tous partis, vous m'avez laissée toute seule avec votre disparition... Je pensais que tu étais mort toi aussi... Tu ne sais pas... Tu ne peux pas savoir... Alex...

Elle avait commencé à sangloter et me regardait, la bouche ouverte, des larmes plein la figure. Je ne comprenais pas, mais il me suffisait de la voir pour que le désir m'envahisse. J'ai pris son visage entre mes mains. J'ai commencé à lui parler doucement, à embrasser ses larmes chaudes. J'ai dit que je ne pensais pas, que je ne savais pas que ça avait été si dur pour elle, je ne savais pas qu'elle s'inquiéterait à ce point, mais maintenant j'étais là, je n'étais pas mort — je ne mourrais jamais sans l'avertir, sans lui faire savoir que je l'aimais beaucoup, je ne voulais pas...

— Ce n'est pas ça, a-t-elle dit en pleurant encore plus fort et en cachant sa tête dans mon cou, non, je veux dire oui, mais il y a autre chose... Tu ne peux pas savoir, Alex... Il y a toi mais il y a aussi Pietro... Il est arrivé quelque chose à Pietro, il y a deux semaines — je n'avais même pas le moyen de t'avertir ou de te parler... Et moi j'étais seule... Il est arrivé quelque chose... Il est mort, Alex, Pietro est mort ! Il a eu un accident, il est mort !

— Un accident...

— Un accident... Je ne sais même pas ! Je ne sais rien ! Même sa mère ne sait rien, c'est elle qui m'a avertie, tout ce qu'ils lui ont dit, là-bas, c'est qu'il est mort noyé...

— Où ça, noyé ? Où ?

— Sa mère ne peut pas le croire, il nageait comme personne, il entrait dans l'eau et ressortait des heures plus tard ! C'est tout ce qu'ils ont dit, noyé, tu te rends compte ? Elle m'a dit qu'il lui avait téléphoné un mois plus tôt, qu'il avait l'air de bonne humeur — oh, Alex, tu imagines ? Il disait qu'il était amoureux et qu'il allait rester plus longtemps dans ce village où il y avait cette fille et son ami, un Portugais, ils ont renvoyé le corps par avion, juste le corps, c'est tout... Et lui il était amoureux mais il s'est noyé, il s'est noyé... Tu n'étais pas là, toi, je ne savais pas où tu étais, en plus il fallait que je m'occupe de ton appartement, de toutes tes affaires... J'étais sûre de vous avoir perdus tous les deux, c'était horrible... Alex, tu ne sais pas ce que j'ai fait, aux funérailles, à Québec... Je suis restée près de sa mère et je suis retournée à l'église les autres jours avec elle, au moins trois ou quatre fois, je ne sais plus, moi qui ne vais jamais à l'église, j'ai été avec elle et chaque jour j'ai allumé deux cierges... Je ne savais pas quoi faire d'autre, tu avais disparu, toi aussi, noyé, mort, je ne savais rien... Alors j'allumais deux cierges chaque jour, un pour toi, un pour lui, un cierge pour chacun de vous, un pour toi, et un pour lui...

5

Toute une nuit, tout un jour et toute une nuit nous sommes restés soudés l'un à l'autre. Il fallait à tout prix réduire l'espace inutilisé de la vie, amadouer la mort. C'était un temps étrange, confusément tissé d'étreintes et de soupirs, un temps où nous n'appartenions à aucun des deux royaumes, où nous flottions dans l'espace réservé aux couleurs incertaines. Sarah tentait de me tirer vers la réalité des corps, de me ramener indemne à la surface — mais j'étais loin, j'étais faible, je vibrais sous le courant d'une source profonde. Elle-même se débattait au milieu de remous qui la laissaient pantelante entre les draps.

L'annonce de la mort de Pietro m'a heurté en plein centre. Je n'ai pas crié, pas pleuré, je n'ai pas même pensé à son corps ramolli flottant dans l'eau : ce n'était pas mon ami que j'apercevais dans la nuit de cette nouvelle réalité, mais la mort. Je sentais sa proximité comme je l'avais sentie sur la route, ce jour où j'avais quitté L'Amiral-Benbow pour aller à sa rencontre dans la clarté du jour. Elle entrait en moi comme chez elle, comme si la mort de Pietro avait été ma mort avant d'être la sienne, ou comme s'il n'y avait pas eu de différence, pas de corps séparés, pas de mort individuelle, mais seulement un tissu doux et enveloppant, prenant tantôt une forme, tantôt une autre, selon les caprices du vent.

Le lendemain, vacillant mais lucide, j'ai su que j'allais partir pour l'endroit où Pietro était tombé. La piste aboutissait là.

* * *

Avant le départ, il fallait balayer la scène, nettoyer les coulisses. Sarah m'a offert son aide pour finir ce qu'elle avait commencé. Nous avons établi tacitement une sorte de programme que nous avons conservé pendant tout le temps qu'a duré le « travail ». Sarah se rendait à son boulot chaque matin ; je me rendais à l'appartement pour reprendre l'empaquetage là où nous l'avions laissé la veille. Elle venait me rejoindre au milieu de l'après-midi et nous nous activions jusque tard dans la soirée. Après avoir mangé un morceau dans un café, nous rentrions chez elle et nous nous mettions au lit.

Nous dormions ensemble, nous faisions l'amour. Nous avions besoin de partager nos nuits et de nous donner un peu de chaleur — mais nous n'en parlions pas, et pendant la journée rien ou presque rien de nos étreintes nocturnes ne transparaissait. Je crois qu'elle voyait aussi bien que moi qu'aucune relation normale ne pouvait naître de ces instants d'amour que nous arrachions au vide. Elle ne comprenait pas trop ce que j'irais faire là-bas ; je ne le savais pas non plus. Discuter ne servait à rien. Il n'y avait rien à construire, rien à sauver. La réalité immédiate était la seule nourriture possible. Pendant la journée nous nous comportions comme deux camarades unis par une tâche commune ; la nuit venue, étendus sur le lit comme deux rescapés sur un radeau, nous faisions la seule chose qui avait encore un sens : nous rejoindre par les mains et unir nos corps. Je voyais alors comme jamais je ne l'avais vue auparavant la radieuse beauté de Sarah, sa poignante vulnérabilité de femme démunie — parce que j'étais démuni moi-même, et parce qu'elle se donnait à moi plus totalement qu'elle ne l'avait jamais fait, dépouillée enfin de la robe de retenue et d'attente qui l'avait toujours protégée.

Chaque après-midi elle revenait de son travail accablée, les nerfs usés, la patience à bout. Elle avait encore une fois le sentiment d'être coupée de sa vie, enterrée sous le poids du quotidien. Tout ce que j'avais à lui offrir, c'était un rôle actif dans mon entreprise de ramassage d'ordures. Son exigence d'une vie poétique la plaçant dans des souffrances qu'elle ne voulait plus avoir à endurer — qu'elle *ne pouvait plus* endurer, pour l'instant du moins —, elle essayait de croire aux vertus d'une vie « normale ». Son travail l'abrutissait, mais elle s'entêtait à prétendre que c'était encore préférable au joug de l'écriture.

Pendant des jours, nous avons trié, classé, rangé dans des cartons. Nous avons nettoyé un à un livres et disques avant de les empaqueter et de les vendre. Nous avons fait venir des hommes qui ont emporté les appareils électroménagers après s'être regardés d'un air entendu et avoir roté dans la cuisine. Nous avons nettoyé, rincé, frotté surfaces et ustensiles. C'était toute une partie de ma vie que je ramassais d'un coup de torchon, que je voyais partir dans des sacs et des boîtes.

Quand il n'est plus resté qu'une table, deux chaises et quelques boîtes de vaisselle, nous avons attaqué l'épaisse liasse de correspondance. Nous ressentions tous deux un intense dégoût pour cette masse de mots et de réclames en souffrance. Il a fallu faire plusieurs piles : publicités, sweepstakes et messages d'inintérêt public, factures d'électricité, de gaz et de téléphone... Une fois jetés les indésirables et les périmés, il ne restait plus grand-chose sur la table. Il devenait possible de comprendre ce qui devait être réglé et combien il fallait payer pour en finir. Le monde se simplifiait.

Enfouie sous cette tonne de papier nous attendait la seule

missive qui m'était personnellement adressée : une carte postale avec, d'un côté, une photo aux couleurs criardes d'un littoral baigné de lumière et, de l'autre, l'écriture et la signature de Pietro. Je l'ai tendue à Sarah, qui l'a regardée rapidement des deux côtés avant de me la rendre avec une grimace, comme s'il s'agissait d'une mauvaise blague.

12 janvier
Santa Fe, Venezuela
Alex,
Loin, très loin de notre dernière rencontre. Du soleil jusqu'au bout des cheveux. Des vapeurs d'essence et des femmes — une femme. Un autre versant, tu t'en rendrais compte toi-même. J'espère que tu survis toujours : la mer est là pour te soutenir, ne l'oublie pas (comme tout le reste). Notre dernière conversation était beaucoup trop hivernale. Une lettre suivra bientôt.
En toute permanence, Pietro

Je me suis assis et j'ai pleuré. Les mots, tracés à la hâte, étaient tellement imprégnés de sel et de vie que la réalité en paraissait encore plus grinçante, plus absurde. J'ai relu la carte quelques fois. J'avais l'impression qu'il me jouait un tour, qu'il avait écrit cette carte après sa mort et n'avait apposé une date antérieure que pour se permettre de jouer avec les mots. Sarah, près de moi, se mouchait mais ne disait rien. J'ai glissé la carte dans la poche de ma chemise et nous nous sommes remis à l'ouvrage, le fantomatique humour de notre ami ajoutant un lest invisible à chacun de nos gestes.

Il fallait trouver de l'argent. J'ai placé une annonce pour vendre la moto, la vieille Honda Four avec laquelle je n'avais presque pas roulé. Je me suis rendu au garage, où elle était entreposée, et lui ai donné les soins de printemps. Je l'ai finalement vendue mille deux cents dollars à un homme d'une trentaine d'années qui recherchait précisément ce vieux modèle. C'était suffisant pour payer les factures, régler les derniers détails et acheter un billet d'avion. Quant au propriétaire, à qui je devais trois mois de loyer, il attendrait.

Nous avons entassé dans une camionnette louée ce qui devait être transporté chez Sarah, et nous avons vidé les lieux pour de bon.

* * *

Ne restait plus qu'à dissiper cette image de disparu, de naufragé que j'avais créée par négligence. J'ai écrit un mot à l'intention de ma mère, à New York.

Je lui racontais brièvement que j'allais bien mais que j'avais passé un hiver difficile. Je ne me sentais pas capable pour l'instant d'entrer dans les détails, d'expliquer ce qui s'était passé. Il ne fallait pas dramatiser et surtout ne pas trop s'inquiéter. Je vivais toujours. Le plus dur était passé, et je partais maintenant me reposer au Venezuela quelque temps, prendre du soleil et retrouver mes esprits — ce que tout le monde ferait sans doute à ma place. Nous avions toujours été tellement proches, et je ne comprenais pas très bien pourquoi je n'avais pu, cette fois-ci, partager avec elle ce que je vivais. La peur d'éveiller ses angoisses, sans doute. Je ne connaissais pas la date exacte de mon retour. J'enverrais plus régulièrement des nouvelles. La vie était imprévisible. Je lui demandais de tranquilliser mon père quand elle le pourrait, de l'assurer de mon amour. Je l'embrassais et je l'aimais.

Je ne pouvais pas faire plus. La scène semblait propre.

Le bout de la terre

1

La dernière nuit elle m'a dit je t'aime, et nous nous sommes endormis l'un dans l'autre. Au réveil, emportant avec moi ce cadeau murmuré, je me mettais en route.

Un charter bondé de vacanciers surexcités m'a déposé à l'aéroport de Barcelona, au Venezuela, aux abords de la petite ville touristique de Puerto la Cruz. De là, coincé entre deux femmes massives dans une Buick fantastiquement déglinguée, je me suis fait conduire le long d'une route côtière jusqu'à Santa Fe, trente-cinq kilomètres plus loin. Le chauffeur, qui mangeait un gros sandwich à la viande, flirtait distraitement de sa main libre avec le volant; il n'éprouvait le besoin de regarder la route que dans les virages, pour dépasser d'autres voitures. Le vent chaud s'engouffrant par les vitres baissées paraissait chargé de toute la moiteur de la végétation qui enserrait la route. La mer était là, sur la gauche, visible entre les frondaisons, irréelle encore.

La voiture s'est arrêtée à la jonction d'une autre route, plus petite, et tout le monde est descendu. Nous étions donc arrivés? Je ne voyais qu'un carrefour bordé d'échoppes bancales, hanté par quelques passants alanguis et deux ou trois chiens… Oui oui, c'est ici, Santa Fe, m'a dit le chauffeur. Comme je restais stupide, il a ajouté en tendant la main que la plage était au bout de la « rue principale » — ce qui, sur le moment, paraissait à peine croyable. C'est ici que Pietro était venu mourir, au milieu de ces vapeurs d'essence ?

Le soleil ne faisait cadeau d'aucune ombre ; il gommait les reliefs, cuisait le toit des maisons, tapait sur l'asphalte imbibé d'huile de la route. J'ai fait quelques pas entre les voitures et les camions abandonnés au centre du carrefour. Des enfants s'ébattaient dans les gravats devant les commerces ; ils ne semblaient aucunement perturbés par les véhicules qui passaient en hurlant juste à côté d'eux. J'ai cherché mes lunettes de soleil dans les poches de mon sac. Fatigué par le voyage, je trouvais aussi exténuant qu'irréel de me mouvoir au sein d'une telle luminosité, d'une telle chaleur à peine quelques heures après avoir quitté Montréal.

La rue qui s'étendait devant moi, large, rectiligne, interminable, entrait directement dans le four du ciel. Les petites maisons basses, éloignées du trottoir comme si elles en avaient peur, étaient toutes construites des mêmes blocs de béton gris ; les rares fenêtres étaient ceinturées de barres de fer à la peinture écaillée, et l'accès aux courettes emplies d'herbes folles et de débris était protégé par des grillages. Je croyais marcher au milieu d'une allée carcérale en plein air. Les rares passants semblaient accablés par l'ennui. Je voyais un vieil homme aveuglé par sa lenteur traîner le pas, une femme en sueur avancer en laissant pendouiller des mains mortes au bout de ses bras lourds, un enfant aux longues jambes pédaler sur sa bicyclette trop petite, zigzaguant sans but en regardant le sol défiler sous lui...

Après être passé devant un terrain de basket-ball, une place bétonnée et un poste de police (tous parfaitement déserts), je suis arrivé à ce qui semblait être le bout de la rue. Une autre rue, très courte, paraissait en tracer perpendiculairement la limite. Au carrefour, les rideaux de fer des commerces étaient tirés. J'avais tellement chaud, sanglé dans mon jean, avec ma chemise qui me collait à la peau et mes souliers d'homme du Nord, que je me croyais en plein mirage, seul être vivant debout au milieu d'une réalité dansante et illusoire. Il fallait que je trouve la mer, que je m'éloigne de la puanteur qui émanait des déchets en fermentation abandonnés dans tous les coins.

Je me suis dirigé vers la gauche, où la rue était peu à peu envahie par le sable. C'est là que j'ai vu la mer. Coincée entre un long bâtiment de béton et une vingtaine de barques de pêche tirées sur la plage, elle était là, belle et improbable comme une promesse tenue. Des hommes jeunes s'affairaient autour des bateaux et des caisses de poisson. Quelques-uns ont levé brièvement la tête à mon passage, sans sourire, avant de m'oublier aussitôt.

J'ai retiré mes souliers pour m'avancer pieds nus jusqu'à la frange de sable mouillé que venait lécher l'écume tiède. La mer était d'une immobilité vaste et pénétrante, à peine courbée sur le large ventre de la terre ; elle emplissait de ses scintillements une baie profonde, au goulot étroit. À la sortie de la baie, près de l'horizon, quelques îles flottaient entre mer et ciel. L'eau était traversée çà et là des légers frissons que lui donnait une brise venue de loin, un vent du large qui rafraîchissait ma peau comme l'ombre d'une main amie. Je me suis laissé tomber sur le sable. L'haleine du vent, la caresse du ressac lavaient mes sens du bruit et de la fatigue du voyage. Une escadrille de six pélicans est passée en rasant l'eau, à la queue leu leu. Le chef de file battait des ailes en s'élevant légèrement, et tous faisaient de même, en cadence ; puis le mouvement s'arrêtait, et les grands oiseaux glissaient sans bruit en frôlant de leur ventre le miroir des flots.

Je ne peux pas aller plus loin, ai-je pensé. Je suis au bout de la terre.

J'ai enlevé ma chemise et me suis remis en marche, les pieds dans l'eau. La plage était étroite et plutôt courte. Des maisons la bordaient un peu plus loin, épousant sa courbe jusqu'à une pointe où la côte se transformait en falaise. Je ne voyais toujours personne. Un autre groupe de pélicans gris est passé. Après quelques minutes je suis arrivé à un édifice peint de blanc, un grand rectangle qui aurait pu être le pont supérieur d'un navire échoué à une dizaine de mètres de la mer. Los Siete Delfines, Hotel. Devant la terrasse, sur le toit, de longues bandes de tissu orangé ondulaient sous le vent comme des voiles désœuvrées. Je suis entré et j'ai demandé une chambre. Un jeune Italien bronzé m'a conduit dans une petite pièce blanche et, après m'avoir dévoilé en guise de bienvenue la dent qui lui manquait au milieu de la bouche, s'est retiré.

L'air était étouffant malgré la fenêtre ouverte. Un ventilateur de table vissé au plafond, tête en bas, vibrait comme un gros hanneton. J'ai déposé mon sac sur un des lits, ai remplacé mon lourd pantalon par un maillot de bain et suis allé me jeter dans la mer.

* * *

Je ne voulais plus rien d'autre que la mer et le soleil, plus rien d'autre que sortir de la chambre pour passer la journée dans l'eau, puis au soleil, puis dans l'eau encore, et rentrer le soir pour me doucher, et ressortir pour manger et boire, et rentrer pour dormir. Entrer, sortir, demeurer immobile sur le sable, flotter dans l'eau… Rien d'autre. Le besoin de chaleur, de ciel et de mer était tel que tout le reste — nuages du passé, orages du futur — avait cessé d'exister. Je regrettais seulement de ne pas avoir forcé Sarah à venir.

Je me contentais de politesses distantes : je saluais en les croisant les quelques touristes que je revoyais le soir, attablés à l'un des deux restaurants donnant sur la plage, mais j'évitais de me joindre à ces petits groupes et j'esquivais toute amorce de conversation. Exilé sur mon coin de sable, j'avais très vite gommé de ma mémoire le village traversé lors de mon arrivée ; celui-ci ne m'apparaissait plus que comme un appendice de la plage elle-même. Personne ne venait me distraire de la bienfaisante brûlure, du doux flottement. En plein milieu de semaine, très peu d'habitants du village prenaient le temps de se prélasser au soleil. Il y avait toujours quelques enfants pour s'ébattre en caleçon et se rouler dans le sable, mais leur petit corps sautillant et leur âme tachée de sel appartenaient visiblement plus au royaume des éléments et des forces pures qu'au monde des hommes.

J'essayais, les tout premiers jours, de garder à l'esprit l'image de Pietro. Ce n'était pas facile. Chaque vague qui me caressait le corps rongeait un peu le château de sable construit par les mains maladroites du souvenir ; chaque plongée tête première dans la transparente eau placentaire réduisait à néant la moindre tentative de pensée. Au bout d'une semaine, le seul « souvenir » qui me restait encore de Pietro coïncidait avec le présent étalé au soleil, se fondait dans la trame impalpable d'une vie lumineuse et ensablée. La mort de Pietro — et toute la vie ayant précédé cette mort, notre vie à tous — n'était autre que cet enfant qui courait se jeter dans l'eau en poussant des cris, ce voilier qui glissait entre les îles pour s'éloigner vers le large, cette baie irisée au soleil couchant, ces empreintes menues laissées par le passage d'une femme dans le sable ductile... Inutile de chercher plus loin, de creuser où que ce soit. Pietro s'était fondu dans la substance du lieu qu'il avait quitté ; il s'était transformé en rocher, en sable et en eau.

* * *

On ne m'a pas laissé jouir de mon ignorance minérale très longtemps.

L'étalon italien qui m'avait accueilli à l'hôtel le jour de mon arrivée s'appelait Julio Cesar. Il me saluait amicalement quand il paradait sur la plage. Un midi, comme je terminais mon repas à la terrasse du restaurant, il s'est approché de ma table en se dandinant dans son maillot étroit. Après m'avoir entretenu dans un anglais coloré de son travail et des tâches quotidiennes qui l'attendaient, il m'a demandé d'où je venais. Quand il l'a su, il a acquiescé lentement de la tête comme si ma réponse allait de soi. Mais il ne souriait plus.

— Tu me fais penser à un autre Québécois — un Italien, comme moi, qui vivait à Montréal lui aussi. Mais il est mort maintenant.

— Tu le connaissais ?

— Bien sûr que je le connaissais. Il était l'ami de tout le monde, il parlait à tout le monde. Il voulait vivre ici.

— Ici, à Santa Fe ?

— Oui oui, il était avec une fille, une Espagnole qui travaillait avec les enfants. Ils étaient très amoureux, très très amoureux… Mais elle aussi est partie maintenant. Tout le monde me quitte ! Les gens passent, et moi je reste…

Et, pour accompagner sa moue d'amante délaissée, il a levé les mains en signe de résignation.

— Je le connaissais. Il s'appelait Pietro. C'était mon ami.

— Ah, tu le connaissais ? C'est pour ça… Oui, tu lui ressembles un peu… Eh ! C'est un ami de Pietro !

Il s'est mis à faire de grands gestes pour attirer l'attention de l'homme d'une soixantaine d'années qui tenait le restaurant. L'homme s'est approché au petit trot et, avant que j'aie eu le temps de réagir, il me serrait chaleureusement la main et me disait à quel point il avait bien connu Pietro, et que c'était très triste, très triste, et combien de temps je pensais rester, et...

— Attends, attends, José! Laisse-le un peu tranquille. Peut-être qu'il préfère ne pas en parler...

— C'est le passé, a dit José pour se calmer lui-même.

— Il s'est noyé, tu le savais? a demandé Julio.

— C'est ce qu'on m'a dit.

— Oui... Il nageait bien, mais on ne sait jamais ce qui peut arriver quand on s'éloigne tout seul, comme ça, en pleine nuit.

— Très dangereux, a confirmé José.

— Je ne comprends pas... Il n'y a pas de courant ici, pas de vagues, rien...

— C'est vrai... Mais il a peut-être eu une crampe, ou il est allé trop loin et n'a pas eu la force de revenir... Chacun a sa petite idée...

— D'après moi, a interrompu José en se penchant vers moi, il faut faire attention même en dehors de l'eau. Très attention.

Je n'étais pas trop sûr de comprendre ce qu'il voulait insinuer. Il m'agaçait avec son air de vieux conspirateur.

— Quoi? Il était imprudent? Qu'est-ce qu'il faisait?

— Les gens d'ici — les gens du village —, il ne faut jamais leur faire confiance. Fais attention! Tout ce qu'ils veulent c'est profiter de toi.

Et il agitait une grande main tachée devant mon visage en guise d'avertissement.

— Je viens d'arriver, ai-je répondu un peu sèchement. Jusqu'à présent personne ne m'a rien fait.

— Écoute, a dit Julio. Moi ça fait deux ans que je vis ici. Tu peux être sûr que j'ai appris à me mêler de mes affaires et à ne pas me compromettre avec ces gens-là.

J'avais oublié qu'il était italien, et se considérait comme un étranger. Mais le vieux José, lui, était bien d'ici ?

— Ah non ! Pas du tout ! s'est défendu celui-ci en se tenant droit comme un piquet. Moi, je viens de la capitale !

Et il est reparti aussi sec vers le fond de sa cuisine.

— Bon, bon, peut-être. Mais quel rapport avec Pietro ?

— Moi j'observe, c'est tout, a dit Julio. Je vois ce qui se passe.

— Et ?

— C'est comme je te disais. Il a sûrement eu une crampe.

Une femme s'est approchée en demandant dans un mauvais anglais s'il était possible de louer des chaises de plage, et Julio a retrouvé instantanément son rôle de jeune homme sexy. Il s'est levé.

— C'était quelqu'un de très bien, ton ami. Ça m'a fait beaucoup de peine.

— Eh ! Attends ! Tu ne connaîtrais pas quelqu'un qui s'appelle Joao ? Un Portugais ?

— Joao ? *Claro*, il vit juste à côté d'ici. C'était le meilleur ami de Pietro, tu as raison… Va le voir !

Il a hélé un gamin d'une dizaine d'années qui traînait sur la plage, près de l'entrée du restaurant, et lui a ordonné de m'emmener jusqu'à la maison de Joao. Il s'est lancé aux trousses de la femme pendant que je suivais l'enfant.

Juste derrière l'hôtel passait une rue de terre cahoteuse parallèle au littoral. Proche de la mer, elle était néanmoins coupée totalement du vent du large ; l'air y était lourd, le soleil de midi impitoyable. On aurait dit que les maisons attendaient, résignées, que le jour commencé s'achève enfin.

Nous avons marché jusqu'à une maison spacieuse d'où provenaient des coups répétés ; arrivé en face de la grille d'entrée j'ai aperçu l'homme qui cognait de la sorte. Il se tenait debout sur un balcon entièrement clos par de gros barreaux de fer — une sorte de grande cage encastrée dans la maison. Occupé à taper de toutes ses forces sur une bûche à l'aide d'un marteau et d'un ciseau à bois, il ne nous avait pas vus arriver. Des copeaux volaient jusque dans la rue. L'homme, animé d'une détermination rageuse, ahanait furieusement comme s'il avait eu un compte personnel à régler avec le bout de bois. L'enfant qui me guidait, fasciné lui aussi par la vision du combat solitaire, a mis du temps avant d'élever timidement la voix. L'homme s'est interrompu et s'est fendu d'un large sourire. « ¡ *Muy buenas tardes !* ¿ *Como está la cosa, Pedrito ?* » Le garçon a bafouillé qu'un étranger voulait le voir et s'est enfui. L'homme m'a invité à monter.

Je lui ai dit tout de suite que j'étais un ami de Pietro, que celui-ci m'avait parlé d'un ami portugais. Il m'a fait asseoir sur une chaise parsemée de copeaux et, après s'être allumé une cigarette, m'a dit qu'il savait lui aussi qui j'étais : je devais être l'ami comédien. Il a rejeté la fumée en soufflant fortement et s'est appuyé à la grille. Puis il m'a regardé en souriant tristement, sans rien dire.

Il devait avoir plus de quarante ans. Son visage anguleux recelait deux pépites noires ; ses longs cheveux striés d'argent étaient tirés vers l'arrière, dénudant un front lisse et brun qui conférait un peu de douceur à ses traits rugueux. Sur son torse mince et bombé pendait une paire de lunettes de lecture aux verres fendus, mouchetés de sel et de sciure. Il ne portait qu'un pantalon très sale qui, coupé au-dessus du genou, laissait voir des jambes étonnamment maigres. Il s'est approché du réfrigérateur et j'ai pu voir que sa jambe droite était toute tordue ; il devait faire un effort constant pour la traîner avec lui et conserver son équilibre. Joao ressemblait à une cigogne à la patte cassée.

Il a sorti deux bières du réfrigérateur et les a décapsulées avec un briquet tiré de sa poche. Après avoir bu une première gorgée, il a jeté son mégot par terre pour l'écraser de son pied nu et difforme. Il s'est assis en face de moi et m'a tendu la deuxième bouteille. Nous avons bu.

Plus tard, je me rendrais compte que Joao vivait uniquement sur ce balcon grillagé : les autres pièces de la maison étaient plus ou moins laissées à l'abandon. Il avait rassemblé ici tout ce dont il avait besoin pour vivre. J'étais assis entre un réfrigérateur et une table couverte de papiers, de cendres, de bouteilles de bière, de verres et d'assiettes sales. Un hamac crasseux était suspendu en travers du balcon et un matelas était posé dans le coin, sous une moustiquaire. Un petit établi était appuyé à la grille. Le bloc de bois sur lequel Joao s'acharnait à mon arrivée, une grosse bûche saignée à vif, trônait dessus.

Une sculpture terminée était posée sur le sol au pied de l'établi. Il s'agissait d'une tête d'homme plus grande que nature, coiffée d'un chapeau conique orné de losanges noir et rouge, une figure mystérieuse et familière à la fois : le nez maya faisait contraste avec la bouche négroïde, avec le front haut et les oreilles petites d'un pharaon égyptien. La statue dégageait une présence totémique qui me faisait penser aux géants séculaires de l'île de Pâques. J'ai félicité Joao pour son travail. Il s'est approché de la figure au chapeau et l'a fait pivoter lentement pour que je puisse la voir de tous les côtés. Il a dit qu'il en était fier, parce qu'il croyait avoir réussi à tirer du morceau de bois la véritable figure qui s'y trouvait cachée.

— Mais maintenant je veux faire mieux, a-t-il ajouté. Quand je suis arrivé ici, il y a un an, je n'avais rien, rien du tout. J'ai tout recommencé à zéro. Il y avait longtemps que je n'avais pas travaillé. Mais on n'oublie pas — il suffit de se remettre au travail.

J'ai hoché la tête, distrait par mes pensées. Pietro était venu ici en son temps. Lui aussi avait regardé la statue comme je la regardais maintenant, il s'était assis sur cette chaise, avait parlé à cet homme et bu de la bière avec lui, il avait regardé le toit des maisons et la mer au loin, le ciel et le soleil visibles à travers les barreaux du balcon...

— Alors tu es venu pour savoir ce qui est arrivé à Pietro dans ce trou perdu, a dit soudain Joao en se rasseyant.

— Santa Fe... Quand je suis arrivé ici je me demandais ce qu'il était venu faire dans ce... trou perdu. Mais j'ai cessé de penser à tout ça. Je crois que ça m'est égal. Je voulais venir voir, mais maintenant j'ai l'impression que ça ne sert à rien, qu'il n'y a rien à apprendre.

— Lui en tout cas il ne voulait plus partir. Maintenant que cet accident stupide est arrivé et qu'Elena est repartie, il n'y a plus rien ici, plus rien qui vaille la peine — rien que du soleil pour éclairer cette misère, ces jours stupides... Pouah!

Et il a craché violemment par terre avant de poursuivre.

— Je partirais bien, moi aussi, mais je n'ai pas un sou, rien, je suis coincé comme un rat. Heureusement il y a l'alcool, parce que tu vois, avec ça (il me montrait ses jambes sous la table), pas de femme, rien, fini! Pas de sexe! Et puis je donne quelques coups de pioche sur mes morceaux de bois quand je ne suis pas trop saoul, mais ça les gens d'ici ils ne peuvent pas le comprendre, ils ne peuvent pas comprendre l'art parce qu'ils sont trop stupides, tous pareils, stupides et bornés — Pietro et Elena, ça c'étaient des amis, ils avaient vécu, ils avaient de la finesse et ils faisaient quelque chose de leur vie, pas comme ces brutes qui ne comprennent rien!

À grands coups du plat de la main il balayait les cendres répandues sur la table, puis s'arrêtait pour boire goulûment une autre rasade de bière.

— Elena?

— Elle est partie quelques jours après qu'il s'est noyé. Elle ne pouvait plus rester ici, c'était trop triste pour elle, même si elle avait son travail et tous ces gens autour d'elle... Elle est rentrée en Espagne.

— Alors il s'est noyé, c'est tout? Julio Cesar et le type du restaurant, tout à l'heure, insinuaient des choses bizarres...

— Faut pas les écouter, ces deux-là, ils inventent n'importe quoi!

— Mais est-ce que tu sais de quoi ils parlaient?

— Ton ami et sa copine, ils dérangeaient certaines personnes, tu comprends, parce qu'ils voulaient — Elena surtout, bien sûr, c'est elle qui faisait ce travail auprès des enfants —, ils voulaient changer des choses, améliorer des choses, et ça ne plaisait pas à tout le monde... Et puis, Elena, elle avait plusieurs soupirants...

— Elle était belle?

— Oho, une vraie madone espagnole! Et elle en abusait bien un peu...

En disant cela son visage se colorait d'une espièglerie enfantine, très communicative, qui contrastait avec la dureté qui l'avait habité l'instant d'avant.

— Il s'est vraiment noyé alors?

— Qu'est-ce que tu veux que je te dise... Pendant deux jours on n'a pas eu de nouvelles de lui, et puis un matin les pêcheurs l'ont trouvé sur la plage, près des bateaux. Il avait tout l'air d'un noyé, alors...

— C'est tout?

— C'est tout. On ne saura jamais, c'est sûr. Mais à mon avis il s'est simplement noyé. Les gens d'ici peuvent être méchants, mais ils sont peureux aussi. Ça ne sert à rien d'essayer de fouiller dans cette merde, tu ne trouveras rien.

— Ça fait déjà un bout de temps que je ne sais plus ce que je cherche.

— Bois une autre bière avec moi, *compadre*. Buvons à la mémoire de notre ami. Buvons à la mort ! Buvons à la vie qui nous possède encore !

* * *

Le chant électrique des grillons couvrait presque le rythme assourdi et lointain d'une salsa s'élevant du village. L'alcool rendait Joao intarissable, sentimental et cabotin. Je le sentais heureux de s'adresser à quelqu'un qui pouvait l'entendre. Je m'enivrais d'alcool et de chaleur, moi aussi, je laissais les mots couler de ma bouche comme un grillon vibrant à l'unisson de la nuit.

Éclairés par une ampoule nue sur le balcon grillagé, nous parlions de tout et de rien, comme si demain n'existait pas. Il me parlait de sa vie marginale à Santa Fe, de ses rencontres avec les quelques touristes qui le sauvaient d'un isolement complet. Il avait bourlingué plusieurs années, avait un enfant à Caracas et un autre au Pérou. Son accident à la colonne vertébrale n'en était pas un, disait-il ; un jour, au Pérou, quelqu'un l'avait poussé en bas d'un arbre où il se trouvait perché. Après une longue convalescence, il avait erré d'un pays à l'autre dans le dénuement et la misère, avait perdu la trace de ses enfants, avait failli mourir plusieurs fois pour finalement échouer ici, à Santa Fe, avec l'intention de tout recommencer — mais c'était difficile. Supporter la douleur quotidienne de ce corps torturé n'était rien à côté du sentiment de vide et de solitude qui l'étreignait parfois. Et cette injustice ! Cette injustice révoltante étouffant l'Amérique latine tout entière ! N'était-elle pas suffisante pour empêcher quiconque de dormir en paix ? Son impuissance le faisait rager. Quand il voyait les enfants du village et le sort qui leur était fait, il bouillait de l'envie de faire quelque chose, n'importe quoi, de s'emparer d'une kalachnikov et de… tatata tatatata ! Mais tout ce qu'il pouvait faire dorénavant, c'était essayer de créer un peu de beauté, c'était tailler quelques morceaux de bois pour pas grand-chose — mais peut-être était-ce mieux que rien, mieux que le désespoir et le vide, mieux que l'impuissance.

Il me parlait de Pietro. Les très rares fois où il n'allait pas coucher chez Elena, me disait-il en tendant la main, Pietro dormait juste là, dans la pièce d'à côté. Il s'y trouvait encore une boîte avec quelques-unes de ses affaires, des bricoles qu'Elena n'avait pas voulu emporter ; je pourrais les voir plus tard, si je voulais. Il me racontait comment Pietro et Elena allaient danser le mérengué et la salsa tous les samedis soir au Club Nautico, sur la plage ; Joao s'asseyait à une table et buvait toute la soirée en les regardant. Il me racontait aussi comment Pietro avait un jour recueilli un pélican blessé à une aile, sans doute après avoir été attaqué par quelqu'un ; Pietro lui avait fabriqué un enclos dans la cour, lui avait posé une attelle et l'avait soigné jour après jour pendant des semaines, le nourrissant de poissons achetés au marché et l'attachant à une très longue corde pour l'emmener flotter quotidiennement sur la mer. Mais, un matin, le pélican avait été trouvé presque mort. Des inconnus désœuvrés lui avaient fait subir une bastonnade, et Pietro avait dû l'achever. Il était tellement en colère ce jour-là qu'il avait nagé beaucoup plus longtemps que d'habitude. Plusieurs heures s'étaient écoulées avant qu'on le voie réapparaître.

Puis Joao m'interrogeait, il me laissait entendre que Pietro lui avait parlé de mes difficultés récentes. J'ai hésité un peu avant de lui dire que je ne me sentais pas prêt, pas tout de suite. Il est vrai que là-bas, dans la forêt, j'avais bel et bien voulu mourir en signe de refus, de révolte. Je ne pouvais pas expliquer encore. Ici la nuit était trop douce, le présent trop présent. Mais peut-être que, bientôt, je trouverais le moyen de raconter, de faire comme lui, qui revenait au marteau et au ciseau après avoir tout essayé… Je ne savais pas encore, je recommençais tout juste à me sentir vivre.

Quand j'ai voulu partir, aller me coucher parce que je n'en pouvais plus, Joao m'a proposé de dormir chez lui. Je pouvais occuper la chambre d'à côté : elle était libre. Je n'avais qu'à m'étendre dans le hamac. Lui dormirait sur le balcon comme d'habitude, et ça ne le gênait pas du tout que j'occupe la chambre.

J'étais trop fatigué pour refuser. Joao m'a remis une couverture qui sentait la poussière et s'est laissé choir sur son lit après avoir éteint la lumière.

Un hamac de coton bleu était suspendu en travers de la chambre. La lumière de la lune, qui pénétrait par une ouverture grillagée, donnait au béton gris une aura d'argent terni. Abrité par la couverture, saucissonné dans le filet du hamac, je me suis laissé bercer quelques instants par le grincement monotone des cordes qui me soutenaient au-dessus du sol, et j'ai glissé peu à peu, sans m'en rendre compte, dans la torpeur qui semblait s'être emparée du monde entier. Juste avant de perdre tout à fait la conscience de moi-même, une dernière lumière s'est faite dans mon cerveau, et j'ai compris que je dormais dans la chambre qu'avait occupée mon ami disparu.

2

J'ai rêvé de lui. Nous étions au sommet de la porte Saint-Louis. C'était en hiver et je grelottais, mais lui, insensible au froid, ne portait qu'un maillot de bain et une serviette autour du cou. Les étoiles étaient démesurément grosses dans le ciel, brillantes et cotonneuses comme de gigantesques flocons de neige. Pietro était assis sur le rempart, une boîte de carton sur les genoux. Il me regardait en souriant pendant que ses mains fourrageaient à l'intérieur de la boîte. Il en retirait une liasse de feuilles et commençait à me lire ce qui s'y trouvait inscrit, d'une voix si douce que je n'entendais pas un mot. Il parlait et il parlait et il parlait — au bord des larmes, je l'écoutais sans rien comprendre.

Je me suis éveillé avant la fin du rêve, et l'inconfort de ma couche m'a tout de suite rappelé où je me trouvais. La fenêtre laissait entrer une lumière grise, presque morte, qui me donnait l'impression de flotter dans le néant, d'être suspendu quelque part entre deux rêves.

Je revoyais notre dernière rencontre, la vraie. Nous étions à Québec, en pleine nuit, et il me parlait — que disait-il ? Je ne me souvenais pas. Je venais de fuir le théâtre, de fuir Montréal, et je le voyais sans le savoir pour la dernière fois… Il y avait si longtemps que je n'avais plus fait d'effort pour me souvenir. Les images de cette nuit demeuraient floues ; je me rappelais vaguement qu'il m'avait paru toucher le centre d'une zone secrète de sa vie et de la mienne — mais le contenu m'échappait... Il m'avait conté une histoire à la toute fin de la soirée, cela me revenait maintenant, une histoire de poisson-roi... Un pêcheur intrépide s'était lancé à la recherche du poisson-roi, il s'était éloigné en mer et avait disparu. On ne l'avait plus revu... Mais l'histoire ne s'arrêtait pas là — qu'était-il arrivé à ce pêcheur, qu'était-il devenu ? Impossible de me souvenir.

Je m'étais redressé dans le hamac, me balançant imperceptiblement dans le vide, et je fouillais des yeux l'obscurité pour saisir quelque chose. C'est alors que j'ai aperçu la boîte, juste sous la fenêtre, contre le mur. Tout s'est arrêté en moi — la pensée, le souffle, le cœur. Je voyais une boîte de carton, juste là. Je me suis élancé pour m'en saisir.

C'était sa boîte. Je l'ai soulevée à hauteur de la fenêtre et j'ai plongé ma main dedans. La première chose que j'en ai retirée, c'était une photographie de Sarah. Jamais je n'avais vu cette photo — et puis j'ai compris, en regardant les édifices derrière Sarah, qu'elle avait dû être prise à Lisbonne.

J'ai renversé le contenu de la boîte sur le sol. Fébrile, j'ai passé en revue le maigre butin : quelques coquillages, un dictionnaire de poche français-espagnol aux pages gondolées, un roman italien signé Tabucchi, une ceinture de cuir, une photo de Sarah et moi blottis l'un contre l'autre, endormis sur une sorte de couverture posée sur l'herbe (il m'a fallu un instant avant de constater avec stupeur qu'il avait pris cette photo le jour même où il tentait de devenir invisible, le vieux salaud, pendant que nous nous efforcions de l'oublier), une carte routière du Venezuela et un bloc de papier à lettres contenant plusieurs feuilles couvertes de son écriture irrégulière. J'ai lu la première ligne de la première feuille : « La nuit commence, ami, la nuit va être longue. La femme que j'aime... »

C'est à moi qu'il parlait.

Je suis retourné dans le hamac avec le manuscrit, laissant le reste éparpillé sur le sol. Il y avait une quinzaine de pages — un brouillon de lettre d'une dizaine de pages, et cinq pages de la même lettre transcrite au propre. Dans l'obscurité d'une nuit encore à finir, j'ai lu.

* * *

La nuit commence, ami, la nuit va être longue. La femme que j'aime vient de se mettre au lit, je peux la voir de ma table s'abandonner peu à peu au sommeil. La journée a été chaude, à la limite du supportable, comme c'est toujours le cas ici. Je suis brûlé par tant de soleil et de vent ; je ferais peut-être mieux d'aller m'étendre près de ce corps aimé qui m'aimante, et auprès duquel je pourrais trouver le repos, mais cette nuit j'ai envie de te parler, Alex, j'ai envie de te faire entendre les rumeurs et les murmures qui parviennent jusqu'à mes oreilles.

Au-dessous et au-dessus de tout, ici, il y a la mer, la mer et son chuintement de l'avant et de l'après. Elle est toujours présente, même quand on ne la voit pas, même quand on pense l'avoir oubliée. Ensuite, dans le même espace de nuit, il y a les grillons, les bandes de grillons qui font vibrer l'air et l'emplissent d'électricité. De très loin me parviennent également les grésillements d'une radio, les rythmes stéréotypés d'une salsa toujours semblable. Voilà quels sont les bruits de la nuit, identiques depuis mon arrivée, il y a bientôt deux mois.

Le monde dans lequel je me trouve est différent de celui dans lequel je t'ai laissé, et ma réalité nouvelle m'enveloppe à un point tel que je ne sais comment te la décrire. Je ne parle pas du changement de pays ou de climat — même si cela aussi change tout — je parle, pour employer des termes qui te conviendraient, de l'état actuel d'un corps vivant dans le monde. Parce que, oui, ma situation est différente. Ce voyage-ci n'est pas qu'un voyage de plus. Il est différent de tous les autres parce que je suis moi-même différent.

En un mot : je crois en avoir terminé avec le cycle des répétitions infinies. Je ne vais plus errer d'un lieu à un autre comme je le faisais depuis des années sans pouvoir m'arrêter. Tu te souviens, je t'avais dit que j'étais devenu prisonnier de ce mouvement qui tendait à m'exclure de toutes choses. Je pensais que je ne pourrais plus m'arrêter. Eh bien, peut-être que je me trompais. Peut-être avais-je construit de toutes pièces cette vision fataliste des choses par manque d'imagination, ou d'espoir. Ce mouvement qui me semblait irréversible est maintenant suspendu. J'ai quelqu'un à aimer, un endroit où m'arrêter. Pour la première fois de ma vie, je ne fuis pas cette double appartenance, cette double responsabilité. Je l'accepte sans réticence, comme un cadeau exigeant de moi que je m'élève jusqu'à lui.

Rien ne serait arrivé sans ma rencontre avec Elena. Elle a su m'entraîner tellement vite dans sa danse que j'en suis encore étourdi. Elle travaille auprès des enfants et des femmes du village depuis environ un an ; c'est ici que je l'ai rencontrée. Dès le premier jour, instantanément, j'ai été l'un de ses adorateurs. Elle m'a gagné sans avoir à faire le moindre effort, par la seule qualité de sa présence. Je veux dire qu'elle n'essayait pas de me charmer pour se plaire à elle-même, elle me charmait parce qu'il est dans sa nature d'aimer tout le monde et d'être aimée par tous. L'incroyable c'est qu'elle m'ait privilégié, moi, qu'elle m'ait choisi entre les autres.

Tu devrais la voir. Elle est lumineuse, tout simplement. Cette femme a tellement à donner que je crois qu'aucune demande, si grande soit-elle, ne pourrait en venir à bout. Elle donne, donne, donne sans cesse à tous ceux qui se trouvent sur son chemin. Il m'arrivait de douter d'elle, de penser que quelque chose de pas très net devait se cacher sous tant de bonté. C'est qu'elle semble avoir trouvé l'accès à une source inépuisable à l'intérieur d'elle-même, une source que ne tarissent ni la fatigue ni l'excès de la demande, une source infinie. Tu penses probablement que j'exagère. On ne voit pas cela tous les jours, et quand on le voit on croit à une supercherie. Moi-même je ne pouvais pas y croire, Alex. J'étais déjà prêt à tout pour elle — moi l'indépendant, moi qui ne me compromets jamais ! — mais j'étais persuadé qu'elle finirait par se révéler manipulatrice ou étouffante. J'étais prêt à me laisser manipuler, étouffer tellement j'étais subjugué. Mais le moment tant redouté où Elena finirait par dévoiler son jeu n'est jamais venu. Elle ne joue pas, elle est *ainsi. Elle est ainsi, et chaque jour je m'en émerveille.*

Connais-tu beaucoup de gens qui peuvent se donner à toi pleinement sans tenter de s'emparer de ta personne, sans se refuser aux autres et sans se perdre eux-mêmes ? Maintenant tu comprends que je sois un homme amoureux. C'est peut-être la première fois — depuis la fin de mon enfance — que j'admire vraiment quelqu'un, tu te rends compte ? Je regrette seulement que tu ne la connaisses pas encore — mais je te la présenterai un jour, sois-en certain. Tu l'aimeras comme presque tous les hommes, les femmes et les enfants qui la connaissent. Je ne pourrai même pas être jaloux, car ce qu'elle donne aux autres ne me prive en rien.

Près d'elle, j'ai la très étrange sensation de rentrer chez moi. Pas comme je l'ai toujours fait jusqu'à présent — où rentrer impliquait avant tout m'apercevoir que j'étais devenu encore un peu plus étranger — mais comme on dit « je me retrouve enfin ». Voilà pourquoi je suis plus que jamais certain de moi-même et de mon amour pour elle. « Chez moi » n'est plus un lieu à fuir. « Chez moi » est là où j'ai toujours voulu être, comme toi, comme nous tous. Toi seul peux comprendre toute l'importance de ce que je dis là. Les gens d'ici ne pourraient pas me suivre sur ce terrain, ils hocheraient la tête en signe d'approbation, mais ils ne comprendraient pas. Même Elena, malgré toute sa sagacité et son intelligence, ne peut pas saisir l'ampleur de ce qui m'arrive : elle n'a jamais connu l'exil, elle n'a jamais rien perdu puisqu'elle a toujours tout donné. (Mais je ne la connais encore que partiellement ; peut-être un jour découvrirai-je en elle les traces de la déchirure, et verrai-je qu'elle est encore plus profonde qu'en toi ou en moi.)

Ce que je veux vraiment dire, c'est ceci : ne te fie pas à ce que j'ai pu te raconter la dernière fois que nous nous sommes vus. Je voudrais que tu saches qu'il est possible d'être vivant. C'est quelque chose qui ne se dit pas, sans doute, encore moins dans une lettre. Je ne te serai probablement d'aucun secours — je n'ai jamais réussi à aider personne, je me rends compte maintenant à quel point. Mais bon. Il est possible d'être vivant. Je le crois. Peut-être que si tu étais moins irrémédiablement foutu par tout ce que tu trimballes dans ta tête — comme je le suis moi-même, Alex, nous sommes amis parce que nous sommes deux paumés de toujours — tu pourrais t'en rendre compte toi-même. Voilà que je prêche maintenant. C'est que je n'ai jamais autant qu'en ce moment été plus convaincu de ma place en ce monde.

Étrange que cela ait lieu dans ce village sans attrait, où la majorité des habitants n'ont rien de mieux à faire qu'être malheureux et indifférents à leur propre sort. Dans ce coin de terre qui pour tant de milliers de personnes ne représente qu'une impasse, qui du berceau à la tombe n'offre rien d'autre que sa poignée de sueur et de fatigue, dans ce bout de la terre qui pour beaucoup est à la fois début et fin, moi je m'ouvre comme une fleur. Il serait facile d'être cynique, mais je n'en ai pas envie. Je cherche la simplicité du regard. Une situation paradoxale n'est pas forcément fausse. Et la vérité, c'est que ma situation, telle quelle, est parfaite.

J'en ai vu des endroits, des villages comme celui-ci, fascinants par leur absence de charme, leur âpreté, où la dureté du quotidien et la platitude des rapports entre les hommes servent de poésie minimale. J'en ai vu des bleds où la saoulerie hebdomadaire est vécue comme une libération, la seule qui soit à portée ; où tout ce qui sort de l'ordinaire est jeté par-dessus la haie dans la cour du voisin, dans la rue, dans la mer, n'importe où, avec la même négligence ennuyée qui entoure l'accomplissement de toutes les tâches du jour ; où les chiens sont méprisés, battus à chaque occasion, et où ils rôdent la queue entre les jambes et le regard inquiet près des tas d'ordures abandonnés dans la rue à la fermeture du marché... Dans tous ces endroits je ne désirais rien d'autre qu'être l'étranger, celui qui passe mais qui ne s'arrête pas, qui n'appartient ni au lieu ni à personne, qui ne transporte avec lui que sa propre humanité à échanger, qui vient apprendre et qui repart sans rien laisser sinon quelques souvenirs et une chambre à nettoyer. Je ne m'identifiais jamais à ce que je voyais : je n'étais que de passage, un homme qui regarde. « On aura du mal à me faire croire que l'histoire de l'enfant prodigue soit autre que l'histoire de celui qui ne voulait pas être aimé », écrivait Rilke.

Quand je pense à ce que j'éprouve à l'égard de Santa Fe, je pense à mon ami Joao. Il est la deuxième figure d'importance pour moi, ici, après Elena, et mon amitié pour lui se confond avec l'attachement que je porte à l'endroit lui-même. Sans lui je ne serais pas revenu, parce que sans lui le village n'aurait été qu'un village de plus. Je l'ai rencontré lors de mon premier passage, il y a un peu plus d'un an. J'avais passé quelques semaines dans ce qu'on appelle la Gran Sabana, après quoi j'étais venu ici pour me reposer et voir la mer. Joao est arrivé trois ou quatre jours après moi. Je l'ai vu s'avancer le long de la plage sur ses jambes tordues, un chapeau mou enfoncé sur les yeux et un sac minuscule pendu à l'épaule. Pendant plusieurs semaines il a dormi sur la terrasse de l'hôtel, préparant lentement son installation qu'il voulait définitive.

Au premier abord il ne me plaisait pas tellement. Il se disait pacifiste, mais je décelais en lui la présence d'un mélange explosif de douleur et de rage que son humour ne parvenait pas toujours à masquer. J'ai appris plus tard que pendant plusieurs années, au Pérou, il avait lutté aux côtés du Sentier lumineux. Son accident avait mis fin à cette période de sa vie. Oui, Alex : le Sendero luminoso et son délire maoïsant de Salut et de Destruction. Cet homme qui se trouvait devant moi, avec qui j'avais discuté et plaisanté, dont j'avais serré la main, croisé le regard, auquel j'avais rendu son sourire, cet homme me regardait droit dans les yeux et ajoutait avec assurance que non seulement il ne regrettait rien de ce qu'il avait fait, mais qu'il serait toujours là-bas si seulement il le pouvait.

Quoi ! Une telle intransigeance, une telle facilité à sacrifier tout ce qui paraît entraver sa propre marche, un tel manque de respect pour la vie alors même qu'on prétend combattre en son nom ! Je l'ai chargé de toutes mes forces. La discussion (l'engueulade) s'est prolongée tard dans la nuit, jusqu'à épuisement complet des protagonistes. Les jours suivants nous avons été plutôt distants l'un envers l'autre. Nous n'avons jamais reparlé directement de sa période péruvienne et nous évitons d'entrer de plain-pied dans les débats politiques. Mais, après cette nuit, nous sommes rapidement devenus de vrais amis. Ma réticence du début est tombée et mon estime s'est accrue. Étonnant, non ?

Depuis mon retour, j'apprends à mieux le connaître. Il boit trop, se néglige et s'apitoie sur son propre sort. Il est encore aux prises avec une rage sourde et une frustration que son sentiment *d'impuissance ne fait qu'amplifier. Il est douloureusement prisonnier de ses limites. Mais c'est également quelqu'un de foncièrement généreux et doux, un être vivant qui voudrait aimer la vie comme elle le mérite — ou l'aime plus qu'elle ne le mériterait peut-être.*

Il ressemble à Santa Fe. Certains jours je ne peux pas les supporter, son bled et lui, et je voudrais être à mille lieues d'ici, dans un monde que j'imagine plus épanoui, plus en paix. Alors je pars nager et je laisse mes humeurs se mêler au sel, descendre dans les profondeurs que mon corps ne peut atteindre, dont il ne doit effleurer que la surface sous peine de disparaître. Quand je reviens sur le rivage, essoufflé, nettoyé, je peux recommencer à me mêler à ce qui m'entoure. Je reste. Je sais que je ne disparaîtrai pas.

À une époque où la seule idée d'ajouter une image de plus au monde me soulevait le cœur, j'ai failli abandonner la photo. Si j'ai continué c'est uniquement parce que c'était la façon la plus facile de gagner ma vie, la forme la mieux adaptée à l'existence que je désirais mener. Ces deux dernières années je n'ai appuyé sur le déclencheur que d'une façon professionnelle, m'efforçant de camoufler mon dégoût sous les apparences du travail bien fait. J'en étais venu à ne plus rien désirer d'autre que le silence des yeux, le repos de la main. Toute contribution à l'édifice commun ne me semblait rien de plus qu'un mensonge.

C'est maintenant seulement, depuis que je suis arrivé ici, que je recommence à prendre goût à la recherche de l'image vraie — si une telle chose existe. J'ai souvent accompagné Elena dans ses visites aux gens du village. Récemment je me suis mis à emporter mon appareil avec moi et, peu à peu, à m'en servir. Je n'aurais jamais cru qu'un jour j'aurais autant de pudeur à demander la simple aumône d'une pose. J'espère seulement que cette timidité permettra à l'amour et à la simplicité, qui en sont la cause, d'apparaître. Ce serait le signe que j'ai atteint quelque chose : la preuve que je peux voir, mais aussi donner à voir. La vision est toujours neuve. Et celui qui voit est celui qui n'a jamais fini…

Cette stabilité, cette confiance ne dureront peut-être pas long-temps — mais pour l'instant je suis heureux et ne demande rien d'autre. Je n'aspire plus à cette condition de déraciné : je ne reprendrai mon sac que si le monde s'écroule autour de moi. Mais qui sait ce qui m'attend ? Si je dois repartir je repartirai. Peu importe : maintenant je sais qu'il m'est possible d'appartenir.

Je me croyais autrefois complètement dépourvu d'espoir. Je sais maintenant que je me trompais : il devait m'en rester un petit bout, sans que j'en sache rien. Jamais je ne m'en serais tiré si je n'avais pas gardé sur moi, en dépit de tout, cette petite parcelle de foi. Tachée, emboutie, quasi perdue par les graisses et les oublis de comptoir, malmenée par mes incessants transports, elle a sur-vécu pourtant. Et si je m'aperçois seulement maintenant de sa présence indéfectible, c'est que pendant toutes ces années mon attention a été détournée, achetée qu'elle était par le monde et l'idée que je me faisais de l'avenir.

Mais assez. Je meurs de sommeil. La nuit ronronne à mes côtés par la bouche de la femme que j'aime. Elle est couchée sur le ventre et m'offre son corps endormi. Je ne résisterai plus long-temps au désir de te quitter pour la rejoindre (que veux-tu). L'aube approche. L'absence totale de vent me permet d'entendre la très lointaine respiration de la mer, qui dort encore. Je voudrais que tu l'entendes.

Ton ami, Pio

* * *

Le jour entrait par la fenêtre. Après avoir longuement regardé le ciel à travers le grillage, je me suis levé. Je suis passé devant Joao qui ronflait, le corps abandonné, la bouche ouverte, et suis descendu dans la rue encore plongée dans l'ombre. L'air frais du matin m'entourait d'une étreinte si douce que chaque pas me tirait un soupir.

Le sable de la plage était couvert d'une rosée très froide. Là, en regardant au loin, j'ai dégrafé mon pantalon. Corps nu, mains vides, je me suis avancé dans la mer jusqu'à ce que l'eau m'arrive à la taille. J'avais la chair de poule. Mon sexe flottait comme un petit poisson libre et paresseux. Un pélican longeait la plage en direction des barques de pêcheurs tandis qu'au-dessus de ma tête le ciel accueillait les toutes premières couleurs.

Je me suis penché et me suis laissé immerger, recouvrir jusqu'au cou par cette chose qui n'avait plus de mesure. Je respirais. Attentif à ne pas troubler le film étale de la mer, j'ai fait quelques brasses très lentes. Cette eau glissait sur ma peau comme le réel sur le monde, elle me lavait de tous mes rêves, me délestait de tous mes poids. Je ne résistais plus ; je savais que maintenant, de lui-même, un mouvement capable de me porter s'accomplissait.

Table des matières

MISE EN PAGES ET TYPOGRAPHIE :
LES ÉDITIONS DU BORÉAL

ACHEVÉ D'IMPRIMER EN MARS 1998
SUR LES PRESSES DE L'IMPRIMERIE AGMV MARQUIS,
À CAP-SAINT-IGNACE (QUÉBEC).